# 中野重治と朝鮮問題

## 連帯の神話を超えて

廣瀬陽一

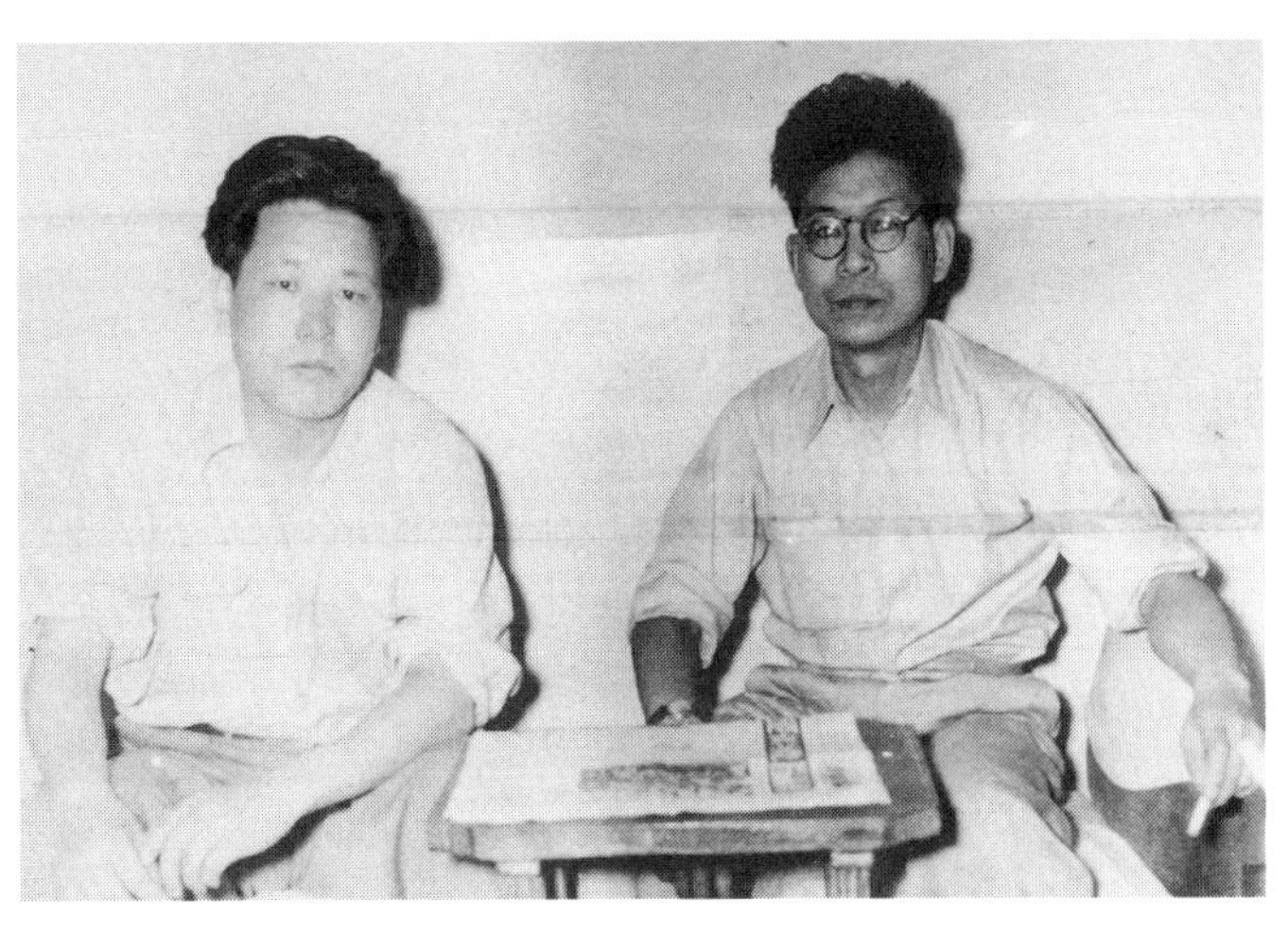

青弓社

本扉の写真——中野重治（右）と金達寿（撮影：一九五四年）。出典は「解放新聞」朝鮮戦争停戦一周年記念号
本扉の写真提供——日本近代文学館

# 中野重治と朝鮮問題——連帯の神話を超えて

## 目次

装丁――斉藤よしのぶ

# 凡例

（1）「在日朝鮮人」という呼称について。歴史的な事情から、彼らは時代によって「在日朝鮮人」「在日韓国・朝鮮人」「在日コリアン」、あるいは単に「在日」と呼ばれ、当事者も多様に自称してきた。本書では敗戦前は「朝鮮人」、敗戦後は「在日朝鮮人」を用いた。ただし〈解放〉直後など、「在日朝鮮人」という呼称が存在しなかった時代についても、便宜上、「在日朝鮮人」などの呼称を用いた。指し示す対象はすべて同じである。

（2）「朝鮮人」「韓国人」という呼称について。本書では「朝鮮人」を北朝鮮で暮らす人々ではなく、朝鮮民族全体の総称として用いた。韓国国内で暮らす人々や韓国からの留学生など、自分を「韓国人」と見なしている者を指す場合には「韓国人」とし、それ以外は「朝鮮人」「コリアン」と表記した。しかし本人が自分をどうアイデンティファイしているか不明な者もいるため、誤っている可能性が排除できないことをお断りしておく。

（3）国名について。本書では「大韓民国」と「朝鮮民主主義人民共和国」建国以前の朝鮮については「朝鮮」を用い、建国以後は「韓国」と「北朝鮮」の略称を用いた。

（4）「朝鮮語」「韓国語」という呼称について。現在の日本では、コリアンの民族言語は一般的に「韓国語」と呼ばれるが、日本社会では長らく「朝鮮語」と呼称されてきたことを尊重して基本的に「朝鮮語」と呼称し、場合によって「韓国語」という呼称も用いた。国号と同様、やはり筆者自身はこの使い分けに一切の政治的含みはもたせていない。

（5）年月日は新暦表記である。

（6）中野重治のテクストのタイトルは、『中野重治全集』全二十八巻＋別巻一巻（筑摩書房、一九九六年四月―一九九八年九月）に基づく。

（7）引用文中の傍点やルビは、断らないかぎりすべて原文どおりである。〔　〕は筆者による補足、／は改行を示す。

（8）旧漢字は新漢字に改めた。歴史的仮名遣いは原文どおりに表記した。

（9）一部の国名や組織名については以下の略語を用いた。

大韓民国　↓　韓国

朝鮮民主主義人民共和国　↓　北朝鮮

在日本朝鮮人連盟　↓　朝連

在日本朝鮮人総聯合会　↓　総聯

在日本大韓民国居留民団・在日本大韓民国民団　↓　民団

日本共産党　↓　党

# まえがき

中野重治（一九〇二―七九）は、一九二〇年代にプロレタリア文学運動に身を投じて以降、文学者としてだけでなく日本共産党の党員、さらには参議院議員としても活動し、転向（一九三四年）や日本共産党からの除名（一九六四年）などの困難にも屈せず共産主義の理想を追求し続けた。これと並行して朝鮮問題に取り組むとともにこの問題の重要性を日本社会に訴え、〈在日〉朝鮮人から絶大な信頼を得た。さらに日本の戦争と植民地支配への協力を余儀なくされながらも様々な形で権力に抵抗した朝鮮人だけでなく、共産主義から〈親日〉に転向し、積極的に〈大東亜戦争〉と皇民化政策の旗振り役を務めた朝鮮人とも交流をもった。これらからうかがえるように、階級闘争と民族闘争の政治的結節点として、転向と〈親日〉の思想的結節点として、日本人と朝鮮人との民族的結節点として、中野ほど大きな役割を果たした日本人の文学者ないし知識人はまれである。本書はこのような人物が、日本の敗戦後、朝鮮や〈在日〉朝鮮人をめぐる諸問題にいかに取り組んだのか、それにともなって彼の朝鮮認識がどのように深まっていったのかを総体的に考察することで、日本人にとって朝鮮とは何であるかを究明した論考である。しかし私は中野の研究に着手した当初から、彼の朝鮮認識に関心をもっていたわけではなかった。多くの研究者と同様、私が中野の文学に関心をもったのは転向の問題をとおしてであり、彼の朝鮮問題への取り組みは完全に視界の外側にあった。

私が転向をテーマに中野の研究を始めたのは、一九九七年に近畿大学大学院修士課程に進学した直後からである。「転向」は一般に、共産主義者が党や思想を放棄して天皇制に追従するようになる現象を指す用語として使われている。しかし藤田省三が指摘したように、転向は本来、マルクス主義者になることを意味する言葉だった。[1] そのような転向概念を日本に導入したのは、ドイツに留学し、ジョルジュ・ルカーチやカール・コルシュなどと交流した福本和夫だった。そこで私は藤田の転向論を参照し、福本が提起した、階級的主体性の獲得という意味での転向の意義を明らかにしたうえで、三〇年代に盛んだった日本資本主義論争を踏まえ、中野の「村の家」（一九三五年五月）を読解する研究に取り組んだ。

その後、制度としての転向が廃止された戦後の日本社会に軸を移し、制度がなくなった戦後も転向は起こっているのか、起こっているとすれば「転向者」とは誰なのかを探究した。この研究の過程で偶然に出合ったのが、在日朝鮮人文学者でのち古代日朝関係史の研究家になった金達寿（キムダルス）の、朝鮮人の転向を描いた小説「朴達の裁判」（一九五八年十一月）だった。この小説を知的活動の核心に置いて、金達寿の知的活動を総合的に明らかにしたのが、『金達寿とその時代』[2]（二〇一六年五月）と、『日本のなかの朝鮮 金達寿伝』[3]（二〇一九年十一月）である。これらを執筆する過程で、金達寿の知的活動の今日的意義だけでなく、中野との民族を超えた濃密な交友関係——金達寿が中野を「人生の師」と仰ぐほど尊敬し続けたこと、中野も金達寿にこのうえない信頼を寄せたこと——が浮かび上がってきた。金達寿は日本の敗戦＝〈解放〉直後から本格的に知的活動を展開し、日本社会に向かって朝鮮や朝鮮人の歴史や地理、文化などを積極的に伝え、朝鮮人に対する日本人の差別意識の是正に尽力した。さらに彼はその後、『日本の中の朝鮮文化』シリーズ[4]（一九七〇―九一年）に代表される、一九七〇年前後から本格化させた古代日朝関係史研究を通じて、日本にとって朝鮮とは何であり、朝鮮にとって日本とは何であるかという課題に取り組んだ。

金達寿のこのような知的活動を経由することで、私は少しずつ中野の朝鮮認識に関心をもつようになった。それにともなって、従来、西洋との対比でだけ考えられてきたいくつかの問題を、近代日韓関係を軸にして問い直す視点を獲得した。転向もその一つである。転向は共産主義の理念と結びついて顕在化した問題であるため、一九九一年十二月のソビエト連邦崩壊によって歴史的使命を失ったと考えられている。商業雑誌での転向特集も「海燕」一九九三年十二月号（福武書店）が最後である。しかし実際にはソ連崩壊後も、転向がまさに今日的意義をもった問題として、現在進行形で議論されている〈場〉がある。それはコリア社会、特に韓国で九〇年前後から本格化した転向研究であり、続いて二〇〇〇年ごろから従来とは異なる新たな視座からの問い直しが始まった〈親日〉研究である。

韓国の研究者は現在、思想の科学研究会編『共同研究 転向』[5]（一九五九年一月―六二年四月）に代表される日本の転向研究の成果や定義を批判的に参照して、植民地朝鮮や〈内地〉で起こった朝鮮人の転向や〈親日〉を、民族的裏切りとして道徳的に断罪するのではなく、帝国主義戦争と植民地支配の過程で日本がコリア社会に輸出し、敗戦とともに置き去りにした、「日本の思想史研究が見逃してきた「転向」の他の側面」[6]と捉える視座から研究している。朝鮮の転向文学や〈親日〉文学、文学者の転向や〈親日〉行為をめぐる研究もその例外ではない。しかしこうした韓国の研究状況は、日本の研究者にはまったくといっていいほど知られていない。韓国で発表された研究論文や著書のほとんどが韓国語で書かれていることが要因の一つだが、コリア社会における転向や〈親日〉が、日本の植民地支配の歴史とどれほど緊密に結びついた問題であるかに想像力が及んでいないことが、最も重大で深刻な問題である。この点で、コリア社会に現在も残っている「転向」という負の遺産をめぐる研究は、従軍慰安婦や強制連行などと比べて大きく立ち遅れているといわざるをえない。

それでは転向問題に関わる日本の研究者は、韓国などコリア社会から投げかけられている、日本の転向研究への批判をどのように受け止め、いかにして転向を近代日韓関係を軸にした国際的な問題に引き上げればいいのか。この課題の考察に取り組むうえで私が導きの糸にしたものこそ、中野の朝鮮認識にほかならなかった。「被圧迫民族の文学」（一九五四年四月）で、中野は次のように書いている。

> それは、一方からいえば、自分で何をやってきたかを知らぬものには、ひとから同じことをされてもそれがよくわからぬということである。むろんそれだからといつて、つまり、日本が朝鮮や中国にたいして、明治以来何をしてきたかを知らぬからといつて、日本が今アメリカ帝国主義から何をされているか、それのわからぬのが当りまえだということには決してなるまい。[7]

現在の日本がアメリカ帝国主義のもとでどういう状態に置かれているか。それを認識するには、日本の植民地支配の歴史を知らなければならない――中野はこの主張どおり、生涯を通じて朝鮮や（在日）朝鮮人をめぐる諸問題に取り組み続けた。この態度の根底にある倫理性ゆえに、中野は現在もなお日韓の民族的・政治的・思想的結節点でありうるのだ。

日本の帝国主義戦争と植民地支配、その過程で輸出された転向をめぐる日韓の認識の非対称性を克服し、両国・両民族が連帯して日本帝国主義の負の遺産に取り組むこと――その先に見えてくるものこそ、かつて日本国家に分断され、日本共産党が神話化した民族的連帯を超える、新たな連帯の未来像にほかならない。

では中野は、どのような知的営為をたどってこの新たな地平を切り開いたのか。本書ではこの課題を六章に分けて考察していく。

序章「〈中野重治と朝鮮問題〉研究史と本書の視座」では〈中野重治と朝鮮〉というテーマで書かれた日韓の先行研究を概観し、その傾向と問題点を明らかにしたうえで本書の視座を提示する。

第1章「「被圧迫民族の文学」概念の形成と展開――日米安全保障条約と日韓議定書」では日米安保条約と日韓議定書の類似性を指摘した黒田寿男の発言を受けて、中野が「被圧迫民族の文学」（一九五四年四月）で日本人がいまなお植民地支配に対して加害意識をもちえない要因を明らかにした過程をたどる。そのうえで短篇「司書の死」（一九五四年八月）を、日本文学を正しく「被圧迫民族の文学」に転換させようと試みた苦闘の産物として読解する。

第2章「植民地支配の「恩恵」、在日朝鮮人への〈甘え〉」ではまず、「梨の花」（一九五七年一月

―五八年十二月）に描かれた朝鮮表象を、中野の父の藤作の経歴と重ね合わせながら読解する。そのうえで「梨の花」が、一九五〇年代後半に書かれた小説という点に注目し、五〇年代後半から中野が、朝鮮語に対する日本社会の無関心に危機を覚えるとともに在日朝鮮人の日本語能力に甘えている状況を自己批判するようになったことを関連づけ、それが意味するものを明らかにする。

第3章「「朝鮮人の転向」という死角」では、中野の文学テクストのなかで唯一、朝鮮人の転向に関する話題を記した小説「模型境界標」（一九六一年九月）を取り上げて、それが意味するものを考察するとともに、この小説から垣間見える中野と（在日）朝鮮人との知的交流の一端を明らかにする。

第4章「反安保闘争と「虎の鉄幹」のナショナリズム」では安保闘争後に中野が当時を振り返って、反安保闘争の甲高い声のなかに「虎の鉄幹」と呼ばれた時代の与謝野鉄幹のナショナリズムに通じるものを認めた点に注目して考察する。彼は「虎の鉄幹」のナショナリズムが、一九五〇年代後半から日本政府が醸造させてきた日本の「国民感情」にもほとんど形を変えずに残っていること、さらに共産党もそのナショナリズムに飲み込まれてしまうさまを強く批判した。日本社会全体に覆いかぶさっている排外主義的ナショナリズムの原型として、中野は「虎の鉄幹」のナショナリズムを見いだしたが、それがどのように反安保闘争の甲高い声につながると認識したのかを明らかにする。

第5章「「科学的社会主義」と少数民族の生存権」では小説「プロクラスティネーション」（一九六三年五―六月）の前半で、キューバ危機を背景に核兵器による人類滅亡が話題にされている点に注目し、それが、党が掲げる「科学的社会主義」の法則に基づく歴史の必然的な発展に対する疑念と結びついている点を示す。そのうえで、党幹部の内野竹千代が、核戦争が起こっても二、三の少数民族は絶滅するかもしれないが人類が全滅することはないと発言したことを中野が強く批判したのに注目し、少数民族の生存権に対する視座を中野がウラジーミル・レーニンの民族自決論から学んだことを、『レーニン全集』付録に連載された「素人の読み方」(一九五五年七月―六〇年三月)を通じて明らかにする。

第6章「「被圧迫民族」としての日本人へ」では、一九七〇年代に中野があらためて朝鮮問題に取り組むようになったきっかけが、浅間山荘事件に対する警察や日本社会の反応にあったこと、中野がそこに、関東大震災時の朝鮮人虐殺と同種のポグロムを見いだしたことを明らかにする。そのうえで、「緊急順不同」(一九七二年三月―七七年六月)と「在日朝鮮人と全国水平社の人びと」(一九七二年十二月―七四年六月)を中心に読解し、七〇年代の中野の朝鮮問題への取り組みが突然に起こったものではなく、五〇年代から積み重ねられてきた仕事を総合するものであることを示す。最後に、中野の自己批判から浮かび上がってくる、日本共産党に独占されてきた民族的連帯の神話を超える連帯の未来像を実現する端緒を提示する。

注

(1) 藤田省三「昭和八年を中心とする転向の状況」、思想の科学研究会編『共同研究 転向』上所収、平

凡社、一九五九年一月、三三ページ

(2) 廣瀬陽一『金達寿とその時代――文学・古代史・国家』クレイン、二〇一六年五月

(3) 廣瀬陽一『日本のなかの朝鮮 金達寿伝』クレイン、二〇一九年十一月

(4) 金達寿『日本の中の朝鮮文化』全十二巻、講談社、一九七〇年十二月―九一年十一月

(5) 思想の科学研究会編『共同研究 転向』上・中・下、平凡社、一九五九年一月―六二年四月

(6) 洪宗郁『戦時期朝鮮の転向者たち――帝国/植民地の統合と亀裂』有志舎、二〇一一年二月、五ページ

(7) 中野重治「被圧迫民族の文学」、竹内好ほか編『世界文学と日本文学』(「岩波講座 文学」第三巻)所収、岩波書店、一九五四年四月(『中野重治全集』第二十一巻、筑摩書房、一九九七年十二月、三二五ページ)

# 序章　〈中野重治と朝鮮問題〉研究史と本書の視座

## はじめに

　中野重治の文学活動は、金沢の第四高等学校在学中、同校の文芸誌「北辰会雑誌」（第四高等学校校友会発行）に、短歌や詩、小説、翻訳を発表することから始まったが、それらの作品のなかに朝鮮問題を扱ったものがある。日本の韓国併合を背景にした「国旗」（一九二一年七月）と、十歳年長の兄で、東京帝国大学法科大学法律学科を一九一八年七月に卒業したあと、朝鮮銀行に就職したが、ウラジオストック支店に異動して八カ月後に亡くなった耕一と彼の妻を素材にした「姉の話」（一九二二年七月）である。

　中野自身は高校を卒業後、一九二四年四月に東京帝国大学文学部独逸文学科に進学、在学中からプロレタリア文学者として活動し、そのなかで小説「モスクワ指して」（一九二八年十―十一月）や詩「朝鮮の娘たち」（一九二七年九月）、「雨の降る品川駅」（一九二九年二月）など、朝鮮や朝鮮人を扱った文学作品を発表した。これと並行して、新人会やプロレタリア文学運動を通じて金斗鎔（キムドゥヨン）・李（イ）北満（ブクマン）・金浩永（キムホヨン）・金南天（キムナムチョン）・林和（イムファ）など朝鮮人の共産主義者や文学者と交流し、活動をともにした。彼らとの直接的な交流は彼らが〈内地〉（日本本国）で活動した時期に限られたが、交友の範囲は〈内地〉在住の朝鮮人に限定されていたわけではなかった。たとえば京城（現在のソウル）で暮らしていた詩人の金鐘漢（キムジョンハン）とは一度も直接に会わなかったが、彼から詩集『たらちねのうた』[1]（一九四三年七月）が送られたのを機に、手紙を通じて交友関係をもった。

朝鮮人の共産主義者や文学者のほとんどは、日本の敗戦までに植民地朝鮮や〈内地〉で亡くなったり、朝鮮戦争が勃発した一九五〇年ごろまでに朝鮮半島に帰ってしまったため、中野との交友関係は途切れた。しかし彼らと入れ替わるように、小説家の金達寿（キムダルス）や詩人の許南麒（ホナムギ）をはじめ、様々な事情で日本に残って活動を続ける在日朝鮮人や、在日本朝鮮人連盟（朝連）から在日朝鮮統一民主戦線（民戦）を経て在日本朝鮮人総聯合会（総聯）にいたる、親北系の民族団体との組織的な交流が、新たに始まった。日本人と朝鮮人との民族的連帯をうたった詩「雨の降る品川駅」に感動した彼らは中野に絶大な信頼を寄せ、中野も彼らから多くを学んだ。そして中野は、阪神教育闘争や朝連の強制解散、朝鮮戦争、大村収容所で韓国への強制送還の恐怖におびえる朝鮮人、北朝鮮への帰国事業、在日朝鮮人の祖国往来の自由、日韓会談など、朝鮮や〈在日〉朝鮮人に関わる多種多様で時事的な問題に敏感に反応し、小説やエッセー、講演などを通じて、これらの問題に持続的に取り組むとともに、朝鮮問題の重要性を繰り返し訴えた。

一九七〇年代に入ると、中野は「緊急順不同」（一九七二年三月—七七年六月）、「在日朝鮮人と全国水平社の人びと」（一九七二年十二月―七四年六月）、「「雨の降る品川駅」のこと」（原題「「雨の降る品川駅」とそのころ」）（一九七五年五月）などの著作であらためて朝鮮問題に集中的に取り組み、自分を含む日本人の共産主義者が一貫して朝鮮問題を軽視ないし無視してきた歴史を根本的に問い直し、自己批判的に克服する仕事を展開した。しかしそのさなかの七九年八月二十四日、七十七歳で死去した。絶筆「返事、御礼、間にあわせ」（一九七九年六月執筆）も、朝鮮問題に関わるエッセーだった。

このように中野は、知的活動の全期間を通じて朝鮮や（在日）朝鮮人の問題に関わったが、彼をめぐる研究の中心は長らく、天皇制との闘争や転向など共産主義（文学）運動の枠組みに規定された諸問題に置かれてきた。だが中野が亡くなる前後から、彼の朝鮮認識の内実が議論の俎上に載るようになった。そのときから現在まで常に、彼の朝鮮認識をめぐる議論の中心に置かれてきたのは「雨の降る品川駅」である。〈中野重治と朝鮮〉という問題系をめぐる研究のなかでこの詩を扱った論考は、ほかのテクストとは比較にならないほど多い。そこで満田郁夫「テキストについて」[2]（二〇〇一年四月）などを参照し、この詩がたどった複雑な改作遍歴や研究史を概観するところから、中野の朝鮮認識をめぐる先行研究の整理と検討を始めたい。

## 「雨の降る品川駅」の変遷

「雨の降る品川駅」は、「改造」一九二九年二月号に発表された。しかし検閲に引っかかることを恐れた編集部は、副題の最初の三文字、第五連、最終連の最後の七行に、判読不可能なほど大量の伏せ字を施した。「改造」に発表後、ナップ出版部版『中野重治詩集』（一九三一年十月、発禁）に収録する際、大幅に伏せ字を減らす方向で詩が改作された。特に最終連は次のようにはなはだしく改作された。

〔初出版〕
おゝ／朝鮮の男であり女である君ら／底の底までふてぶてしい仲間／日本プロレタリアートの前だて後だて／行つてあの堅い　厚い　なめらかな氷を叩き割れ／長く堰かれて居た水をしてほとばしらしめよ／そして再び／海峡を躍りこえて舞ひ戻れ／神戸　名古屋を経て　東京に入り込み／＊＊＊＊に近づき／＊＊＊＊にあらはれ／＊＊＊＊／＊＊顎を突き上げて保ち／＊＊＊＊＊＊＊＊＊＊＊＊／＊＊＊＊＊＊／温（ぬく）もりのある＊＊の歓喜のなかに泣き笑へ(3)

〔ナップ版〕
さやうなら　辛／さやうなら　金／さやうなら　李／さようなら　女の李／行つてあのかたい厚い　なめらかな氷をたゝきわれ／ながく堰かれてゐた水をしてほとばしらしめよ／日本プロレタリアートの前だて後（うしろ）だて／復讐の歓喜に泣きわらふ日までさやうなら(4)

中野によれば、改作にあたり、新人会からの友人で一九三三年二月に九州で虐殺された西田信春の批判――「当時我々の間に残つてゐた政治的誤謬の一班――コムニストたるものが恰もモナーキー〔君主制〕の撤廃にのみ狂奔する自由主義者の態度を示した――を示して居たのではなかつたらうか」[5]――が頭にあったという[6]。後述のように、この発言から、初出版には「モナーキーの撤廃」に関わる詩句が記されていたこと、それが改作の過程で削除されたことがうかがえる。その後もこの詩は、ナウカ社版[7]（一九三五年十二月）や小山書店版[8]（一九四七年七月）の『中野重治詩集』ほか、多くのアンソロジーに収録されたが、そのたびに新たに伏せ字が起こされたり、詩句や表現が変えられたりした[9]。中野自身による改作作業は、第二次『中野重治全集』一巻[10]（一九七六年九月）への収録時が最後になり、これが定稿になると思われた。

ところが同じ一九七六年、京都大学史学科修士課程の大学院生だった水野直樹が、朝鮮プロレタリア芸術（家）同盟（カップ）東京支部の機関誌「無産者」第三巻第一号（無産者社、一九二九年五月十四日）に掲載された、「雨の降る品川駅」の手書き原稿から朝鮮語に訳したと推定される「비날이는品川駅」を発見した。この訳詩については、韓国人文学研究者の金允植（キムユンシク）が「林和研究」（一九七三年二月）で、「東京の安漠（アンマク）ら第三戦線派〔カップ内の急進派〕がハングルで出した機関誌「無産者」（一九二九・四）に中野のこの作品が翻訳されている[11]」と指摘していた。「林和研究」は日本語に訳されていたので、訳詩の存在は一部の研究者には知られていた。しかしその全文が実際に発見されたのは、研究史上このときが初めてだった。伏せ字がほとんどなかったため、水野は「改造」版の伏せ字の文字数に合わせて試訳を作り、指導教授の松尾尊兊を通じて中野に送り届けた[12]。第二次全集第一巻の刊行からわずか二カ月後の、七六年十一月二十三日のことである。中野はすでに「「雨の降る品川駅」のこと」で、「最後の節に、「日本プロレタリアートのうしろ盾まえ盾」と

いう行がありますが、ここは、「猫背」とはちがうものの、民族エゴイズムのしっぽのようなものを引きずつている感じがぬぐい切れません」[13]と自己批判していた。しかし水野の試訳を読んだ後、「わが生涯と文学 楽しみと苦しみ、遊びと勉強」（一九七七年九月）であらためて、「仮りに天皇暗殺の類のことが考えられるとして、なぜ詩のうえで日本人本人にそれを考えさせなかつたか。なぜそれを、国を奪われたほうの朝鮮人の肩に移そうとしたか。そこに私という国を奪つた側の日本人がいたということだつた。私は私のことでこのことを記録する」[14]と自己批判を重ねた。

中野の全集の編集・校訂者で評伝も著した松下裕は、水野訳に基づいて伏せ字を起こし、中野に確認をとったうえで――中野は初出版の詩句を正確に覚えていなかったが――『全集』第九巻の月報（一九七七年五月）に、伏せ字になっていた個所の日本語訳を掲載した。[15]水野は「「雨の降る品川駅」の事実調べ」（一九八〇年二月）で朝鮮語訳の原文と松下による反訳を掲載し、「この朝鮮語訳を参照して復元された「雨の降る品川駅」が原詩に近いものとしてさしつかえないと思われる」[16]と述べた。これによって、松下の反訳が手書き原稿に最も近い版としていったん確定した。

ところが二〇〇〇年代初頭、この朝鮮語訳をめぐって新しい動きが出てきた。まず満田郁夫・林淑美・中銀珠・趙珉淑が共同で、朝鮮語訳から「雨の降る品川駅」の手書き原稿を復元する研究にとりかかり、新たな試訳を「梨の花通信」第三十九号（中野重治の会、二〇〇一年四月）に発表した。[17]この直後、川西政明『昭和文学史』上巻（二〇〇一年七月）に、川西の依頼を受けた金石範による試訳が掲載された。[18]水野も「中野重治「雨の降る品川駅」の自己批判」（二〇二〇年七月）に試訳の改訂版を発表した[19]。

こうして二〇二一年現在、手書き原稿を起源とする「雨の降る品川駅」には、「改造」掲載の初出版、中野が手を入れた様々な改作版、「無産者」掲載の朝鮮語訳とその五種類の反訳（水野版①②・松下版・満田版・金石範版）がある。混乱を避けるため、以下、手書き原稿の詩を原詩、「改造」掲載の詩を改造版、「無産者」掲載の朝鮮語訳を無産者版、中野が改作したものをバージョンを問わず改作版と表記する。

それでは、これほど複雑な道のりをたどった「雨の降る品川駅」が、中野の朝鮮認識と関連づけて問題視されるようになったきっかけは何だったのか。それはほかでもない、一九七五年の中野自身の自己批判だった。

## 「雨の降る品川駅」の問題化

「雨の降る品川駅」で最初に問題視されたのは、「日本プロレタリアートのうしろ盾まえ盾」という詩句だった（以下、この詩句の表記は中野が最後に改作した第二次『全集』第一巻所収の詩の表記に基づく。ただし論者が別の版から引用していればそれに従う）。中野が自己批判する前から、この詩句に違和感を覚える者はいたらしい。たとえば尹学準（ユンハクジュン）は「中野重治の自己批判」（一九七九年十二月）で、「中野信者」と呼べるほど熱狂的な古い友人と一九七〇年後前後に会った際、彼が、自分は中野がたまらなく好きだが、「なぜ朝鮮人が日本プロレタリアートのうしろ盾まえ盾にならなければならねえのか」、それだけが気にくわない、と吐き捨てるように言った思い出を記している[20]。

だが中野が自己批判するまで、日本社会と在日朝鮮人社会でこの詩句が公に問題視されることはなかったようだ。実際、金達寿・金泰生（キムテセン）・李恢成（りかいせい／イフェソン）・尹学準などは一様に、「雨の降る品川駅」を初めて読んだときに大きな感激を覚えたと語っている(21)。佐多稲子も「ある狼狽の意味」（一九八〇年十二月）で、中野の没後に制作された映画『偲ぶ・中野重治――葬儀・告別式の記録』（監督・土本典昭、一九七九年九月）を三度目に観賞し、作中で流れる詩の朗読を聞いた際に、この詩句に問題があることに初めて気づいたと告白した(22)。

この詩句を批判した初期の論考に村松武司や李恢成のものがある。村松は「祭られざるもの」（一九七九年十月）で、この詩で中野の視線が「天皇・軍隊・白色テロルに相対しようとするもの、彼らの側の民族主義的な意識・情感」に当てられている点を指摘し、「内容がそうであるならば、「日本プロレタリアートの後だて前だて」という言葉のなかに、朝鮮人の民族的革命エネルギーの助けを籍（ママ）りて日本の労働者階級の解放を期待するものと、見抜かれても致し方はないであろう(23)」と批判した。しかしこれは中野だけの問題ではなく、戦前から戦後初期まで一貫して日本の前衛組織に流れていた偏向だと語った。

李恢成は「中野重治と朝鮮」（一九八〇年十二月）で、中野を「間島パルチザンの歌」（一九三二年三月）の作者・槇村浩と並べて高く評価しながらも、中野の認識の限界を次のように批判した。

なぜ在日朝鮮人が――いかに祖国を植民地化されていたとはいえ――日本プロレタリアートの後だて前だて、になるのかという疑問が生じるのです。この言葉にもし、日本革命の成功なしには朝鮮革命の成就もあり得ないといった理論や認識が働らい(ママ)ているとすれば――当時はだいたいそういう思想や運動論が一般的だったのですが――やはり中野重治でさえ、あの時代の思想的制約性の中で民族問題にたいする間違った態度をこえられずにいたのだといえます。(24)

では、「雨の降る品川駅」は、朝鮮人に対する日本人の民族的優位性を土台に、天皇暗殺を朝鮮人に負わせようとした、「民族エゴイズム」の限界を超えられなかった詩なのか。それとも、そうした弱点を抱えながらも、なお評価しうる可能性を秘めた詩なのか。「雨の降る品川駅」研究は以後、中野の自己批判を踏まえ、この論点を軸に展開していく。

### 李北満・金浩永・林和・金斗鎔など――カップ東京支部の朝鮮人との交友関係を中心に

議論を深めるためにまず目が向けられたのは、「雨の降る品川駅」が発表された時期の中野と朝鮮人との交友の実態の解明である。詩の副題に名前を挙げられた李北満と金浩永はどんな人物なのか。「雨の降る品川駅」を朝鮮語に訳したのは誰なのか。「無産者」はどのような雑誌で、どんな経緯で「비날이는品川駅」を掲載したのか。これらの疑問に答える裏づけ資料を発掘して紹介した最初は水野直樹である。

水野はまず、「「雨の降る品川駅」の朝鮮語訳をめぐつて」（一九七七年六月）で、「無産者」や金浩永と李北満の経歴を記した。そのうえで、李北満「追放」（「戦旗」一九二八年九月号、戦旗社）の内容や、彼がカップの中央委員を務めていた事実、その時期にカップ東京支部が機関誌「芸術運

動」を出したがまもなく廃刊同然になった経緯を述べた。水野によれば、その背景には、一九二八年二月と八月に植民地朝鮮で朝鮮共産党が弾圧され、それが同年秋から翌年春にかけて〈内地〉に波及し、大典の際の戒厳令同様の警備と重なって多くの〈内地〉在住の朝鮮人が不当な弾圧を受けたことがあった。しかし彼らは弾圧にも屈せず、「芸術運動」の後継誌として「無産者」を東京で発刊し、創刊号に「비 날이 는品川駅」を載せた。その訳者について、水野は、発行所の無産者社には李北満も加わっていたので、彼と思われると推定した。最後に、「雨の降る品川駅」が「日本帝国主義を糾弾する李北満の「追放」にこたえる形で書かれたこと、困難な状況の中で朝鮮人の発行する雑誌にその朝鮮語訳が載ったこと[25]」の重要性への注意を促した。また「「雨の降る品川駅」の事実しらべ[26]」(一九八〇年二月)では、「無産者」やカップ東京支部のメンバーを簡単に紹介して李北満との関係を中心に中野と朝鮮人との交友関係を、「中野重治と金斗鎔[27]」(二〇〇五年十月)では、やはりカップ東京支部の中心メンバーで新人会時代から知り合いだった中野と金斗鎔との交友関係を、それぞれ明らかにした。

申銀珠は「韓国文学の中の日本近代文学」(一九九五年三月、博士論文)の第四章「《朝鮮》から見た中野重治」で、「雨の降る品川駅」を「民族を越えた階級的結束に夢を託して力強い同志愛を強烈に歌ったもの[28]」と捉える視座から、林和と李北満を中心に〈第三戦線派〉と中野との交友関係を詳細に調べて明らかにした。また「中野重治と李北満・金斗鎔」(二〇〇一年四月)では、李北満・金斗鎔と中野との交友関係を概観した[29]。

## 共産主義（文学）運動での民族的連帯と「天皇暗殺」という主題

交友関係の実態を掘り起こす作業と並行して、「日本プロレタリアートのうしろ盾まえ盾」や、初出版で伏せ字にされた天皇暗殺を暗示していると読解できる詩句などに、中野個人や日本の共産主義（文学）運動に内在する「民族エゴイズム」がどのように表出しているかを読み込む研究が進められた。主な先行研究を概観しよう。

津田道夫は「中野重治における差別観」（一九八〇年十二月）で、「雨の降る品川駅」の最初の改作を「いささか過剰な思い入れによる勇み足だった[30]」と語り、次のように述べた。

> 天皇殺害のこと、しかも天皇一般ではなく「醜い猫背」（初出詩形中のことば）の肉体をともなった裕仁天皇殺害のことが、〔詩を創作した当時の〕中野の内面に肉感的にたゆたっていた」と考えざるを得ない、だからこそ彼は「「天皇暗殺の類のこと」を、詩のうえで「日本人本人」の問題として考えさせずに、それを朝鮮人の肩に移そうとしたことを自己批判しえたのではなかったのか[31]。

小笠原克は「中野重治と朝鮮 下」（一九八八年九月）で、「雨の降る品川駅」は、極貧にあえぐ〈内地〉の朝鮮人たちの「絶望と憤怒をおのれの肉体的痛憤とし、芯のところで密着しようとした〔中野の〕真情が（略）一挙に、《テロリズム》のアジテーションとなって爆発した[32]」作品だったと述べた。また「西田信春と中野重治」（一九九八年一月）では、二人の交友関係の親密さや、「雨の降る品川駅」と同時期に「鉄の話」（一九二九年三月）など「モナーキーの撤廃」を主題にした文学作品が発表された点を指摘し、「初出「雨の降る品川駅」末尾の、いわば満身創痍でしか表現できなかったテロリズムへのアジテートは、この詩一篇のみの問題に限局するのは当を得ないのではなかろうか[33]」と、「雨の降る品川駅」に批判が集中している状況に疑問を呈した。

佐藤健一は「「雨の降る品川駅」について」（一九八八年十二月）で、「日本プロレタリアートのうしろ盾まえ盾」だけでなく、「君らは雨にぬれて君らを追う日本天皇を思い出す／君らは雨にぬれて　髭　眼鏡　猫背の彼を思い出す」の詩句にも問題があると、新たな論点を提起した。そして、「君らは……」の「君ら」と「君らを追う」の「君ら」が意味するものの差異や作品に内在的な一人称との関係を分析して、「初出形の最終連で、この詩人〔中野〕が、天皇のための挽歌を歌う構想を、「日本プロレタリアート」に係わりなく、〝僕〟にもむろん係わりなく、只、「朝鮮の男であり女である君ら」だけの肩に移して語らなければならなくなった[34]」要因を探った。

丸山珪一は「「雨の降る品川駅」をめぐって」（一九九〇年九月）で、まず「日本プロレタリアートのうしろ盾まえ盾」について、中野は「現実に朝鮮人たちが日本の運動の中で果たした先進的な役割と力量に対する敬意を込めて」朝鮮人を「盾」と呼んだが、そこに「民族エゴイズム」が読み込まれたのは、最終連の、「行ってあのかたい　厚い　なめらかな氷をたたきわれ／ながく堰かれていた水をしてほとばしらしめよ」の詩句に要因があったことを指摘した[35]。次に天皇暗殺の主題について、中野の「生理的なまでの憎悪の表現から見て、個人的テロルの対象として天皇が倒れたとしても、哀れまれるべき存在とは見なされなかった」と推測した。さらに朝鮮問題について、李北満の「「追放」では朝鮮人たちを追う者が漠然と「奴等」とされていて、例えば官憲も日本帝国主義も天皇制も区別されていないのに対し、詩の方ははっきり天皇に、天皇個人にそれを集中している[36]」点に注目し、それが意味するものを考察した。

石堂清倫は「抒情と反逆」（初出未詳。一九九〇年十一月執筆）で、中野が詩を改作した要因が、西田の指摘に加え、「日本の君主制の廃止は日本人民の仕事」なのに「それを怠って朝鮮の人びとが海を渡り、神戸名古屋を経て東京に潜入するのを待っているのかとさえ思われる」、その態度に「民族エゴイズム」を感じた点にもあったと推測した。[37]そして「日本プロレタリアートのうしろ盾まえ盾」の詩句について、中野は朝鮮人を弾除けとして利用する考えはなかっただろうが、「相手〔朝鮮人〕にエゴイズムとうけとられることを、日常不用意に用いること自体、民族的偏見の表現である[38]」と批判した。

金静美（キムチョンミ）は『故郷の世界史』（一九九六年四月）で、「日本プロレタリアートの前だて後だて」の詩句について、「中野は、「彼〔天皇〕」を殺すべきだと考えていたのなら、自分でそのために努力すべきではなかったのか[39]」と問うた。そして詩の改作と関連づけて、「五勺の酒」（一九四七年一月）で天皇の天皇制からの解放を訴えたことを問題視し、「架空の人物の書いた手紙という形式をつかって、筆者の意見そのものではないという弁解を可能にしつつ、ヒロヒト個人の侵略責任を明確にすることを妨害し、ヒロヒト個人に侵略責任をとらせようとすることに敵対し、ヒロヒト個人には戦争責任はないという虚偽をひろめ[40]」たことを強く批判した。

大西巨人は「コンプレックス脱却の当為」（一九九七年三―四月）で、「日本プロレタリアートのうしろ盾まえ盾」を「民族エゴイズム」の表出と批判してきた先行研究を、大西がいう〈俗情との結託〉と断定して全否定し、中野の晩年の『自己批判』にこそ、語の悪しき意義における「民族主義」――「原詩」および「現詩」のどちらにも見出されぬ「民族エゴイズムのしっぽのようなもの」が実存する」[41]と主張した。

前述のように、二〇〇〇年十二月から〇一年三月に、満田郁夫・林淑美・申銀珠・趙珉淑が「雨の降る品川駅」をめぐる共同研究をおこない、その成果を「梨の花通信」（二〇〇一年四―九月、全三回）に発表した。そこで提示した新たな試訳に基づいて、満田は「テキストについて」[42]で従来の解釈を否定し、この詩が天皇暗殺や「民族エゴイズム」と無関係であることを強調した。林淑美も「新しい版が明らかにすること」（二〇〇一年四月）で同様の見解を示し、「この詩にあるのは、憎しみという感情を正しく人間的感情にまで運ぶ熱い奔りである」「植民国人と被植民国人の感情の非対称性は克服され、送る者と送られる者との感情の均衡は正しい重みで釣り合っている」[43]と主張した。続いて「日本に於ける「雨の降る品川駅」」（二〇〇一年九月）で、「なぜ天皇を要めにおいた詩が、朝鮮人に呼びかけるという形をとったのか」という疑問に対し、「この国の暴虐が、朝鮮民族の上にもっとも苛酷におこなわれたからである。そしてその無法は、天皇の名において彼の名においておこなわれた。天皇の真の姿は植民地民の上にもっともあらわれるのである」と主張した。そのうえで、中野は「朝鮮人に呼びかけることで、この詩は、植民国人が意識的にも無意識的にも、もっているあるいはもたされている植民地主義的な意識を克服しえたのである」[44]と、初出版の詩にあらわれた連帯への感情を評価した。

鄭勝云（ジョンスンウン）も『中野重治と朝鮮』（二〇〇二年十一月）――この著作は、金龍済（キムヨンジェ）と中野の妹の鈴子との恋愛関係を論じた第五章第一節以外はすべて「雨の降る品川駅」論である――で、やはり「民族エゴイズム」や天皇暗殺の主題を否定し、それらの主題が読み込まれた要因を水野の誤訳に求めた。そして、「雨の降る品川駅」はテロリズムの詩ではなく、「天皇制という制度に縛られている天皇を制度から解放して、普通の個人にしてやりたいという〈人種的同胞感覚〉」を詠った、正当な階級闘争を訴えたものだと評価した[45]。

満田や林から「松下による「復元」形ははっきりと間違ひである[46]」と批判された松下裕は、「「雨の降る品川駅」始末」（二〇〇三年九月）で、初めて水野版を読んだ際、「全体の文意が「天皇暗殺」を歌ったもの以外ではありえないことを感じた」と述べ、彼らの主張に正面から反駁した。

こういう言葉がまじめに言われたものかどうかを、わたしは疑っている。いったい、この原詩について「テロリズムとは関係がない」というような抗弁が、当時の苛酷な官憲につうじただろうか。また抵抗の手段をもたない百姓などに、鎌がそのまま武器でないと言えるものだろうか。天皇制にたいする激しい憎悪だけでなく、天皇暗殺という明らかな激情が読みとれるからこそ、『改造』編集部が伏字だらけにして発表しなければならなかったのではなかったか[47]。

高榮蘭（コヨンラン）は「戦略としての「朝鮮」表象」（二〇〇六年十一月）で、「雨の降る品川駅」の「改造」

版と「無産者」版に日本人と朝鮮人との「連帯」を見いだしてきた通説に異議を唱え、「無産者メンバーをふくめ、スタンスが異なる様々な「朝鮮人」と「日本人」による「民族」と「階級」をめぐる表象間の闘争を分析し、そこで改造版と無産者版が、どのような共犯的機能をしたか」[48]を検討した。高はまず、朝鮮プロレタリア文学運動のなかで日本プロレタリア文学運動とのパイプ役を担った李北満と金斗鎔、特に李北満が、連携すべき日本人として中野重治を見いだしていった過程を明らかにした。次に「芸術運動」創刊号（一九二七年十一月）に掲載された、中野「日本프로레타리아芸術同盟에対하야」（「日本プロレタリア芸術同盟について」）と李北満「芸術運動의方向転換論은果然真正한方向転換論이엿든가？」（「芸術運動の方向転換論ははたして正しい方向転換論であったか？」）という二つのエッセーを比較検討し、連帯をめぐる両者の言説のズレを明らかにした[49]。そして最後に、「李と金らの朝鮮人組織がナップに吸収された一九三二年前後」に、「雨の降る品川駅」の献辞が日本語のテクストからなくなったことを、「改造版と無産者版の戦略のズレ」が露呈した象徴的出来事と捉えた[50]。

水野直樹は「中野重治「雨の降る品川駅」の自己批判」で新たな試訳を発表するとともに、松下と同様に、「「雨の降る品川駅」はどのように復元しても、天皇に危害を加える行為、加えようとする行為を描いていることは否定できない、と私には思われる。この詩が描き出すイメージは、戦前の刑法に定められた「大逆罪」（略）に該当するものである」[51]と主張した。そのうえで、一九六二年に日本朝鮮研究所でおこなわれた連続シンポジウム「日本文学にあらわれた朝鮮観（3）――日本における朝鮮研究の蓄積をいかに継承するか」での中野の講演（第2章「植民地支配の「恩恵」、在日朝鮮人への〈甘え〉」で詳述）を取り上げて分析し、この講演に晩年の中野の「雨の降る品川駅」への自己批判の出発点を認めた。

黒川伊織は『戦争・革命の東アジアと日本のコミュニスト』（二〇二〇年九月）で、「御大典」を前に「予防的に植民地朝鮮へ強制送還されていく朝鮮人の仲間たち」に中野が送った、「雨の降る品川駅」の「さようなら」の挨拶を、「彼らの運動が帝国日本の支配秩序に抗する社会運動としてあったこと」(52)の象徴と捉えた。そして一九二〇年代に始まり七〇年代まで続いた、東アジアでの国際的な運動の錯綜した動きを叙述しながら、「プロレタリア国際主義の拠り所」としてこの詩が読み継がれたことを評価した(53)。

以上が「雨の降る品川駅」をめぐる現在までの議論である。それを要約すると次のようになる。この詩は、天皇に関わる記述が伏せ字にされて発表され、さらに改作版で天皇に関わる詩句が削除されたため、長らく中野の抒情詩の傑作としてだけ読まれて評価された。この状況は、一九七五年と七七年に中野が自己批判を発表したこと、七六年に水野が「無産者」版を発見して反訳したことで大きく変わった。

中野が死んだ一九七〇年代末ごろから、日本人と（在日）コリアンの文学者や中野研究者が、「雨の降る品川駅」の問題性と可能性を再検討しはじめた。その際、彼らは中野の二度の自己批判を前提に、「天皇暗殺」という主題と、「日本プロレタリアートのうしろ盾まえ盾」の詩句の二つに焦点を当てて考察を進めた。その結果、多くの論者が、天皇暗殺の役割を朝鮮人に負わせた点に、この時期の中野の朝鮮認識の問題性を認めた。そのうえで詩の改作を、詩に対する中野の自己批判や、晩年に展開した在日朝鮮人問題をめぐる論考と関連づけて検討した。しかしその後、中野の自己批判という議論の前提を疑い、原詩に立ち戻って再検討しようと試みる論者があらわれた。二〇〇〇年代初頭、満田や林たちが共同研究を通じて、「雨の降る品川駅」の原詩は天皇暗殺を詠った詩でも、朝鮮プロレタリアートに対する日本プロレタリアートの優越性がこもった詩でもなかったと主張した。これに対して松下や水野などから、原詩には天皇暗殺のイメージは明瞭だとする反論が出され、現在にいたっている。

### (在日)朝鮮人との交友関係

前述のように、「雨の降る品川駅」が朝鮮語に訳され、「無産者」に掲載された経緯を調べる過程で、中野と李北満・金浩永・林和・金斗鎔などの朝鮮人文学者や活動家との交流の実態が明らかにされていった。しかし中野が交友関係をもった(在日)朝鮮人はほかにも数多くいた。たとえば戦中に金子和の名前を用いていた金三奎(キムサムギュ)(彼も無産者社の同人だった)は、古くから中野と付き合いがあり、中野が一九三八年から三九年にかけて東京市社会局調査課千駄ヶ谷分室の臨時雇いを務めた際には職の世話をした朝鮮人だが、彼は「中野重治氏と私」(一九七七年九月)で、「中野氏は朝鮮のプロレタリア作家やその同調者に多くの友人をもっていた(54)」と回想している。尹学準(ユンハクチュン)も、朝鮮人との交友関係について中野に電話で質問した際、「金斗鎔、李北満、林和、金南天(キムナムチョン)らとは個人的に親しかった」と返答されたと述べ、「中野の朝鮮人との交友は文学者に限られたものではなく、広く文化人一般にわたっていたようである。夫人が俳優（原泉）であったことで、朝鮮の演劇人との交友もかなり密であったようだ（原泉『朝鮮人二人』――『季刊・三千里』第二号）。また、戦後になっては「新日本文学会」を中心に金達寿、許南麒らとの交遊関係も広く知られている」と、中野と（在日）朝鮮人の交友関係の広さを語った。[55]

とはいえ、ここで名前が挙がっている（在日）朝鮮人のなかで、交友関係を詳細に明らかにできるのは金達寿だけである。金達寿については彼自身が「私のなかの中野さん」（一九七九年十一月）で回想しているほか、廣瀬陽一が『日本のなかの朝鮮 金達寿伝』（二〇一九年十一月）で二人の交友関係を掘り起こした。[56] これに対し、金斗鎔・李北満・林和との交友は一時期の一側面しか明らかになっておらず、金三奎も本人の証言しか資料がない。許南麒との交友関係も実態は不明であり、金南天にいたっては日本で公開された資料のなかに、交友関係を具体的に裏づけたものが見当たらない。[57]

このほか、中野と直接／間接に交友関係をもったことがわかっている朝鮮人に金史良（キムサリャン）・金鐘漢・金龍済がいる。金史良については大橋一雄「金史良の光芒」（二〇〇〇年五月―〇三年二月）で、金鐘漢については黒川創「「芸」について」（一九九八年一月）で、金龍済については大村益夫『愛する大陸よ』（一九九二年三月）、稲木信夫『詩人中野鈴子の生涯』（一九九七年十一月）、鄭勝云『中野重治と朝鮮』などで、それぞれ触れられた。[58] [59] [60] しかし金龍済については、もっぱら中野の妹の鈴子との恋愛関係が話題の中心に置かれている。彼と鈴子との手紙が公開されていないこともあり、中野との交友関係の実態は非常に狭くしかわからない。そうしたなかで、二人の文学上の関係を考察した論考に、萬田慶太「金龍済「鮮血の思出」の意義」(二〇一六年十二月)がある。ホーミ・K・バーバの「擬態」概念を援用し、金龍済の詩「鮮血の思出」を「雨の降る品川駅」の〈擬態〉——「日本語詩や日本共産党の指針に対してほとんど完全な同一化や規律化が図られるにも関わらず、しかし詩の読解としては原詩に対する批判的置き換え、逸脱、批評になっているような事態」[61]——と捉える視座から読解したものだ。また「在日文学雑誌『ヂンダレ』における「擬態」」(二〇一八年三月)では、「ヂンダレ」同人の在日朝鮮人詩人が、「雨の降る品川駅」をいかに〈擬態〉し、新たな詩として詠い替えたかを論じた。[62]

こうして、中野が多くの(在日)朝鮮人と交友関係をもったことは伝わっているが、中野自身が書き残したり友人や知人が語ったエピソードがほとんどなく、「文学者に限られたものではなく、広く文化人一般にわたっていた」といっても、そのごく一部分しか判明していない。

## 中野家と朝鮮——父子関係を中心に

ところで、中野が朝鮮にこれほど強い関心をもった要因は何なのか。この点に関して誰もが指摘するのが、台湾総督府と朝鮮総督府の役人を務めた父・藤作の存在である。藤作のほかにも中野の家族では、一九一八年七月に朝鮮銀行に就職した兄の耕一と、三八年に帰郷した金龍済の後を追った鈴子が、それぞれ朝鮮を訪れている。しかし耕一は就職後まもなくウラジオストック支店への配属を命じられ、八カ月後に赤痢で急死した。また鈴子が京城に滞在したのは、わずか三週間ほどにすぎない。これに対して藤作は、韓国併合直後の一〇年九月三十日に朝鮮総督府臨時土地調査局官制が公布された翌日に臨時土地調査局書記に任じられてから一七年十月に免官になるまで、八年にわたって総督府に勤め、朝鮮各地に赴いて測量作業をおこなった[63]。そして中野は、朝鮮人から土地を収奪する仕事に携わる藤作の給与で、大学まで学業を修めることができた。この意味で藤作こそ、中野に、朝鮮や朝鮮人と自分の生活との関係を絶えず意識させる存在だったといえる。そこで父子を中心とする家族史と朝鮮問題とを関連づけて考察した論考が書かれた。

木村幸雄は「中野重治と天皇制[64]」(一九九五年十月)で、天皇・天皇制に対する中野の認識を考察する際に朝鮮問題が重要な軸になるという観点から、「国旗」と「梨の花」に描かれた韓国併合に関わる場面とそこに込められた認識の変化を、中野家と朝鮮との関係から読解した。続いて「中野重治と朝鮮」(一九九五年十二月)では、「『梨の花』の世界は、けっして少年時代の自伝的な回想にとどまるものではな」く、「朝鮮問題という線に沿ってふりかえるならば、「国旗」から「雨の降る品川駅」への飛躍、「転向」の苦渋と屈折を経てのその改作、それらをふまえたうえで」開けたものと捉えた。そしてこの視座から、「梨の花」にいたる過程で「中野重治がぶつからなければならなかった感性と思想、両者をつなぐ言葉の問題など」を跡づけた[65]。

横手一彦は「中野重治『梨の花』考・序」(一九九六年九月)で、いままであまりにも今日的視点で『梨の花』や「村の家」を読解していたのではないかと問題提起し[66]、藤作の実人生をたどりながら、彼の歩みが当時の日本社会でどのような意味をもったのかを考察した。続いて「父の不在と〈村の内〉」(一九九七年九月)では、『梨の花』を、「個が「家」から一時的に分離・自立することで、「家」を単位とする疑似概念を部分的に破砕する《序説の物語》と換言することができるかもしれない[67]」という視座から考察した。その際、良平の父親の経歴を藤作と重ね合わせて読解し、中野父子が近代化の枠組みに組み込まれる過程を描き出した。さらに「父のこと・父であること」（一九九九年七月）では、「家族とともにある生活を本来的形態と理解しそのことを望んでいたにちがいない」「梨の花」の良平の父親とそのモデルになった藤作に、「敢えて歪んだ家族の分散生活を覚悟」させた背景として、「分相応を強制する近世的な社会規範を拒絶し「新しさ」を求めた父の強い意志、あるいは伏在的に託した子らの成長に織り込んだ父の願い[68]」を読み込んだ。

川西政明は『昭和文学史』上巻で、中野が「村の家」で描いた、勉次を説諭する父親の孫蔵が、勉次にとってどういう存在として立ちはだかったかについて、藤作の仕事遍歴を詳細に調べたうえで、藤作が得た人生経験と重ね合わせて論じた[69]。

## 初期作品における朝鮮・朝鮮人像

中野が一九二〇年代に発表した小説や詩のなかには、「雨の降る品川駅」のほかに、「国旗」「姉の話」「朝鮮の娘たち」「モスクワ指して」など、朝鮮を舞台にしたり朝鮮人が登場するものが少なくない。先行研究のなかにはこれらを、中野の家族との関係よりも階級闘争や民族的連帯に重心を置いて論じたものがある。

山本卓は「中野重治の生涯と文学からなにを学ぶか」（一九九〇年一月）で、「交番前」（一九二七年十一月）、「花見と郵便配達夫」（一九二九年十一月）などと合わせて、植民地朝鮮の民族解放を国際主義の下で実現するために満州を横断してモスクワを目指す二人の朝鮮人を主人公にした短篇

「モスクワ指して」を取り上げた。山本はこれらの作品で「中野は、勤労人民の健全でつつましい生活とともに、彼らが天皇絶対権力の抑圧支配を糾弾し、自己の本性にめざめていく発展的な姿を描いて、初期のプロレタリア文学のもつ、はりつめた、透明な美しさに輝いた小説世界を創りだしている」[70]点を評価した。

木村幸雄は「中野重治の文学と女性」(一九九七年三月)で、「国旗」を、「母親の感性と視点から、歴史・社会的な事件、政治的な事件をとらえ、女性特有の痛覚を通して、抑圧や弾圧を告発していく」系譜にある小説と捉える観点から次のように論じた。

「国旗」の結末には、注意深く読むならば、若い母親の感性と視点からとらえられた日韓併合の理不尽さが、鋭く告発されている。「となりの朝鮮人の小さな家の軒に日の丸がばたばたしてるのを見てびっくりし」、さらにそれが、「朝鮮にだけある丈夫なふすまに貼る紙に赤く丸を描いたものだ」ということまでつきとめている。それは、伝統的な文化を持つ朝鮮という一つの国に、日本が一方的に植民地支配をおしつけたことを、見る者の眼に具体的な形でつきつけているものにほかならない。そして、それを描かされたかわいい朝鮮の男の子と郷里に残して来ている自分の男の子とを重ねながら、そのことをつきとめている。子供の姿を眺める母親の眼は、このように国境をこえてひろがるところがある。[71]

徐東周(ソドンジュ)は「定住者のいない満州/「逞しき」朝鮮人」(二〇〇六年八月)で、「モスクワ指して」

に焦点を当てて論じた。彼は、作中で「モスクワに向かう人には「頭のぎりぎりから足の爪さきまで階級的でなくてはならない」という条件」が付いている点に注目し、ここで「中野が打ち出しているのは植民地朝鮮の独立を階級主義に従属させる認識」であること、そうした民族的差異への無知を、中野を含む社会主義者にもたらした「階級主義的発想が、その政治的立場の差異を超えて、日本の帝国主義支配を正当化した帝国の思想と朝鮮の他者性を無化・否定する認識を共有していたこと[72]」を指摘した。続いて、物語の舞台が満州であるにもかかわらず、日本の植民地支配に抵抗する満州の人々が一人も登場しないことを問題視し、他者としての朝鮮・朝鮮人の排除と、連帯の対象としての満州の人々の排除のうえにこの小説が成立していると論じた[73]。さらに二人の朝鮮人が強靭な身体性で表象されている点を取り上げ、「身体性と結びついた主人公の表象は在日土木労働者を連想させることによって、結果としてテクストの受容行為の中では朝鮮人に対する人種的偏見の再生産に加担してしまう[74]」と述べたうえで、「そのフィクションの世界の中で植民地(人)を描写あるいは形象化する際、不可避的に帝国主義の時代が生み出した植民地をめぐる想像力に依存[75]」した小説だと批判した。

## GHQ占領下の民族的共闘

高榮蘭は『「戦後」というイデオロギー』(二〇一〇年六月)で、GHQ(連合国軍総司令部)占領下での日本人文学者と在日朝鮮人学者との共闘の内実を、「新日本文学」(新日本文学会)と「民主朝鮮」(朝鮮民主社)の帝国主義戦争と植民地支配をめぐる歴史の記憶のズレや、民族問題に対する共産党の方針を通じて考察した。そのうえで、歴史認識のズレにもかかわらず、この時期に日本人と朝鮮人との「共闘」が民族的な連帯として表象されえた要因として、日本の民主主義文学運動に参加していた金達寿や許南麒が、日本帝国に代わって登場した敵としてアメリカを位置づける、民主主義文学運動の言説を受け入れた点を指摘した。「そのため、この時期の彼ら〔金達寿や許南麒〕のテクストから見出されたのは、日本帝国へ抵抗する主体だけではなく、アメリカに抵抗する主体でもあり、そうした抵抗の構図は、講和条約に反対する議論において「日本」対「アメリカ」の権力関係を表象する言説へと転用される。すなわち、二人のテクストから見出された抵抗する主体は、朝鮮戦争をめぐる反戦闘争ではなく、サンフランシスコ講和条約に対する反対闘争の言説へと違和感なく読み替えられ[76]」た。高榮蘭はここに、植民地支配に対する中野たち日本人の民主主義文学運動の担い手の認識の弱さがあると批判した。

同様に李英哲（イヨンチョル）も、「中野重治の8・15朝鮮人「解放」認識に関するノート」（二〇一〇年十二月）で、敗戦前後から一九五〇年代前半に中野が発表した小説やエッセー、日記にあらわれた朝鮮・朝鮮人表象を分析し、戦争と植民地支配の被害の当事者である朝鮮人の存在が捨象されていること、それが加害責任の主体から、日本人と中野自身を遠ざける結果をもたらしたことを指摘した。そのうえで、「敗戦直後から五〇年代の中野の作品は、植民地支配の犠牲者としての朝鮮人の実像を、ほとんど「発見」できずにいた[77]」と厳しく批判した。しかし彼は論の最後で、七〇年代に朝鮮問題を扱った中野のテクストには、「朝鮮に対する日本の植民地支配責任を正面から引き受け、鋭く提起する姿勢が前面に押し出されており」「被害者としての同列化意識も、無意識に優位に立ってしまうといった位置性もほぼ見えない」と述べ、「敗戦直後から五〇年代前半にかけて持っていた自らの認識の問題性を、中野は最晩年に至り、辛うじて克服しえていたと言えるかも知れない」と、認識の深化を高く評価した。[78]

## 晩年の活動

中野は一九七〇年代にあらためて集中的に朝鮮問題に関する論を展開した。それは「雨の降る品川駅」への自己批判にみられるように、日本の共産主義（文学）運動にとってつまずきの石になってきたナショナリズムの問題を検討し直そうとするものだった。これら晩年の知的活動を取り上げた論考に次のものがある。

石堂清倫は「マルクス主義思想家としての中野重治」（一九七九年九月）で、『沓掛筆記』[79]（一九七九年四月）刊行直後に中野から感想を何度も求められたこと、それを受けて中野宅を訪れ、半日ほど「日本の社会主義の首にかけられた錘（おもり）としてのナショナリズム」[80]について話したことなどを回顧した。そして「中野が一部の人からしつこいと言われるほど、機会あるごとに朝鮮人問題をとりあげねばならなかったのは、本来ならまっさきにこの教訓を摂取すべき共産主義運動の本隊が、この問題に無関心に終わるという民族的体質を重視したからであろう」と述べ、中野を「民族や階級を概念としてではなく、歴史的形成物として全構造的にとらえた特異なマルクス主義者」と評した。[81]

また「中野重治のはじめとおわり」（一九八〇年十二月）では、「日本人は朝鮮や中国を犠牲とすることで〔天皇制との〕妥協をはかることができたが、自己の民族的生存を否認することのできない朝鮮と中国の人びとには、妥協の余地のないことが多かったであろう」、したがって「中野が一貫して朝鮮の問題をとりあげたのは、このような結果をともなう日本人、とくに社会主義者の民族主義的原罪を意識したからであろう」と述べ、中野の朝鮮問題への取り組みが、天皇制を支える、日本人の「内なる民族主義」との闘争と不可分な関係にあったことを指摘した。[82]

尹学準も「中野重治の自己批判」で、「赤旗」一九二三年四月号（赤旗社）に載った「無産階級から見た朝鮮解放問題」アンケートに対する中野の考察や、日本人が朝鮮語を学ばない状況に対する中野の嘆きを取り上げ、中野がそれらにみられる民族問題軽視の態度の要因について、「朝鮮を日本とは別の文明をもつ外国だという認識」を日本人が欠いていた点にあったと考えていたのではないかと述べた。[83]しかし尹学準は、このような発言が日本人自身からなされた事実を評価するとともに、近年、朝鮮語や朝鮮文学を研究する日本人がわずかながら増え、日本人による朝鮮文学の翻訳書も少しずつ出始めるなど、朝鮮をめぐる日本社会の状況がいい方向に進んでいると語った。[84]

津田道夫は「中野重治における差別観」で、晩年の中野が朝鮮問題や沖縄問題などを通じて、差別の問題を、「本土の沖縄化」や「植民地同様の低賃金」などの表現に注目して数多く論じていることを指摘した。そのうえで、それらの視座を貫く根本的なモチーフの一つが、「圧迫するもの、抑圧するもの、他人の国を奪うもの、そういうものに「片足でも」加担したものが、旧来の言語文化のうえにそのまま寝そべり、それにもたれたまま安逸な言語表現をこととしている思想的退廃を、鋭くつき出すところにあったといっていい。この「構え」、この「立場」、この「姿勢」こそが、そして、差別の問題を扱か（ママ）うにさいしても、どのようなセンチメンタリズムとも断ち切れたところで、これに肉薄することを可能にした」と述べ、ここに中野の「悲しみや怒りの普遍的な質」を認めた。[85]

丸山珪一は「中野重治と朝鮮問題」（一九九八年一月）で、中野が「朝鮮の人」という言葉に込められた侮蔑的なニュアンスを鋭く指摘し、朝鮮を一貫して「外国」と見なしたことや、「国旗」に始まる朝鮮問題との文学的な関わりを述べたうえで、一九七〇年代のエッセーを次のように総括した。

総じて言えば、高度経済成長とそれへの諸勢力の対応の結果として、社会的力関係に根底的な変化が生じ、また日本の経済大国化によって日韓支配層のそれぞれの経済的思惑が先導する形での両国の結びつきが深まるなかで、かつて植民地の搾取のお蔭で本国の小ブルジョア層のみならず、労働者階級すら感覚的に麻痺させられたのと同様の事態が新たな装いで再現しつつあるのではないか、というおそれ、これに対し運動を根本から立て直さねばならぬという思いが晩年の中野のエッセイの深いモチーフになっている。[86]

大橋一雄は「差別感覚と言語表現」（一九九八年一月）で、「緊急順不同」の、朝鮮と朝鮮人に関わる状況論的な文章について、敗戦後もアジア諸国の人々や沖縄県民などに対する日本人の差別が根深く残っている現状を踏まえ、中野がこの差別に関わる論を言語の問題から始め、『日本共産党の五十年』[87]（日本共産党中央委員会機関紙経営局、一九七二年一月）への批判を通じて鋭く追及した点に注目した。そして中野が、関東大震災時に「何千人という朝鮮人（も）虐殺された」の「も」という言い方や、「労働者の植民地的低賃金」など、民族差別に関わる言語表現をどう批判したかを論じた。

林浩治は「中野重治 浅かった朝鮮認識」（二〇〇二年四月）で、「幼少期の父を通しての朝鮮原体験があって、さらに学生時代から金斗鎔（キムドゥヨン）や金三奎（キムサムギュ）のような朝鮮人学友と知り合うということも加わり、朝鮮に向けた中野の関心は小さくはなかった[88]」が、中野の文学作品に朝鮮や朝鮮人を主題にしたり題材として扱ったものは少ないと述べ、「雨の降る品川駅」を通じて中野が朝鮮をどうみていたかを探った。林は、中野の晩年の自己批判や朝鮮問題を扱った一九七〇年代の文章について、彼は「階級連帯の相手として植民地である朝鮮の労働者と連帯しようというスローガンを掲げながら、支配民族の立場から抜け出せず日本とは別の民族性をもった朝鮮に対する関心をもってこなかった日本のプロレタリアート運動の反省を述べているのだ。そこに戦前の優れたプロレタリア詩人であった自己の代表的な詩が成立したことを知っていた[89]」と述べた。そして晩年にいたっても「朝鮮にも在日朝鮮人問題についても中野の認識はまだまだ浅」かったが、「朝鮮について自己の認識が甘かったこと、植民地の文化に対して無知であったことについて実に誠実に自己批判を繰り返[90]」した点についてては評価した。

### そのほかの論考

中野重治は、父が朝鮮で買ってきたと思われる小さな高麗人形を、亡くなるまで手元に置いて愛玩していた。藤枝静男「「高麗人形」ほか」（一九七六年十一月）や小笠原克「中野重治と朝鮮 上」

（一九八八年五月）などの追想やエッセー、論考で、この高麗人形がもっている象徴的な意味が語られている。[91] また小笠原は、第一次全集に収録された、朝鮮に関わる中野のテクストをリストにして、「中野重治と朝鮮 上」の末尾に付した。[92]

このほか、円谷真護・林尚男・竹内栄美子・松下裕が、それぞれ伝記や評伝的論考のなかで、朝鮮や（在日）朝鮮人に関わる様々なテクストや同時代的な出来事を、中野がどのように受け止めて反応したかに言及している。[93]

## 韓国での中野重治研究の状況

中野重治は、日本社会と在日コリアン社会では、朝鮮問題に持続的に取り組んだまれな文学者ないし知識人と評されている。しかしこの評価に見合うほど、韓国で中野の文学作品が読まれているかは疑わしい。実際、韓国語に訳されて単行本として刊行された中野の文学作品は一つもない。もっとも、植民地朝鮮のプロレタリア文学運動や転向文学研究のなかで中野に言及したものは少なくない。しかし韓国の学術情報サービス（ＲＩＳＳ）[94]などで中野の名前を漢字とハングルで打ち込んで検索したところ、中野を正面から扱った論考は、一九七三年に発表された金允植「林和研究」から数えて二〇二一年末までの約半世紀でかろうじて四十本を超える程度しかなかった（二〇二一年十一月現在）。うち半数程度が中野の朝鮮認識に関する論考だが、著者のほとんどは金允植と日本に留学して中野を研究した申銀珠・鄭勝云・徐東周の四人である。日本と朝鮮、日本人と朝鮮人との国際的な連帯を声高に訴えた中野だが、彼の存在と活動が玄界灘を越えて韓国社会に伝わっているとは言いがたい。

とはいえ韓国の中野研究には、わずかながら、日本国内ではほとんどみられない論点を扱ったものもある。その一つは、金允植の研究に始まる、「雨の降る品川駅」と林和の詩「雨傘さす横浜の埠頭」の比較である。金允植は「林和研究」で「雨の降る品川駅」を、「事ごとに口にする「万国の労働者よ団結せよ」(『共産党宣言』)という命題だとか、コミンテルンの理念が、祖国や国家より優先し、反帝的階級によって世界を統一しようとする」「むなしい妄想」の思潮があらわれた作品の一つと批判した。(95) この批判は、反共を国是とする軍事独裁政権下の韓国国内でなされたことを念頭に置いて理解すべきものだが、これ以後、民主化政権に移行して朝鮮人共産主義(文学)者の研究が可能になった一九九〇年前後から現在まで、韓国ではプロレタリア文学運動の国際的な連帯に対する中野と林和の認識の共通点と差異をめぐる研究が進められている。

注目すべきもう一つは徐東周の研究である。彼は前述の「モスクワ指して」論を発展させ、二〇〇八年から一二年に韓国の学会誌や研究所の雑誌に、「モスクワ指して」「雨の降る品川駅」など初期作品や、「被圧迫民族の文学」を中心とする敗戦後十年間の中野のテクストを扱った論考を続けて発表した。その集大成的な論考「中野重治と朝鮮」(二〇一二年三月)で徐東周はまず、中野の移動への関心が朝鮮への関心と切り離せないという観点から「モスクワ指して」を分析した。そのうえで、中野の移動への関心を、「雨の降る品川駅」の初出版と戦後版の差異と結びつけて論を展開させた。彼によれば、両者の最大の違いは、初出版では追放された朝鮮人が〈内地〉に戻ってきて天皇暗殺を遂行する設定になっているのに対し、戦後版では日本に帰ってくる設定が消された点にある。彼の考えでは、この設定の変更の背景には、日本の敗戦にともなって朝鮮民族が日本の植民地支配から解放され、独立した民族になったという政治的現実がある。朝鮮人が日本に戻ってきて天皇を暗殺するという設定は、この政治的現実から乖離しているので、中野が戦後版でこの設定を削除し、同志との離別を前景化するよう改作したのは自然な流れだったという。[96]そして徐東周は、政治的現実が変わった敗戦後も中野は朝鮮との連帯を追求したが、彼にそれを促したのが、高い日本語能力をもつ在日朝鮮人との交流だったことを指摘し、生涯で一度も朝鮮の地を踏まなかった中野に、実感をもって朝鮮を認識させる媒体になったのは彼らだったと主張した。[97]さらに「被圧迫民族の文学」を取り上げ、日本と朝鮮が別の民族国家に分離され、階級的連帯が有効でなくなった戦後に朝鮮に対する連帯を維持しようと、中野は現在の日本と過去の朝鮮を等置したが、その連帯は朝鮮半島で起こっている朝鮮戦争から目を逸らすことで得られるものでしかなかったと批判した。[98]

また中野が「停車場」（一九二九年六月）や「新しい女」（一九二九年八月）で東北出身の女性の方言を敏感に扱った――「彼女の言葉は非常に重苦しい訛り言葉で、同時に非常に丁寧な言葉であった。それを発音どおりに写しとることはできない。（略）仕方がないのでここでは、その女の人の言葉を当りまえの言葉〔標準語〕に書きなおしたわけだが[99]」――のに対し、「モスクワ指して」の二人の朝鮮人が話す言葉の差異には鈍感だった点にも言及した。一人は晋州出身なので、もう一人とは晋州訛りで話すはずだが、中野はこの差異を意図的に無視して二人とも標準語で語らせた。徐東周はここに、朝鮮内部の多様性を看過する中野の態度を認めた。[100]こうして中野の朝鮮認識を再検討したうえで、彼は次のように批判した。

彼〔中野〕は朝鮮認識を過度に〝理念〟に依存したせいで、自身と朝鮮の間に置かれた〝距離〟ないし〝差異〟の現実を精密に直視できなかった。彼は朝鮮という他者の政治的現実に敏感だったが、朝鮮という他者の本質的な他者性には鈍感だった。そしてこのような朝鮮の他者性に対する不感症は、理念（社会主義）と言語（日本語）の〝コード〟を共有する在日朝鮮人との接触抜きには理解できない。その点で李北満と金達寿のような在日朝鮮人は、中野と朝鮮をつなぐ〝窓〟であると同時に、他者意識をふさぐ〝壁〟にもなった。[101]

前述の李英哲と同様、徐東周も、「被圧迫民族の文学」までを対象に中野の朝鮮認識を考察しており、そこから中野の認識が変わらなかったように述べている。しかし彼が、朝鮮問題をめぐる晩年の中野の取り組みまで総合的に検証していない以上、それは明らかに公平な論評とは言えない。その一方、徐東周の批判には、「雨の降る品川駅」の初出版と戦後版の違いが意味するものや、在日朝鮮人の日本語能力への依存など、日本国内でほとんど問題にされたことがない論点への言及もある。それゆえ、これらの問題に対する日韓の研究者の認識の非対称性について考えるうえで、徐東周の批判には見過ごせないものが含まれている。

### 先行研究の問題点と本書の視座

以上、〈中野重治と朝鮮〉という問題系に関わる日韓の論考を、中野の文学テクストや活動時期で区分し、論の傾向や特徴を整理した。一見して明らかなように、「雨の降る品川駅」をめぐる論考が質量ともに圧倒的に多い。ほかには「国旗」「モスクワ指して」などの初期作品や「被圧迫民族の文学」「梨の花」に関する論考がいくつかみられる。また中野の朝鮮への関心の由来を、家族、特に父・藤作の来歴を通じて明らかにしようと試みた論考もある。さらに特に「雨の降る品川駅」に関連して、中野と（在日）朝鮮人との交友関係の実態についても調査がおこなわれている。しかし朝鮮問題に対する中野の取り組みの全体像を解明するのに十分なほど、多角的に研究がおこなわれてきたとは言えない。

第一に従来の研究は、中野が知的活動のほぼ全期間にわたって持続的に朝鮮問題に取り組んだことを指摘していながら、朝鮮問題を扱った多様なテクストを具体的に考察していない。特に「被圧迫民族の文学」「梨の花」から一九七〇年代までのテクストは、ほぼ手つかずのまま放置されている。このため朝鮮問題をめぐって中野がたどった知的営為と、それにともなう朝鮮認識の変遷過程は、きわめて不十分にしか明らかになっていない。この欠落を埋めないまま、「緊急順不同」「在日朝鮮人と全国水平社の人びと」で展開された議論だけを独立させて論じたり、「雨の降る品川駅」とその自己批判を抜き出して中野の朝鮮認識の限界を云々したりすることには大きな問題があるといわざるをえない。

第二に、藤作が中野の朝鮮への関心に与えた影響を、過度に強調することには慎重でなければならない。藤作の経歴が中野に、朝鮮への強い関心を引き起こす大きな要因になったことは確実である。しかし敗戦まで朝鮮と何らかの形で関わっていた家族や親族をもった日本人は少なくなかったし、朝鮮で生まれ育った日本人児童も数多くいた。この意味で中野は、類例がないほど特異な家庭環境で育ったわけではなかった。そのため中野の朝鮮認識を明らかにする際に藤作の存在を過度に重視することは、中野が（在日）朝鮮人との交流から学んだものを軽視することにつながりかねない。

第三に、中野が交友関係をもった（在日）朝鮮人にどのような人物がいたのか、彼らとの交流から何を学んだのかが十分には考察されていない。特に敗戦後に新たに交友関係をもった在日朝鮮人は、金達寿を除いて誰も調査されていない。中野が戦前・戦後を通じて、（在日）朝鮮人の誰についてもまとまった論考やエッセー、回想を残していないこともあり、先行研究を読んでいると、まるで中野が独力で朝鮮認識を深めていったように錯覚するほどだ。しかし朝鮮語を解さない中野にとって、（在日）朝鮮人との交友関係から得たものが少なかったはずがない。また彼らとの意思疎通が日本語だけでおこなわれた事実が、共産主義（文学）運動での民族的連帯の内実について、中野に様々な問題点を感じさせたことは容易に推測される。

これら先行研究の限界を克服するため、中野のテクストにあらわれた朝鮮や（在日）朝鮮人をめぐる様々な言説を個別に検討していく。この際、本書では敗戦後に発表されたテクストを考察の対象とし、戦前・戦中に発表されたものは直接には論じない。戦前・戦中に中野が交流した朝鮮人に関する情報の不足に加え、一九三〇年代初頭から四五年までに発表されたテクストには朝鮮への言及がほとんどみられないため、人的交流を通じてもテクストを通じても、認識の変遷を跡づけることがきわめて困難だからだ。これと対照的に、敗戦後に発表されたテクストには、朝鮮問題に関わる発言が非常に多い。このため中野がどのように朝鮮問題に取り組み、認識を深めていったのか、その過程を詳細に跡づけることが可能である。以上の理由から本書では、考察の対象を敗戦後に発表されたテクストに限定するが、戦前・戦中のテクストを無視するわけではなく、必要に応じて言及する。

こうして敗戦から晩年までの中野の朝鮮問題に対する取り組みと、それにともなう認識の変遷過程の全体像を明らかにすることで、これまで実態が不明なまま、共産党や共産主義（文学）運動のなかで決まり文句のように掲げられてきた「民族的連帯」の神話を解体＝再構築する。これを通じて、中野が目指した民族的連帯のあり方がどのようなものだったのか、その到達点と今日的意義を提示したい。

注

（1）金鐘漢『たらちねのうた』京城・人文社、一九四三年七月
（2）満田郁夫「テキストについて」「梨の花通信」第三十九号、中野重治の会、二〇〇一年四月
（3）中野重治「雨の降る品川駅」「改造」一九二九年二月号、改造社（『中野重治全集』第一巻、筑摩書房、一九九六年四月、五二二ページ）
（4）中野重治「雨の降る品川駅」『中野重治詩集』ナップ出版部、一九三一年十月、二二ページ
（5）中野宛ての西田信春の書簡、一九三一年五月二十日、石堂清倫／中野重治／原泉編『西田信春書

簡・追憶』所収、土筆社、一九七〇年十月、一六一ページ

(6) 中野重治「わが生涯と文学――楽しみと苦しみ、遊びと勉強」『中野重治全集』第二十四巻、筑摩書房、一九七七年九月(『中野重治全集』第二十八巻、筑摩書房、一九九八年七月、三五九―三六〇ページ)

(7) 中野重治『中野重治詩集』ナウカ社、一九三五年十二月

(8) 中野重治『中野重治詩集』小山書店、一九四七年七月

(9) 異同の詳細は鄭勝云『中野重治と朝鮮』(新幹社、二〇〇二年十一月)巻末の「〈付表〉「雨の降る品川駅」の異同」を参照。

(10)『中野重治全集』第一巻、筑摩書房、一九七六年九月

(11) 該当の記述の原文は金允植「林和研究」(『韓国近代文芸批評史研究』、한얼문고、一九七三年二月)五八〇ページ。引用は金允植「林和研究――批評家論」(『傷痕と克服――韓国の文学者と日本』大村益夫訳、朝日新聞社、一九七五年七月)二三六ページ。タイトルと引用中のルビは引用者が付した。

(12) このときの中野の反応や後日談については、松尾尊兊『中野重治訪問記』(岩波書店、一九九九年二月)一五九―一六三ページを参照。

(13) 中野重治「「雨の降る品川駅」のこと」「季刊三千里」第二号、三千里社、一九七五年五月(『中野重治全集』第二十二巻、筑摩書房、一九九八年一月、七八ページ)

(14) 前掲「わが生涯と文学――楽しみと苦しみ、遊びと勉強」(前掲『中野重治全集』第二十八巻、三六〇ページ)

(15)(Y)「編集室から」、『中野重治全集』第九巻「月報」第七号、筑摩書房、一九七七年五月、八ペー

ジ

(16) 水野直樹「「雨の降る品川駅」の事実しらべ」「季刊三千里」第二十一号、三千里社、一九八〇年二月、一〇一ページ

(17) 前掲「テキストについて」一〇―一一ベージ

(18) 川西政明『昭和文学史』上、講談社、二〇〇一年七月、二七七―二七八ページ

(19) 水野直樹「中野重治「雨の降る品川駅」の自己批判」「抗路」第七号、抗路舎、二〇二〇年七月、一一一―一一二ページ

(20) 尹学準「中野重治の自己批判――朝鮮への姿勢について」「新日本文学」一九七九年十二月号、新日本文学会、一四九―一五〇ページ

(21) 金達寿「私のなかの中野さん」「文芸」一九七九年十一月号、河出書房新社、二五二―二五三ページ、金泰生「『中野重治詩集』との出会い」、前掲「季刊三千里」第二十一号、一一五―一一六ページ、李恢成「中野重治と朝鮮」「新日本文学」一九八〇年十二月号、新日本文学会、五二―五三ページ、前掲「中野重治の自己批判」一五〇ページ、中有人「「雨の降る品川駅」の背景」「コスモス」第六十五号、コスモス社、一九七九年十月、四四ページ

(22) 佐多稲子「ある狼狽の意味」、前掲「新日本文学」一九八〇年十二月号、二二―二三ページ

(23) 村松武司「祭られざるもの」、前掲「コスモス」一九七九年十月号、五三ページ

(24) 前掲、李恢成「中野重治と朝鮮」五九ページ

(25) 水野直樹「「雨の降る品川駅」の朝鮮語訳をめぐつて」、『中野重治全集』第三巻「月報」第八号、筑摩書房、一九七七年六月、六―七ページ

(26) 前掲「「雨の降る品川駅」の事実しらべ」

(27) 水野直樹「中野重治と金斗鎔——「きくわん車の問題」、植民地支配への賠償、そして天皇制」「情況——変革のための総合誌」第三期、二〇〇五年十月号・十一月号、情況出版
(28) 申銀珠「韓国文学の中の日本近代文学——一九二〇年代の詩と詩人たち」お茶の水女子大学博士学位論文、一九九五年三月、九一ページ
(29) 申銀珠「中野重治と李北満・金斗鎔」、前掲「梨の花通信」第三十九号
(30) 津田道夫「中野重治における差別観」、前掲「新日本文学」一九八〇年十二月号、三五ページ
(31) 同論文三六ページ
(32) 小笠原克「中野重治と朝鮮 下——「雨の降る品川駅」をめぐる状況」「季刊在日文芸民濤」第四号、在日文芸民濤社、一九八八年九月、一一八ページ
(33) 小笠原克「西田信春と中野重治——「雨の降る品川駅」私注」「梨の花通信」第二十六号、中野重治の会、一九九八年一月、四ページ
(34) 佐藤健一「「雨の降る品川駅」について——「御大典記念」と挽歌の構想」「語文」第七十二輯、日本大学国文学会、一九八八年十二月、四一ページ
(35) 丸山珪一「「雨の降る品川駅」をめぐって——もう一つの「御大典記念」」「金沢大学教養部論集 人文科学篇」第二十八巻第一号、金沢大学教養部、一九九〇年九月、六四—六五ページ
(36) 同論文七三—七四ページ
(37) 石堂清倫「抒情と反逆——「雨の降る品川駅」」初出未詳、一九九〇年十一月執筆。引用は石堂清倫『中野重治と社会主義』(勁草書房、一九九一年十一月)八四ページ。
(38) 同論文八四—八五ページ
(39) 金静美『故郷の世界史——解放のインターナショナリズムへ』現代企画室、一九九六年四月、四三

四ページ

(40)同書四三六ページ

(41)大西巨人「コンプレックス脱却の当為 下――直接具体的には詩篇『雨の降る品川駅』のこと 一般表象的には文芸・文化・人生・社会のこと」「みすず」一九九七年四月号、みすず書房、六三―六四、六八―六九ページ

(42)前掲「テキストについて」一二ページ

(43)林淑美「新しい版が明らかにすること」、前掲「梨の花通信」第三十九号、一九―二〇ページ

(44)林淑美「日本に於ける「雨の降る品川駅」――二七年テーゼと緊急勅令／「雨の降る品川駅」と「御大典」」「梨の花通信」第四十一号、中野重治の会、二〇〇一年九月、八―九ページ

(45)前掲『中野重治と朝鮮』一九―二〇ページ

(46)前掲「テキストについて」一〇ページ

(47)松下裕「「雨の降る品川駅」始末」「梨の花通信」第四十七号、中野重治の会、二〇〇三年九月、四ページ

(48)高榮蘭「戦略としての「朝鮮」表象――中野重治「雨の降る品川駅」の無産者版から」「日本近代文学」第七十五集、日本近代文学会、二〇〇六年十一月、一二〇ページ

(49)同論文一二六ページ。「芸術運動」に掲載された中野のエッセーは、「日本プロレタリア運動について」の朝鮮語訳である。

(50)同論文一三一ページ

(51)前掲「中野重治「雨の降る品川駅」の自己批判」一一三ページ

(52)黒川伊織『戦争・革命の東アジアと日本のコミュニスト――1920-1970年』有志舎、二〇二〇年九

月、四ページ

(53) 同書一二六ページ

(54) 金三奎「中野重治と私」、『中野重治全集』第二十四巻「月報」第十一号、筑摩書房、一九七七年九月、四ページ

(55) 前掲「中野重治の自己批判」一四五ページ。引用文中のルビは引用者が付した。

(56) 前掲「私のなかの中野さん」、前掲『日本のなかの朝鮮 金達寿伝』

(57) 中野は晩年、金達寿に、ナップ(全日本無産者芸術連盟)とカップのことを話せる朝鮮人がいないか探してほしいと依頼した。これに対して金達寿は、金斗鎔は「平壌でいま外文出版社の日本語を担当しているらしい」が、両組織のことを話せる朝鮮人はまだ見つかっていない、友人に頼んでいるところだと返事した(金達寿から中野重治への絵葉書、一九七一年五月十七日付。神奈川近代文学館「中野重治資料」300/B34661)。

(58) 大橋一雄「金史良の光芒」「梨の花通信」第三十五、三十七、四十二、四十六号、中野重治の会、二〇〇〇年五月―〇三年二月、全四回

(59) 黒川創「「芸」について」、前掲「梨の花通信」第二十六号

(60) 大村益夫『愛する大陸よ――詩人金竜済研究』(大和書房、一九九二年三月)、稲木信夫『詩人中野鈴子の生涯』(光和堂、一九九七年十一月)、前掲『中野重治と朝鮮』、など。

(61) 萬田慶太「金龍済「鮮血の思出」の意義――中野重治「雨の降る品川駅」の〈擬態〉を通じて」「国文学攷」第二百三十二号、広島大学国語国文学会、二〇一六年二月、二九ページ

(62) 萬田慶太「在日文学雑誌『ヂンダレ』における「擬態」――中野重治「雨の降る品川駅」のサークル受容の一側面」「昭和文学研究」第七十六集、昭和文学会、二〇一八年三月

(63) 藤作の朝鮮体験に関しては、大橋一雄「父の朝鮮」(「梨の花通信」第二十一号、中野重治の会、一九九六年十二月)や前掲『昭和文学史』上、などに詳しい。
(64) 木村幸雄「中野重治と天皇制——視点と構造について」『中野重治論——思想と文学の行方』おうふう、一九九五年十月
(65) 木村幸雄「中野重治と朝鮮——感性・言葉・思想」「言文」第四十三号、福島大学教育学部国語学国文学会、一九九五年十二月
(66) 横手一彦「中野重治『梨の花』考・序」、西田勝退任・退職記念文集編集委員会編『文学・社会へ地球へ』所収、三一書房、一九九六年九月、五二一ページ
(67) 横手一彦「父の不在と〈村の内〉——『梨の花』」「中野重治研究」第一輯、中野重治の会、一九九七年九月、九〇ページ
(68) 横手一彦「父のこと・父であること——父親不在の小説『梨の花』」「雑談」第四十一号、雑談の会、一九九九年七月、三一ページ
(69) 前掲『昭和文学史』上、三二五—三三三ページ
(70) 山本卓「中野重治の生涯と文学からなにを学ぶか——没十周年を記念して」「流域」第五十二号、流域文学会、一九九〇年一月、三三—三四ページ
(71) 木村幸雄「中野重治の文学と女性」「大妻国文」第二十八号、大妻女子大学国文学会、一九九七年三月、一三八—一三九ページ
(72) 徐東周「定住者のいない満州/「逞しき」朝鮮人——中野重治「モスクワ指して」の植民地表象をめぐって」「日本語と日本文学」第四十三号、筑波大学国語国文学会、二〇〇六年八月、二八—三〇ページ

(73)同論文三三ページ
(74)同論文三五ページ
(75)同論文二六ページ
(76)高榮蘭『「戦後」というイデオロギー――歴史/記憶/文化』藤原書店、二〇一〇年六月、三一六ページ
(77)李英哲「中野重治の8・15朝鮮人「解放」認識に関するノート」「朝鮮大学校学報」第九号(日本語版)、朝鮮大学校、二〇一〇年十二月、六八ページ
(78)同論文七〇ページ
(79)中野重治『沓掛筆記』河出書房新社、一八七九年四月
(80)石堂清倫「マルクス主義思想家としての中野重治」「朝日ジャーナル」一九七九年九月十四日号、朝日新聞社、九二ページ
(81)同論文九二―九三ページ
(82)石堂清倫「中野重治のはじめとおわり」、前掲「新日本文学」一九八〇年十二月号、一三ページ。『沓掛筆記』をめぐる中野と石堂のやりとりについては、石堂清倫「電話のはなし」(「彷書月刊」一九八六年九月号、弘隆社)八ページも参照。
(83)前掲「中野重治の自己批判」一四六―一四八ページ
(84)同論文一四九ページ
(85)前掲「中野重治における差別観」二七―三七ページ
(86)丸山珪一「中野重治と朝鮮問題」、前掲「梨の花通信」第二十六号、一〇ページ
(87)大橋一雄「差別感覚と言語表現」、同誌一一ページ

(88)林浩治「中野重治 浅かった朝鮮認識――民族より階級だった」、舘野晳編著『韓国・朝鮮と向き合った36人の日本人――西郷隆盛、福沢諭吉から現代まで』所収、明石書店、二〇〇二年四月、一四一ページ

(89)同論文一四五ページ

(90)同論文一四五ページ

(91)藤枝静男「「高麗人形」ほか」、『中野重治全集』第五巻「月報」第二号、筑摩書房、一九七六年十一月、小笠原克「中野重治と朝鮮 上――日本問題としての朝鮮」「季刊在日文芸民濤」第三号、在日文芸民濤社、一九八八年五月、一五一―一五六ページ

(92)小笠原克編「中野重治・朝鮮関係執筆目録私稿」、同誌一六二―一六四ページ

(93)円谷真護『中野重治――ある昭和の軌跡』社会評論社、一九九〇年七月、林尚男『中野重治の肖像』創樹社、二〇〇一年五月、竹内栄美子『戦後日本、中野重治という良心』(平凡社新書)、平凡社、二〇〇九年十月、松下裕『増訂 評伝中野重治』(平凡社ライブラリー)、平凡社、二〇一一年五月

(94)「RISS」(http://www.riss.kr)[二〇二一年十一月二〇日アクセス]

(95)前掲「林和研究」二三四―二三六ページ

(96)서동주「나카노 시게하루와 조선――연대하는 사유의 모노로그」「사회와 역사」第九十三号、한국사회사학회、二〇一二年三月(徐東周「中野重治と朝鮮――連帯する理由のモノローグ」「社会と歴史」第九十三号、韓国社会史学会、二〇一二年三月、五五―六〇ページ)。訳は引用者の試訳。

(97)同論文六五ページ

(98)同論文六七―六九ページ

(99)中野重治「停車場」「近代生活」一九二九年六月号、近代生活社(前掲『中野重治全集』第一巻、

一九九六年四月、二五〇ページ）

(100) 前掲「나카노 시게하루와 조선」七一―七二ページ

(101) 同論文七六ページ

# 第1章　「被圧迫民族の文学」概念の形成と展開
## ——日米安全保障条約と日韓議定書

### はじめに

　中野重治が一九七〇年代に展開した朝鮮や（在日）朝鮮人をめぐる議論は、民族を問わず高く評価されている。これに対し、敗戦直後から五〇年代前半にかけての彼の朝鮮認識は、「朝鮮の細菌戦について」（一九五二年九月）のような例外もあるが、総じて日本人とコリアンとで正反対といえるほど評価に隔たりがある。日本人の兵士を戦争の「被害者」と捉えたり、天皇制から天皇を人間的に解放する必要性を訴える彼の態度が、コリアンの目には植民地支配に対する日本人の加害責任を消去するものと映ったのである。彼らの考えでは中野は、天皇制のもとで「植民地的」な状態に置かれた日本人と、現実に植民地支配を受けた朝鮮人の質的差異を無化している。そして中野は五二年四月に日米安全保障条約とサンフランシスコ講和条約が締結された後も、依然としてこの錯誤を犯しているという。それを裏づけるテクストに挙げられる一つが、「被圧迫民族の文学」[1]（『世界文学と日本文学』岩波書店、一九五四年四月）である。

　中野はこの論考で、「被圧迫民族の文学」について考えることは「これからの日本文学について考えるのと同じこと」で、「いままでの日本文学研究に全くなかった事柄」だと述べたうえで、次のように主張した。「圧迫民族の文学であったものが被圧迫民族の文学となり、それを、かつて圧迫民族であって今は被圧迫民族となった日本人が考えねばならぬというところ、ここにこの問題の今日の重要性がある」（三一五―三一六ページ）。そして金達寿（キムダルス）の長篇小説『玄海灘』[2]（一九五四年一月）の「あとがき」を引用して、「つまり金達寿は、いまのわれわれ日本人を、だいたいにおいて「民族の独立を失った帝国主義治下の植民地人」、またはそれに近いものとして見ているわけである」（三一六ページ）と語った。さらに労働者農民党主席の黒田寿男衆議院議員が、一九五一年に国会で、安保条約は共産党が主張する日満議定書（一九三二年）よりも「日韓保護条約」（＝日韓議定書、一九〇四年）と類似していると指摘した際[3]、大多数の日本人がそれを「いまさらのようにでなくて初めての話として驚いた」（三二一ページ）と述べた。

　これらの主張に、日本人の研究者は特筆すべき反応をみせていないが、コリアンの研究者は厳しい視線を向けている。たとえば高榮蘭（コヨンラン）は、中野にとって「日米のサンフランシスコ講和条約と日韓議定書が同じような意味合いを持つこと」、それは彼が「日米安保条約以後の「日本」と一九四五年以前の「朝鮮」を同じ「植民地」として位置づけている」ことを示すものだと批判した[4]。ここから高榮蘭は議論を敗戦直後に遡行させ、中野が「日本が敗けたことの意義」（一九四六年二月）で、「今度の世界戦争」は「他国を侵略し同時に自国民も奴隷とする戦争だった」「天皇の国日本は、「大御稜威の下」その「八紘一宇」の精神で満州人を殺し、中国人を殺し、安南人を殺し、フィリピン人を殺し、同時に自国民」の「少年から老人までをいくさに引きだして殺し」たと書いた点[5]に注目して次のように指摘した。彼は「「殺し」をおこなった「天皇の国日本」に対置されるものとして、殺される側に、自国民とアジアの戦争被害者」を並列したが、これによって「旧日本帝国の支配下に置かれていた「植民地」は、「アジア人」からも「自国民」からも、排除される構図になっている[6]」。

さらに、「新日本文学」と、在日本朝鮮人連盟（朝連）神奈川県本部を母体に一九四六年四月に創刊され、金達寿が編集長を務めた日本語総合雑誌「民主朝鮮」の「八・一五」言説を比較して、次のように述べた。

> 第二次世界大戦直後において中野重治をはじめとする新日本文学会側の「八・一五」言説は、一九三一年以後の記憶の構築にほかならず、日本の侵略的植民地獲得のはじまりをめぐる記憶が意識されていたとは言いにくいのである。一方『民主朝鮮』誌上で、「日本の人民」、すなわち被支配者側に属するもの同士の階級的連帯が訴えられていたとはいえ、金達寿ら『民主朝鮮』のメンバーにとっての「八・一五」言説は、一九一〇年以後の記憶の構築であったのである[7]。

李英哲（イヨンチョル）も、「敗戦直後においいて、中野はあくまで被害者としての日本国民・兵士とアジア人を同列視する一方で、そのまなざしは植民地の排除すなわち日本の植民地支配責任意識を欠いたものであった」[8]と批判した。それを裏づける例として、『敗戦前日記』の「横浜工専ノ大滝優トイウ少年ハはりきり Boy ナリ、朝鮮人夫ヲ牛馬ノ如ク怒鳴リック」[9]（一九四五年七月三十日）という記述、「四人の志願兵」（一九四七年四月）に描かれた、朝鮮の故郷に帰る四人の朝鮮人元志願兵に対する一方的な信頼感、「被圧迫民族の文学」で「日米安保後の日本と、一九四五年以前の朝鮮を同じ「植民地」として位置づけて」いる点、「第三班長と木島一等兵」（一九五三年一月）と「米配給所は残るか」（一九五四年一月）の二つの小説で描かれた、敗戦直後に日本人兵士が朝鮮人を警戒して自衛する場面を挙げた[10]。

敗戦後、共産党に結集した左翼的な文学者を中心に展開された戦争責任論から、植民地支配に対する加害責任が欠落していたことは厳然たる事実である。コリアンの研究者によれば、中野もその例外ではなかった。しかし李英哲は同じ論文の最後で、一九七〇年代に中野が発表した朝鮮問題をめぐる一連の文章には、「被害者としての同列化意識も、無意識に優位に立ってしまうといった位置性もほぼ見え」[11]なくなっていると、彼の朝鮮認識の深化を高く評価している。

では彼の朝鮮認識はいつごろから何を契機に転換しはじめ、どのような経路をたどって新たな地平に到達したのか。李英哲はこの疑問について何も考察していない。しかしこの過程の全体像を明らかにすることなく、一九五〇年代前半までの中野には「被害者意識の共有志向と、植民地支配意識の欠如というバイアスが働いていた」[12]とだけ断定するのは、いささか早計ではないか。実際、中野は五〇年代前半にすでに、朝鮮・(在日)朝鮮人問題に対する自らの無知を克服する兆しをみせていた。それをうかがわせる手がかりになるのが、エッセー「いいことだ」(一九五二年二月)の次の主張である。

いつか『部落研究』で、被圧迫部落にたいする差別問題について人びとの答を求めた。答えたなかに福田恒存があり、自分はそんなことを知らぬ、また考えることもできぬ、という意味のことを書いていた。そのとき僕は、知らぬのは仕方がない、事実だから、だが知る必要がある、考えることもできぬというのは、それは芸術家としてわるい、芸術的に無責任だ、と思つた。それを彼に書こうかと思つて書かなかつたから、いまここで書く。つまり、事実として知らぬ、今の今まで知らなかつたとしても、いまは、問われた今は知つたのであり、知る必要があり、想像することができねばならぬ。この最後のことが、芸術家の義務的大前提なのだから。[13]

何であれ、ある事柄が問題であることを知ったからには、それについてより知る必要があるし想像できなければならない。それが「芸術家の義務的大前提」である――「被圧迫民族の文学」にも、まったく同じ主張がみられる。「それは、一方からいえば、自分で何をやつてきたかを知らぬものには、ひとから同じことをされてもそれがよくわからぬということである。むろんそれだからといつて、つまり、日本が朝鮮や中国にたいして、明治以来何をしてきたかを知らぬからといつて、日本が今アメリカ帝国主義から何をされているか、それのわからぬのが当りまえだということには決してなるまい」(三二五ページ)。日本人はいまのいままで、「とくに朝鮮・中国での日本帝国主義の支配の仕方」の歴史から学ぶ端緒さえ与えられなかった。しかし黒田の指摘を通じてその歴史を知ったからには、それについてより知る必要があるし想像できなければならない、というのだ。この言葉どおり、中野は、「被圧迫民族の文学」で日韓議定書と第一次日韓協約(一九〇四年)の全文を紹介し、『初等科国史』[14](上・下、一九四三年二・三月)や『くにのあゆみ』[15](上・下、一九四六年九月)の歴史記述と照らし合わせることで、「「欧米白人の圧迫からアジア諸民族を解放する」と言いながら、実地には、「欧米白人とともにアジア諸民族を抑圧・搾取してきた」過去の日本、われわれ自身の姿」(三二九ページ)の実像がいまなお歪曲されている事実を暴露した。

さらに中野は、亡くなる前年の一九七八年になってもなお、「日米—米日安保条約のとき、日本の国会でかつての日韓議定書(ぎじょうしょ)のことが引きだされて大問題になつた時のこと、このごろは、一般にはすつかり忘れられた形になつている」[16]と語った。これらは安保条約と日韓議定書の類似性に中野が強い関心を抱いていたこと、その問題性を考え続けることで、彼が「芸術家の義務的大前提」を誠実に履行したことを示すものである。この点で、黒田の指摘が中野の朝鮮認識の転換に果たした役割の大きさを軽視することはできない。

こうしてコリアンからの批判に反して、敗戦直後にみられた中野の朝鮮認識は、黒田の指摘を一つの重要な契機として一九五〇年代前半に転換しはじめていたと考えられる。では中野にとって、黒田の指摘はどのような意味をもったのか。また黒田の指摘を受けて、中野はどのように認識を転換させたのか。本章では「被圧迫民族の文学」を再検討することから、これらの疑問について考えていきたい。

## 1 「圧迫民族の文学」としての日本文学との決別

前述のように中野は「被圧迫民族の文学」で、「圧迫民族の文学であつたものが被圧迫民族の文学となり、それを、かつて圧迫民族であつて今は被圧迫民族となつた日本人が考えねばならぬというところ、ここにこの問題の今日の重要性がある」と記した。この一文は一般に、日本人が被圧迫民族に転落したこと、それにともなって日本文学が被圧迫民族の文学に転換したことに重心を置いて読まれる。しかしこの一文で注目すべきはむしろ、ある時期までの日本人が圧迫民族であり、日本文学が圧迫民族の文学だったという点にある。これは大多数の日本人にとって決して自明の事柄ではない。特にいままでの日本文学を圧迫民族の文学と規定することは、中野自身が深く関わったプロレタリア文学も、根本的には帝国主義との共犯関係を免れなかったと告白しているに等しい。この点を踏まえて、あらためて中野が提起した「この問題の今日の重要性」を読解していこう。

敗戦まで日本人は、日本民族がアジアの中心民族であることを当然視し、西欧列強からアジアを解放することがアジアの盟主たる日本の使命だという教育を受けてきた。その一方、「とくに朝鮮・中国での日本帝国主義の支配の仕方」の歴史については何一つ教えられなかった。そのため明治以来の日本文学を、「「欧米白人の圧迫からアジア諸民族を解放する」と言いながら、実地には、「欧米白人とともにアジア諸民族を抑圧・搾取してきた」過去の日本、われわれ自身の姿」を反映したものと捉える視点が養われなかった。そして文学者自身もいまだにその認識が弱い。中野の考えでは、原稿料にかかる税金の問題に対する認識にも、その弱さがあらわれている。

中野は「時のちがい所のちがい」（一九五一年発行月不明）で、漱石や鷗外の時代はもちろん芥川以後のある時期──「ほとんど一九四五年ころまでもたどれるのだろう」──まで原稿料に税金は課されなかったのではないかと推測したうえで、しかし税金が必要ないわけではなかったと語った。「それだけのものが、朝鮮や台湾や満州やなどからちやんと持つてこられていた」からである。したがっていまの「文学者たちの上に、他の仕事へとともに、過大な税金がかぶさつてくるのは、むかしは外に植民地を持つて、そこへ無理を押しつけて帳尻を合わした分を、今度は自分が植民地として、自分の肩でかつがねばならなくなつたことを示」しているにすぎない[17]。日本の文学者が、原稿料にかかる税金を、まるで作家に対するいやがらせのように感じている状況が、この議論の背景にあったと考えられるが、それを植民地支配と結びつけて論じる中野の態度はきわめて明快だ。

他方で日本人はいまもなお、世界のどこにどのような被圧迫民族がいるのかも、彼らが置かれている実情も正確には知らない。その結果、新日本文学会が声明「われわれの首には花輪がかけられたか?」で危惧したように、安保条約の締結によって、「将来、とくに労農人民の巨大でかつぱつな運動がおきた場合、アメリカがわがこれを「内乱」または「騒じよう」として認め、それにもとづいて日本政附（ママ）がこの「内乱」または「騒じよう」を「鎮圧」してくれるようアメリカがわに「要求」し、そこで「日本国内およびその附近に配備され」たアメリカの「陸軍、空軍、および海軍」がこれの「鎮圧」にむかえられる公算はまつたく大きいといわねばならぬ[18]」状態に置かれているのに、その実感をもてない。この感覚の欠落が、これからの日本文学に反映される日本人の姿に対する鈍感さにつながっていると中野は考えた。

新日本文学会の声明にあらわれた危機意識の根底には、一九四七年の二・一ストが強制的に中止させられて以来、進歩的・民主的と称される文学者がGHQに抱いてきた不信感がある。しかし中野の考えでは、日本人の鈍感さは、在日朝鮮人が標的になった事件に対する反応に、より露骨にあらわれている。彼はたとえば四八年四月に阪神教育闘争が起こった際、「兵庫県庁をめぐる朝鮮人の集団的暴力沙汰の如きは、民主主義のいろはともいうべき「法と秩序との維持」をみだる不祥事件として、全人類の名において指弾せられて然るべきであろう[19]」と非難した「朝日評論」の巻頭言を、「全く軍国主義的な、全く朝鮮民族侮蔑的な反動言」と強く糾弾して、次のように反駁した。

あの巻頭言の筆者は事実を全く知らない。あるいは全く隠している。日本の巡査がピストルで朝鮮人少年を射ち殺したのである。少女を傷つけたのである。また教育の問題では、日本政府は朝鮮人から税金だけを取つて、学校施設のためのすべての便宜を奪つていたのである。それだから朝鮮人は自分で教育をした。その教科書は見事な出来ばえであり、それは総司令部によつて認められたものである。一九四五年八月以後、この問題で日本政府のしたただ一つのことは、参議院文教委員会懇談会に発表された文部省役人の言葉によれば、一九四八年一月二十四日づけ朝鮮人学校閉鎖命令を出したということである。そのとき、それでは、閉じられた学校にいた朝鮮人生徒何万人かを日本人学校に入れる準備があるかという問にたいして、文部省は、それはない、それはこれから考えようと答えて、いままでかつてそれを考えたことがなかったことを客観的に認めたのである。神戸・大阪事件については民主団体連合の調査団が派遣され、文学方面では鹿地亘（かじわたる）が新日本文学会を代表して行き、調査の結果はすでに発表されている。あの『朝日評論』の短い文章は無知、陋劣（ろうれつ）、悪意に充ちてさらに驕慢（きょうまん）である。[20]

巻頭言の執筆者は、阪神教育闘争をまったくの他人事として記していて、在日朝鮮人がなぜ日本国内に自分たちで学校を作って教育をおこなっているのか、その歴史さえ知らない。「あるいは全く隠している」。しかし新日本文学会が危惧した「公算」が、その後、一九五二年五月の「血のメーデー事件」で現実化することを考えれば、在日朝鮮人の身に降りかかった暴力は、決して他人事ではなかった。この意味で「朝日評論」の巻頭言は、在日朝鮮人という、日本人にとって最も身近な「被圧迫民族の悲しみ、怒り、苦痛」でさえ、日本人「自身の内面のものとなることができなかった」ことを示す端的な事例といえる。

こうして、いままでの日本人を圧迫民族、日本文学を圧迫民族の文学と捉える認識は、敗戦や安保条約締結といった外的状況の変化に応じて自動的に得られるものではない。それは「いわば全く新しい角度から、日本の近代・現代文学総体を見なおす」（三一六―三一七ページ）ことで、ようやく実感として獲得されうるものなのである。そして中野自身がその実感を獲得するうえで重要な契機になったのが黒田の指摘だった。

あらためて確認すると、黒田の指摘は、一九五一年十月十九日に開かれた「平和条約及び日米安全保障条約特別委員会」でなされた。安保条約の締結を強く推進する吉田茂首相に、この条約は「安全保障条約ではなくて、むしろ保護国条約の性格を持つておる」[21]のではないかと問うたうえで、黒田は次のように述べた。

> 共産党の諸君は日満議定書の例をよく引用されます。私から見れば、なるほどそれもある程度の類似性を持つておりますが、もつと多くぴつたりした類似性をもつものが、私の目から見ると、あると思う。もつと適切な例を私は指摘することができると思う。私は過去の条約集を、根気を出して年代的にさかのぼつて、先に〳〵とページを繰展げて調べて参りましたところ、実に今から約五十年前、明治三十七年の日韓保護条約〔日韓議定書〕の例に私は到達したのであります。私はこの条約に目を通したときに、実にこれだと思つた。実によく似ておる。今ごろになつて保護国というと諸君はおかしいと思われるだろう。国際関係におきましてそういうものは次第になくなりつつあります。今はもうほとんどないといつてもよろしいでしょう。ところがこの日韓保護条約の例に、この日米安全保障条約の例が実によく似ておる。[22]

ここで黒田は、安保条約締結後に日本がたどっていくだろう道筋が、昔日の大韓帝国がたどった道筋と同じものになるだろうと語っている。この点で、高榮蘭が批判した、「日米安保条約以後の

「日本」と四五年以前の「朝鮮」を同じ「植民地」として位置づけ」る中野の視座は、すでに黒田にみられる。

黒田の指摘を報道した主要全国紙は「毎日新聞」だけだったが、[23] 安保条約締結と単独講和に反対する多くの日本人知識人は大きな衝撃を受けた。たとえば「世界」は一九五一年十二月号で、条約の類似性を指摘した発言部分を抜粋して掲載した。[24] また同号には杉捷夫・木下順二・清水幾太郎の国会傍聴記が掲載されたが、杉は次のように記した。

> 黒田委員（労農党）の質問をききながら、私は、私自身激しく胸をつかれると共に、一瞬、首相の胸にも反省が湧いたのではあるまいか、と思つたほどだつた。それほど、黒田委員の質問は人々を傾聴させる誠実さと切実さを持つていた。[25]

木下も、国会で議論されている事柄が、国民の実生活と結びついていない、黒田の質問も同様だったという感想をもったものの、黒田「氏の論旨は僕には十分に納得が行つた」[26] と述べた。さらに、「改造」一九五一年十二月号の、杉原荒太・神川彦松・猪俣浩三・名和統一・原勝の座談会「日米安全保障条約は日本の安全を保障するか」でも、冒頭で安保条約の性格が議論され、原と猪俣は日韓議定書、神川は日満議定書（一九三二年）と米比協定（一九五一年）、杉原は日華基本条約（一九四〇年）を、安保条約と類似する条約に挙げた。[27]

中野も黒田の発言に驚かされた一人だったが、彼が受けた衝撃の大きさはほかに類をみないほどだった。それは多くの文学者や知識人がまもなくこの話題を忘れ去ったのに対し、前述のように最晩年になっても言及したことにうかがえる。では中野が、共産党の公式見解に反してまでも、安保条約と日韓議定書との類似性に固執したのはなぜか。それは黒田が危惧したのと同様、「三つの条約の成立の過程を経て、結局日本の資本主義侵略の手中に落ち、遂に日本の植民地となつてしまつた」[28]過去の朝鮮の歴史を現在進行形で日本が歩みつつあると認識し、強い危機意識をもったからにほかならない。

ところで日満議定書と日韓議定書の最大の差異は、安全保障の義務が片務的か双務的かという点にある。日満議定書は、第二条で「日本国及満州国ハ締約国ノ一方ノ領土及治安ニ対スル一切ノ脅威ハ同時ニ締約国ノ他方ノ安寧及存立ニ対スル脅威タルノ事実ヲ確認シ両国共同シテ国家ノ防衛ニ当ルベキコトヲ約ス之ガ為所要ノ日本国軍ハ満州国内ニ駐屯スルモノトス」[29]と記しているように、双務的な安全保障条約である。これに対して日韓議定書は、第一条で「日韓両帝国間ニ恒久不易ノ親交ヲ保持シ東洋ノ平和ヲ確立スル為大韓帝国政府ハ大日本ヲ確信シ施政ノ改善ニ関シ其ノ忠告ヲ容ルヽ事」、第三条で「大日本帝国政府ハ大韓帝国ノ独立及領土保全ヲ確実ニ保証スル事」と記している[30]ように、日本が一方的に大韓帝国の安全を維持する義務を負う片務的な条約である。もちろんこれは日本が大韓帝国の「番犬」になることを意味しているわけではない。大韓帝国が自国の軍事力をもつことを禁じ、一方的に日本の庇護下に置かれることを意味する、まさに「保護国条約の性格を持つ」た条約である。敗戦後の日本は憲法第九条によって自国の軍隊をもつことが禁じられ、アメリカに国土の安全を守ってもらうほかにない状況にある。にもかかわらず、アメリカには日本防衛の義務がない。しかもアメリカの一方的な意思によって思うままに在日アメリカ軍を極東地域に出動させることが可能だった。これらの点で安保条約もきわめて不平等な、双務的になりえない条約だった。しかし吉田首相は、敗戦後の日本には自前の軍隊をもつ経済的な余力はない、したがってアメリカ・イギリスとの協調路線を堅持して経済成長を最優先すべきという現実主義的な認識に基づいて、条約締結を決意した。これに対して黒田は、この国防上の不平等性を念頭に、アメリカ軍の武力に依存するほかない日本の状況を、大韓帝国が置かれた状況になぞらえて、安保条約が日韓議定書に類似していると発言したと考えられる。そして彼の指摘から中野は、安保条約が締結されれば日本の対米従属の構造が固定化され、国家自立の道が閉ざされてしまうこと、その先に待っているのが、まさに金達寿が『玄海灘』で描いた、主権を奪われ他者から保護という名の過酷な管理を受ける植民地の社会にほかならないことを感じ取った。中野が「軍隊の問題」（一九五二年十月）で、日韓議定書の全文を引用したうえで次のように述べたことは、この推測を裏づけるものである。

帝国主義者の軍隊、帝国主義への雇われ兵としての現在の日本軍隊、アメリカ在郷軍人会長か何かが、朝鮮でソヴェト兵は一人も死んでいないがアメリカ兵はたくさん死んでいる、ここでアメリカは、アメリカ軍の日本人部隊百万人ほどをつくるべきだといっているそういう軍隊は、外国軍を日本から撤退させるためには棒ちぎれ一本ふりあげないで、外国軍に日本から撤退しろという日本人にはピストルやガス弾をぶっぱなす軍隊だということ、それだからそれは、日本の百姓から田畑を取りあげてブルドーザーを入れて演習地にもし、日本の子供たちから学校を取りあげて兵営にもする軍隊だということ、それだから、それをそのまま大きくすることは、現在および将来の外国からの日本への侵略を安全にして固めることだということ、その目的で、天皇勢力から滝川政次郎法学博士までが血まなこになつているというありさまを地図のようにしてわれわれが自分自身にもっとよく納得させる必要があると思う。

この関係は、一九四五年九月二日に直接ひきつづくものではない。相対的な話にはなるが、日韓議定書の一九五〇年日本版をふくめて、戦後七年間のアメリカ占領軍による精神的と物質的との両面からする設備の上に、講和・安保両条約の上につくりだされたものである。[31]

しかし中野の予感は裏切られる。天皇を「いただく」ことに愛着をもってきた日本国民[32]は、安保条約を締結した後もアメリカが日本社会で思うままに振る舞っているにもかかわらず、そこに何の抑圧も感じないようになったからだ。

アメリカはまる腰の漁夫を収容所にぶちこんだり、頭ごなしに内政干渉したりなんかはしない国だと日本人の良識が知つている、というのですが、日本とアメリカとの現実の関係で、アメリカ政府が日本に内政干渉するというような必要がどこかにあるでしょうか。その国の軍事基地を北から南までびつしり押さえこんでいて、その費用はあなたがた、私たちが支払つている。日本には有料道路があつて、われわれがそこを歩いたり自動車を飛ばしたりすれば金を払わなければなりません。しかし日本にいるアメリカ軍は、この有料道路を無料で突っ走っています。料金は日本政府が払っています。政府は私たちの出した税金からそれを払っています。こういう関係のなかで、どうしてアメリカ政府が日本政府に干渉するでしょうか。(33)

中野は「被圧迫民族の文学」で、「金達寿は、いまのわれわれ日本人を、だいたいにおいて「民族の独立を失った帝国主義治下の植民地人」、またはそれに近いものとして見ている」と書いたが、植民地下の朝鮮人が日本を、良識をもった、「頭ごなしに内政干渉したりなんかはしない国」と認識することはありえない。その意味で安保条約締結後の日本人は、「民族の独立を失った帝国主義治下の植民地人」よりずっと深い植民地状態に置かれているにもかかわらず、それを自覚できていない。さらに日本の文学者は、「生活闘争から離れたところに「文壇」ないし「文学の世界」」を形成することで、日本人の自覚を妨げている。中野の考えでは、そのような文学者の文学は「帝国主義的植民地根性の変種」にすぎない。

これに対して、「被圧迫民族の文学」は、「すべての植民地で、すべての被圧迫民族のところで」「そこの民族の解放の問題と直接結びついておこ」るものであり、「民族解放の仕事とともに、労役人民の生活解放の地盤で運ばれている」。そこでは文学者は文学者であると同時に、「民族解放の仕事の文字と言葉とによる担い手という形をとって活動して」いて、彼らの文学は民族や生活を解放する闘争を積極的に反映している。そのためそれ自身が圧迫民族の文学へと変質することはない。中野の考えでは、「中国での白話（はくわ）〔口語体で書かれた文学作品〕の問題も、朝鮮での諺文（おんもん）〔ハングル〕

の問題も、日本での口語文の問題とはかなりにちがつた方向で発展し」、しかも「自分自身では決して他へ帝国主義的侵略に出なかつた国の大衆の生活防衛、したがつて自国の古い支配勢力、それを自由にこきつかう外国帝国主義との戦いというところへ具体的に発展して行つた」からである。中野は、これらただしく「被圧迫民族の文学」と呼ばれるものを明治以来の日本近・現代文学と対比させ、明治以来の日本文学を、自ら帝国主義的侵略に出ていった過去の日本人の姿を映した圧迫民族の文学と捉え、文学者もその恩恵を受けてきたと主張した。「彼らは、大体から言つて、自国帝国主義の国内人民にたいする攻撃からくるおこぼれの範囲内で、特に自国帝国主義の国外侵略からくるおこぼれの範囲内で鼻をぶつけてき」たが、「この攻撃と侵略とそのもののつくりなす暗黒には必ずしも鼻をぶつけてこなかつた」（三三二ページ）。ここで中野は日本の近・現代文学を、権力に奉仕する文学と抵抗する文学、ブルジョア文学とプロレタリア文学という二つの陣営に分ける見方を退けている。彼の考えでは、後者の最良の文学作品やその作者でさえ、「自国帝国主義の国外侵略からくるおこぼれ」を完全に断ち切れていない。この意味で彼は、日本の近・現代文学が総体として植民地支配の産物であること、したがって日本の文学者が総体として加害責任を有することを明白かつ率直に認めている。

ここから現在の日本文学が、これからただしく「被圧迫民族の文学」となるための目標が浮かび上がってくる。それは「植民地状態、被圧迫民族の事情にたいするいっさいのエクゾティシズム」の廃棄である。ここで「エクゾティシズム」は、植民地の人々には自己統治の能力がないので、宗主国が導いてやらなければならないという類いの蔑視感を指していると考えられる。それは中野が

「エクゾティシズム」の廃棄を、「新しい中国の勝利を日本人として祝福すること」と結びつけているることにうかがえる。当時の日本人の左翼勢力の多くは、蔣介石率いる国民党をアメリカ帝国主義とつながっている勢力と見なし、毛沢東率いる中国共産党が国民党を自力で追い払い、一九四九年に中華人民共和国を建国したことをたたえていたからだ。中野は、これからの日本文学は、いまだ植民地状態に置かれていたり植民地状態から抜け出しつつある国々で起こっている「被圧迫民族の文学」と連帯して、「エクゾティシズム」の廃棄を達成しなければならないと訴えた。彼の考えでは、それは遠い目標ではなかった。ビキニ諸島での水素爆弾実験で被曝した日本人漁夫をめぐる日本・アメリカ政府の政治的野合や、インドシナなど東南アジア諸国を失うことに対するアメリカ大統領の極度の恐れなど、「被圧迫民族の悲しみ、怒り、苦痛」を「日本人民の民族的苦痛」として内面化しうる条件が整いつつあるからだ。それを通じて日本人はようやくこれまでの日本文学を圧迫民族の文学、これから目指すべき日本文学を被圧迫民族の文学と自覚的に認識できるようになるのだ。

こうして「被圧迫民族の文学」で中野は、黒田の視座に基づいて、安保条約と日韓議定書とを同じ性質の条約と捉え、「日米安保条約以後の「日本」と一九四五年以前の「朝鮮」を同じ「植民地」として位置づけ」た。しかし彼はそうすることで、日本人を植民地の人々と同列の「被害者」と位置づけたのではなかった。まったく逆に、日本人が植民地支配に対していまなお心の底から加害意識をもてずにいる要因を、明治以来の日本近・現代文学の総体を「圧迫民族の文学」と捉える視座から追求し、これからの日本文学がただしく「被圧迫民族の文学」へと生まれ変わる道筋を提示することが、中野の狙いだった。

では中野自身は、自らの文学を「被圧迫民族の文学」とするために、どのように文学活動を展開したのか。次節ではこの点を考察したい。

## 2 「被圧迫民族の文学」の試み――「司書の死」をめぐって

日本の敗戦後、GHQは公職追放や財閥解体などの非軍事政策を矢継ぎ早に実施するとともに、労働組合結成の奨励や学校教育の民主化などの五大改革、農地解放といった民主化政策を推し進めた。この過程でGHQは、全国の刑務所に、獄中非転向共産党指導者など「政治犯」とされた人々――その三分の一は朝鮮人だった[34]――がいまだ囚われていることを知って、治安維持法の撤廃と「政治犯」の釈放を指令、一九四五年十月上旬に彼らは生きて出獄を果たした。このうち、府中刑務所から出獄した共産党指導者の徳田球一や志賀義雄たちは、彼らを熱烈に出迎えた数百もの人々――その圧倒的多数は朝鮮人だった[35]――を前に「人民に訴ふ」(一九四五年十月)を発表した。GHQを解放軍と規定して感謝の意をあらわし、「今ここに釈放された真に民主々義的な我々政治犯人こそ此の重大任務〔天皇制を打倒して人民の総意に基づく人民共和政府を樹立するという任務〕を人民大衆と共に負ふ特異の存在である[36]」と訴えたものである。その後、四六年一月、中国・延安から野坂参三が帰国し、「愛される共産党」のキャッチフレーズを掲げて好評を博した。そして党は四六年四月に開かれた第五回大会で、野坂の報告に基づいて、「GHQ占領下における平和革命」と「独裁のない社会主義革命の遂行」を基本方針として採択した。

敗戦を「与えられた解放」と捉えた中野もまた、日本人はそれを与えてくれた連合軍のもとで帝国主義戦争を積極的に推進した国家の指導者を排除し、主体的に民主主義国家を建設しなければならないと力強く訴えた。

> 日本の国民が今持つている自由はたしかに国民がこれを全的に獲得したものではない。（略）それは帝国日本の連合軍にたいする完全な敗北によつて、それを機縁としていわば外側から日本国民に与えられたものであつた。しかし日本の国民は、自己の民主主義革命を実行できぬうちに自国の敗戦によつてそれを外側から得ねばならなかつたという、帝国日本から「第四等国への顚落」と外部から銘うたれねばならぬような事態をとおしてそれを得ねばならなかつたという歴史的事実のうちに、かえつて与えられた自由を「配給された自由」と称ぶことを一般に許さぬ内面的権威を持つている。[37]

さらに彼は、「与えられた自由」を主体的に獲得し直す歩みは、「被害者」としての日本人が「加害者」としての日本人の戦争責任を追及することから始まると主張した。

軍国主義への国民の批判と、「命のまにまに身命を抛つて」戦つた兵士にたいする国民の同情とは別ものではない。政府と陸軍大臣とがそれを切りはなそうとしてもそれは駄目である。「身命を抛つて」戦つた兵士はそのことにおいて、「身命を抛つて」戦つて「身命を抛つて」しまつた兵隊はそのことにおいて、病気になり不具になつた兵隊はそのことにおいて、そのすべての遺家族を連れつつ、その他の国民とともに、軍閥・軍国主義の国民的問責陣の主軸の一つをなしているのである。(38)

竹内栄美子が指摘したように、中野はここで軍閥・軍国主義を推進した日本国家の指導者と、余儀なく戦争に動員された一般大衆、特に兵士とを峻別したうえで、後者を戦争の「被害者」と捉え、彼ら兵士こそ「軍閥・軍国主義に対して戦争責任を問うことのできる「主軸」そのもの」と見なしている。(39) この二分法は、日本近代文学史に対するこの時期の中野の視座にも、そのまま適用されている。たとえば彼は「日本文学史の問題」(初出未詳。一九四六年か?)で、それまでの日本文学史、「特に太平洋戦争中に出た無数の嘘の文学史を根本的に破却して、千年以来の日本文学史を正しくあきらかに整理しなおす」(40) 必要性を訴え、敗戦までのプロレタリア文学運動と敗戦後の民主主義文学運動との名称の差異が意味するものや両者の歴史的関係について、次のように述べた。

プロレタリア文学、プロレタリア文学運動の名は一定の条件、原因によつて生れたものであつた。いま民主主義文学運動の名が採(と)られるのは日本における人民革命の問題がいちじるしく発展、成長したからである。日本の民主主義文学運動が民主主義的の名を採るのは一歩というよりも数歩の前進である。これによってはじめて正規に、プロレタリア的・農民的・市民的文学が革命的に結合され、一般に日本文学が封建的・軍国主義的封鎖から解かれ、文学にとってアルファでありオメガーである人間性を恢復し、新しい民族文学を生む道へのぼることができるのである。[41]

ここで中野がプロレタリア文学運動―民主主義文学運動を、国家権力に奉仕する文学に対置される、抵抗と革命の文学の系譜に置いていることは明瞭である。しかし彼は安保条約締結前後から、プロレタリア文学運動の歴史的限界を認める発言をしはじめる。

　われわれの尊敬する先輩たちは、日本人民の生活の実質的近代化のために払われたさまざまの努力と犠牲とを、プロレタリアートの歴史的課題にむすびつけることに十分には成功しなかつた。少なくとも明治以来のすべての反官僚主義、近代代議政体要求の声、非戦・平和論、共和思想等々を、それを正統に継ぐものはマルクス・レーニン主義であり、それの実現は、社会主義のための労働者階級の闘争と土地のための農民の闘争との労働者階級による結合のなかでであることを十分には明らかにしてこなかつた。安政の大獄から条約改正へかけての運動が、民族の独立に関しているとともに、この「独立」が国の帝国主義的再編成に関していたことを、自覚されぬ個々の文学者および文学グループの問題として具体的に闡明（せんめい）してこなかつた。[42]

プロレタリア文学運動の遺産の批判的な継承という課題は、新日本文学会をはじめ、左翼的な文学者が敗戦直後から積極的・主体的に取り組んできたものであり、その点では中野の発言は特に異質なものではない。しかし安保条約が締結されるまさにその時期にプロレタリア文学の「弱さ」への視座が浮上したこと、この二年後に「被圧迫民族の文学」が書かれたことを念頭に置くと、単なる偶然として片づけることはできない。

では中野は、「被圧迫民族の文学」としての日本文学は、どのようなものになるべきだと考えたのだろうか。それを示唆しているのが、「被圧迫民族の文学」の発表からまもない時期に中野が新日本文学会東京支部の講座「文学教室」でおこなった、竹本員子の短篇「二人の黒人兵」（一九五二年八月）に対する批評である。この講座は全二回で、前半は批評の目的や批評家の姿勢について、後半は「二人の黒人兵」と大西巨人「黄金伝説」（一九五四年一月、のち改訂され『地獄変相奏鳴曲』第二部[43]）を論評したものである。内容は、「批評の問題」の題で、中野重治・椎名麟三編『文学の理論と歴史』（一九五四年九月）に収録されている。

中野は「二人の黒人兵」について、「サークル誌めぐり」第二回（一九五二年十一月）ですでに論じていて[44]、文学教室での論評は二度目になる。中野が最初に取り上げた際、「被圧迫民族の文学」で提起することになる観念を念頭に置いていたかどうかは論証できない。しかし文学教室で「二人の黒人兵」を次のように紹介したことを考えると、文学教室では無関係に取り上げたとは考えにくい。

あの作品から感じとられる全体は、ガソリン・スタンドで仕事をしている一人の日本人の女が、一九五四年以後のアメリカ軍占領下の日本で何を見、何を感じたかというそのことです。アメリカ軍内部の黒人兵と白人兵との違い。そのあいだの矛盾相剋。同時に、黒白をふくむアメリカ軍としては日本人にたいして一定の関係に立っている事情。白人兵から不当に圧迫される黒人兵にたいする日本人の同情と好意。そこへ朝鮮戦争が始まって、このガソリン・ガールが好意を持っていた黒人兵が持って行かれてしまう。また彼女は、アメリカの黒人歌手、平和擁護者としてのポール・ロブソンを知っていたが、たまたまラジオでその歌が聞えてきて、それまではのんき者のお人よしの、白人兵にたいしても卑屈男と見えていたその黒人兵が、ラジオから流れてきた声に応じてロブソンを愛しているという心のなかを示し、それがこの日本むすめにわかり、このことから、黒人兵とガソリン・ガールとが共通の被圧迫感からいっそう気持ちを通わせあう。こういう物語です。つまりこれは、こんにちの日本人として、こんにちの境涯から、当然取りあげるべきものを積極的に取りだし、それゆえ日本人の心を正しく刺戟する作として受けとれる作ということになります[45]。

「二人の黒人兵」をこのように評価しながらも、中野は、「作者の善良さ、作品そのものの与える積極的印象はよくわかる。しかし、日本人にたいして痛烈骨を刺すような反省なり激励なりを与えるという強さは持っていない[46]」と批判した。その論拠の一つとして、中野はロブソンの歌がラジオから聞こえてきた場面を取り上げ、マッカーシズムの嵐が吹き荒れるなかでロブソンはあらゆる放送局・レコード会社から締め出されていて、ラジオで彼の歌が流されることは現実にありえない点を指摘した。彼の考えでは、「ウォール街が一方で朝鮮戦争を勃発させ、あの黒人兵を朝鮮へ持って行き、あのガソリン・ガールに一定の考え方を抱かせる土台になつているのだから、この土台そのものを正確に見ていれば、ロブソンの歌が聞えてこなくても話は引きだせることになる」[47]。彼はこの小説を、「自分に都合のいい点だけをひつぱつてこようとすると、あとに残る作の力はかえつて弱くなる」[48]事例の一つとして取り上げたのだが、それが意味するのは、「芸術家の義務的大前提」に忠実であれということだ。その姿勢が「被圧迫民族の文学」へと作家を導かせるのである。では「二人の黒人兵」をこのように批評した中野自身は、どのようにこの倫理的要請を実践したのか。

敗戦後の中野の創作活動は、天皇を天皇制から人間的に解放するという課題を主題にした「五勺の酒」(一九四七年一月)や、「太鼓」(一九四七年十一月)、「おどる男」(一九四九年一月)、「軍楽」(一九四九年一月)など、戦中から敗戦後の一般民衆や兵士たちの姿を描くことから始まった。その後、参議院議員の体験を素材にした「アンケート断片」(一九五〇年一—二月)、日本共産党の五〇年問題を主題にした「写しもの」(一九五一年一—二月)を発表した。満州からの引き揚げや阿波丸事件などを扱った小説はあるが、中野の目は総じて日本国内の社会状況と日本人に向いていたといっていい。しかしこの傾向は、安保条約が締結される四カ月前に発表された「樟脳と新かな」(一九五二年一月)から少しずつ変わっていく。これは戦時中に台湾で樟脳を用いた爆薬の研究に携わっていたが、敗戦後は合成樹脂関係の研究所に勤めている紳士を描いた作品である。その後、加賀藩の回船御用を務めていたが乗っていた船が遭難し、三年後に郷里に戻ったときには仕事を取られていたため、回船御用の仕事に代えて蔚陵島で密貿易をおこなったものの、間宮林蔵に摘発されて死罪になった会津八右衛門なる人物を描いた「角力取ろうの国」(一九五三年一月)や、魯迅をめぐる議論が物語の中心に置かれた「秋の一夜」(一九五四年一―二月)という、過去や現在の日本を国際関係のなかで眺める小説を発表した。[49] これら新しい傾向を示す小説のうち、「被圧迫民族の文学」への志向が最も強くみられるのが、高木武夫という図書館司書をめぐる「司書の死」[50](「新日本文学」一九五四年八月号、新日本文学会)である。

高木は、話者で主人公の「おれ」の高校時代の同級生で、東京の大学でも同じドイツ文学科に在籍した。どちらも授業に出なかったので在学中はほとんど顔を合わせなかったが、二人とも卒業できた。卒業後に偶然、省線のなかでばったり出会った際、「おれ」が近況を尋ねると、「図書館員の養成所のようなところの仕事」をしていると返事した。

「一九三五―六年ころ、朝鮮・満州の境の日本警察屯所」から郵送者不明の「立派な報告書」が「おれ」に送られてきた。「おれ」は警戒したが、読んでみると、「日本帝国主義と自分たちとの関係なぞ考えてみたこともない」「そういうところの、軍人、司法官、警察官を兼ねたような人びとの日常生活が描かれている。「妻も銃とり応戦す」といった生活がそこにあった」。「おれ」は「帝国主義のことを忘れそうになる瀬戸ぎわまで彼らに同情した。金達寿(キムダルス)の「玄海灘」から見ると、彼らは金日成関係の部隊と寒気と餓えとのなかで絶えず射ちあいをしていたのだつたろう」と、「おれ」はのちに思った。[51]

敗戦後、「おれ」は風の便りで高木武夫が死んだという噂を耳にした。しかしそれを確かめるすべはなかった。そんなある日、「おれ」は知り合いの大学生の裁判を傍聴しに、法廷に出かけていった。休憩時間中、高木武夫のいとこで大学教授の高木清士が「おれ」に声をかけてきた。高木武夫の死について話をしておきたい、ということだった。

ＧＨＱ占領下、「日本の国会図書館がアメリカ政府の調査網、宣伝網のなかへ、親近関係で組みこまれることになつた。言いすぎを避ければ、私立の大図書館を含んで、日本の国立国会図書館網が――それは「網」としてまだ出来ていなかつたが――日本をアメリカのための反アジア軍事基地にしようとするアメリカ政府の方へ、それ自身の方向で一歩踏みだしたのだつた[52]」。そんななか、アメリカへ日本の図書館関係者が呼ばれることになり、高木も行くことになった。単身、渡米した彼は半年ほどで仕事を終えた。一九五〇年五月末になっていた。彼はなぜか日本への帰国を急いだ。そのころアメリカでは、軍人や政府関係者以外の人々に対する飛行機や船のチケットの発給が制限され始めていた。彼は、「日本の国家公務員として、アメリカと日本との政府間の関係でアメリカへ行つたものとして、優先的に船室が取れるはず[53]」だったがなかなか発給されず、ようやく貨物船便の一つに乗船できた。出港してかなり時間がたってから、その船が軍用貨物船であることが乗客に知らされた。

ハワイを越えて横浜に近づきつつあるとき、高木は急に発病した。彼は虫垂炎を疑ったが、軍医は肺炎を宣告した。治療したが好転しなかったので、再度の診察を申し入れると、軍医は虫垂炎を宣告して手術した。衰弱して横たわった彼は、家族を横浜港に迎えにきてもらうよう無電を打ってほしいと頼んだが、船の現在地や到着予定時刻は軍事機密だと拒絶された。ようやく横浜港に着き、すべての荷物が降ろされた後で、彼の到着が家族に伝えられるとともに、彼は病院に搬送されたが死んだ。外国関係の役所に呼ばれた彼の妻は、夫の死を悼まれると同時に、「死の前後に関しては、決して口外なさらぬよう……」と勧告された。六月二十五日のことだった。続いて彼女は朝鮮半島で戦争が始まったことを知った。頭のなかでいろいろな事柄が結びついた彼女は、「普通貨物船を軍用船に仕立てて、大急ぎで秘密に日本へ送りつけた事情が、その事情でわきかえつているアメリカのなかで、武夫にそれだけびんびんひびいていたのだつたろう。それで武夫が、消極的なあののんきものに似ず、貨物船にまで取りついたのだつたかと思われ[54]」た。

朝鮮・満州の国境地帯で「「身命を抛つて」戦つた」日本人兵士、金達寿が『玄海灘』に描いた、彼ら日本帝国主義の手先と闘う金日成（キムイルソン）関係の朝鮮人部隊、GHQ占領下の日本を自陣営の一翼に引き込もうとするアメリカの政略、その過程で勃発した朝鮮戦争、図書館司書の高木の病死など、「司書の死」には、敗戦直後から「被圧迫民族の文学」まで中野が展開してきた、戦争責任や戦後責任、近代日朝関係史、安保条約によって固定化される日本の対米従属などの要素が凝集されている。特に朝鮮戦争への参戦に関わる機密情報を保持しようとするアメリカ軍の行動が高木の病死につながっていることは、アメリカ帝国主義のもとで日本人の生命が軽んじられていることや、朝鮮戦争が日本人と無関係な出来事ではないことを示している。アメリカが推進する新たな帝国主義的侵略と決別し、民族解放と国家樹立に向かっている朝鮮との連帯が強く打ち出されていて、「被圧迫民族の文学」で提起した方向に進もうとする中野の意志が読み取れる。とはいえ、「司書の死」

が、明治以後の日本文学の限界を克服し、日本帝国主義の「攻撃と侵略とそのもののつくりなす暗黒」に鼻をぶつけるものになっているとまで結論づけることは難しい。それを顕著に示しているのが、小説の結末部分に置かれた、カール・マルクスと高木が比較された箇所である。

マルクスの娘がヴィクトリア時代に流行した「告白」という遊びで父親に二十の質問をした際、マルクスは、好きな仕事は本喰い虫になること、好きな徳行は質朴、好きな男性の徳行は強さ、などと答えた。これを受けて「おれ」が、自分も本喰い虫になるのが好きで、高木もそうだったろう、「しかし、それは、「質朴」、「強さ」、「たたかうこと」、「ひたむき」に結びついていなければならぬのだ。司書も図書館員も、日本では、これからはいつしよに大ごとというわけだろう」と思う。[55] それは高木の善良さ、消極的な性格が、司書として、日本帝国主義の「攻撃と侵略とそのもののつくりなす暗黒」に鼻をぶつけるところまでいっていないことを教条的に示したものである。そして中野も、竹本の「二人の黒人兵」と同様、高木という、善良で消極的な性格の司書を通じて、日本帝国主義の「攻撃と侵略とそのもののつくりなす暗黒」を垣間見せるところまでは進めたものの、そこから「自国の古い支配勢力、それを自由にこきつかう外国帝国主義との戦いというところへ具体的に発展して行」く文学テクストを、日本人が実感できる形で提示するにはいたらなかった。

## おわりに

「被圧迫民族の文学」はこれまでコリアンから、帝国主義戦争と植民地支配に対する中野の加害者意識の欠如を集約的に表現したものと批判されてきた。しかしその際、「圧迫民族の文学」や「圧迫民族だった日本人」に、中野が深く関わったプロレタリア文学運動と、その担い手としての日本人文学者が含まれていたことは見逃された。また日韓議定書と安保条約の類似性を指摘した黒田の発言から、中野が受けた衝撃の大きさも無視された。だが「被圧迫民族の文学」は、日本人の加害責任を捨象するどころか、日本人が敗戦後もなお心の底から加害意識をもちえない要因を、日韓議定書にまで遡行して暴き出すものだった。中野は、黒田の発言を一つのきっかけとして朝鮮認識を転換させ、これからの日本文学を「被圧迫民族の文学」とすべく文学活動を展開した。「司書の死」は、「被圧迫民族の文学」の理念を実現するにはいたらなかったものの、その苦闘を垣間見せてくれる重要な文学テクストだった。

中野はこの後も、これからの日本文学を「被圧迫民族の文学」に変える努力を放棄しなかった。そしてこの文学的闘争のなかで彼が決して手放さなかったのが、近代日朝関係の歴史へのまなざしと、その歴史に対する認識だった。では中野はどのように歴史認識を深めながら文学活動を展開していったのか。次章ではこの問題を、「梨の花」（一九五七年一月―五八年十二月）と、一九五〇年代後半から六〇年代中盤にかけておこなわれた、朝鮮語をめぐる議論に焦点を当てて考察を進めたい。

注

（1）中野重治「被圧迫民族の文学」、竹内好ほか編『世界文学と日本文学』（「岩波講座 文学」第三巻）所収、岩波書店、一九五四年四月（『中野重治全集』第二十一巻、筑摩書房、一九九七年十二月）。本文中の引用のページ数は『中野重治全集』第二十一巻。

（2）金達寿『玄海灘』筑摩書房、一九五四年一月

（3）「第12回国会 衆議院 平和条約及び日米安全保障条約特別委員会会議録 第4号」一九五一年十月十九日、二一ページ、「国会会議録検索システム」（https://kokkai.ndl.go.jp/#/detailPDF?minId=101205185X00419511019&page=21）［二〇二一年六月二十六日アクセス］

（4）高榮蘭「文学と八月一五日」、前掲『「戦後」というイデオロギー』二四九ページ

（5）中野重治「日本が敗けたことの意義」「民衆の旗」創刊号、日本民主主義文化連盟、一九四六年二月（『中野重治全集』第十二巻、筑摩書房、一九九七年三月、三八ページ）

（6）前掲「文学と八月一五日」二六〇―二六一ページ

（7）同論文二七二ページ

（8）前掲「中野重治の8・15朝鮮人「解放」認識に関するノート」五九ページ

（9）中野重治、松下裕校訂『敗戦前日記』中央公論社、一九九四年一月、六三九ページ

（10）前掲「中野重治の8・15朝鮮人「解放」認識に関するノート」六〇―六八ページ

（11）同論文七〇ページ

（12）同論文六〇ページ

（13）中野重治「いいことだ――「現代日本の知的運命」について」「文学界」一九五二年二月号、文藝春

秋新社（『中野重治全集』第十三巻、筑摩書房、一九九七年四月、一〇八ページ）
(14) 文部省編『初等科国史』上・下、文部省、一九四三年二・三月
(15) 文部省編『くにのあゆみ』上・下、日本書籍、一九四六年九月
(16) 中野重治「沓掛筆記 巡査の問題」「文芸」一九七八年三月号、河出書房新社（前掲『中野重治全集』第二十八巻、七一ページ）
(17) 中野重治「時のちがい所のちがい」「くまんばち」一九五一年（発行月日不明）、東京都立青山高等学校新聞部（前掲『中野重治全集』第十三巻、七三―七四ページ）
(18) 新日本文学会常任中央委員会「われわれの首には花輪がかけられたか？――講和条約ならびに日米安保條約の批准に反対する」「新日本文学」一九五一年十月号、新日本文学会、七六―七七ページ
(19) 無署名「非理を通さず」「朝日評論」一九四八年六月号、朝日新聞社、三ページ
(20) 中野重治「続晴れたり曇つたり」「人間」一九四八年八月号、鎌倉文庫（前掲『中野重治全集』第十二巻、三五七ページ）
(21) 前掲「第12回国会 衆議院 平和条約及び日米安全保障条約特別委員会会議録 第４号」一九ページ、黒田の発言。
(22) 同会議録二一ページ、黒田の発言。
(23) 無署名「日本に防衛要求権／首相答弁 自衛権の乱用は慎む」「毎日新聞」一九五一年十月二十日付、一面
(24) 黒田寿男「安全保障条約への危惧」「世界」一九五一年十二月号、岩波書店
(25) 杉捷夫「特別委員会を聴く」同誌一〇九ページ
(26) 木下順二「割り切れない後味」同誌一一二ページ

（27）猪俣浩三／杉原荒太／神川彦松／名和統一、司会：原勝「座談会 日米安全保障条約は日本の安全を保障するか」「改造」一九五一年十二月号、改造社、二六―三一ページ
（28）前掲「第12回国会 衆議院 平和条約及び日米安全保障条約特別委員会会議録 第4号」二一ページ
（29）「官報」号外、第千七百十五号、大蔵省印刷局、一九三二年九月十五日（https://dl.ndl.go.jp/info:ndljp/pid/2958186/13）［二〇二一年六月二十六日アクセス］
（30）統監府編『韓国ニ関スル条約及法令』統監府、一九〇六年、一四―一五ページ（https://dl.ndl.go.jp/info:ndljp/pid/994308）［二〇二一年六月二十六日アクセス］
（31）中野重治「軍隊の問題」「文学界」一九五二年十月号、文藝春秋新社（前掲『中野重治全集』第十三巻、二一二ページ）
（32）中野重治「文学者の国民としての立場」「新生」一九四六年二月号、新生社（前掲『中野重治全集』第十二巻、二九ページ）
（33）中野重治「国民感情ということ」「世界」一九六〇年六月号、岩波書店（『中野重治全集』第十四巻、筑摩書房、一九九七年五月、四八九ページ）
（34）水野直樹「治安維持法による在日朝鮮人弾圧――被検挙者・被起訴者の民族別比率の推定」「在日朝鮮人史研究」第四十八号、緑蔭書房、二〇一八年十月、二一―二二ページ
（35）中西伊之助「日本天皇制の打倒と東洋諸民族の民主的同盟――朝鮮人連盟への要請」「民主朝鮮」一九四六年七月号、朝鮮文化社、二四―二五ページ、朴慶植『解放後在日朝鮮人運動史』三一書房、一九八九年三月、五二ページ
（36）徳田球一／志賀義雄／外一同「人民に訴ふ」「赤旗」一九四五年十月二十日付。引用は神山茂夫編『日本共産党戦後重要資料集』第一巻（三一書房、一九七一年十月）五八―五九ページ。

(37) 中野重治「冬に入る」「展望」一九四六年一月号、筑摩書房(前掲『中野重治全集』第十二巻、九ページ)
(38) 同評論(同書一二ページ)
(39) 前掲『戦後日本、中野重治という良心』一三―一八ページ
(40) 中野重治「日本文学史の問題」初出未詳。中野重治『日本文学の諸問題』(新生社、一九四六年五月)に初めて収録(前掲『中野重治全集』第二十一巻、一五九ページ)。
(41) 同評論(同書一六五ページ)
(42) 中野重治「第二『文学界』・『日本浪曼派』などについて」『近代日本文学の思潮と流派 下』(「近代日本文学講座」第四巻)所収、河出書房、一九五二年三月(前掲『中野重治全集』第二十一巻、二五二ページ)
(43) 大西巨人『地獄変相奏鳴曲』講談社、一九八八年四月
(44) 中野重治「サークル誌めぐり 二」「新日本文学」一九五二年十一月号、新日本文学会(前掲『中野重治全集』第十三巻)
(45) 中野重治「批評の問題」、中野重治/椎名麟三編『文学の理論と歴史』(「現代文学」第一巻)所収、新評論社、一九五四年九月(前掲『中野重治全集』第二十一巻、七六―七七ページ)
(46) 同評論(同書七七ページ)
(47) 同評論(同書七七ページ)
(48) 同評論(同書七八ページ)
(49) この時期には李英哲が批判した、「第三班長と木島一等兵」と「米配給所は残るか」も書かれている。両作品とも、敗戦直後、朝鮮人の襲撃を警戒して警備する場面が描かれている点で共通している

が、物語の話者や主人公が「朝鮮人への敵意や警戒感」をもっているようには描かれていない。特に「米配給所は残るか」では、「朝鮮人への敵意や警戒感」を口にしているのは、主人公よりも上の階級の中隊長であることが明示されている。「米配給所は残るか」で、飯場にいた朝鮮人たちを「ジプシーのよう」と表現した表象の仕方には問題があるが、朝鮮人の襲撃を警戒する場面は、中野の朝鮮人蔑視の表出ではなく、彼が属していた部隊で敗戦直後に起こった出来事をそのまま小説化していると考えるほうが妥当である。

(50) 中野重治「司書の死」「新日本文学」一九五四年八月号、新日本文学会(『中野重治全集』第三巻、筑摩書房、一九九六年六月)

(51) 同小説(同書三〇〇ページ)

(52) 同小説(同書三〇四―三〇五ページ)

(53) 同小説(同書三〇五ページ)

(54) 同小説(同書三〇七―三〇八ページ)

(55) 同小説(同書三〇八―三〇九ページ)

# 第2章　植民地支配の「恩恵」、在日朝鮮人への〈甘え〉

## はじめに

第1章でみたように、阪神教育闘争事件が起こった一九四八年ごろから五〇年代半ばにかけて、中野重治は、朝鮮や（在日）朝鮮人に関する同時代の出来事を取り上げたテクストをいくつも発表した。しかしその後の数年間、朝鮮問題を扱ったテクストの数は急激に減少する。ふたたび朝鮮に関わる話題が増えるのは、北朝鮮への帰国事業が盛り上がりをみせる五八年ごろからである。しかしこれはこの時期に朝鮮問題への中野の関心が薄れていたことを意味しない。時事的な問題への言及こそ減ったが、この時期の彼は、黒田寿男の指摘を受けて、「とくに朝鮮・中国での日本帝国主義の支配の仕方[1]」の歴史の起源に遡行し、「日本が朝鮮や中国にたいして、明治以来何をしてきたか[2]」を、中野自身や彼の家族の歴史に即して問い直す仕事に取り組んでいたからだ。日露戦争前後から韓国併合後までの時代を背景に、中野の幼少年時代を素材にした長篇小説「梨の花」(「新潮」一九五七年一月号―五八年十二月号、新潮社)がそれである[3]。

「梨の花」は、四歳ごろに秦野から、「二本田」という、中野の故郷の一本田を容易に連想させる福井の農村に帰り、祖父母と暮らしている尋常小学一年生の高田良平が、県立中学校に進学して学び始めるまでを、良平の視点から描いたものである。良平は一九〇六年ごろに二本田に帰り、〇八年ごろに小学校に入学、一四年に中学に進学するが、これは中野の伝記的事実とほぼ一致する。もちろん描かれたことすべてが伝記的事実と一致するわけではない。たとえば良平の祖母は彼が小学四年生のときに亡くなったが、中野の祖母が実際に亡くなったのは、彼が福井中学に入学した直後である[4]。このように一致しない点もあるが、「梨の花」は、第四高校時代を素材にした「歌のわかれ」(一九三九年四―八月)、東京帝国大学で新人会に入って活動した時期を素材にした「むらぎも」(一九五四年一―七月)などとともに、きわめて自伝的要素が濃い作品として読まれた。中野自身も、最晩年に、「自分の幼年期の一種の回想として、それの一変種として見てもらってかまわぬという気はあることはある[5]」と語っている。先行研究でも、良平は少年時代の中野と等身大の人物と見なされ、良平のものの考え方や感じ方は、中野の詩や小説にあらわれた独特な感受性、「微小なもの」に対する美意識、郷土への愛着や都会に対する頑固な反発の根源にあるものを読み解く重要な手がかりとされた。

これとは別に、物語の舞台としての〈村〉に着目して、「村の家」(一九三五年五月)などの転向小説と関連づけて考察したり、大逆事件に関わる場面から天皇制に対する中野の批判精神を読み取ろうとする論考もみられる。その一方、伊藤博文の暗殺や韓国併合という国際的事件、村の人々が様々な形で朝鮮とつながっている様子が描かれているにもかかわらず、それらが意味する中野の朝鮮問題への関心は、十分に正面から論じられてきたとは言い難い。

「梨の花」を朝鮮問題と結びつけて論じた先行研究をみていこう。まず、菊池章一は「子どもの近代史」（一九九五年四月）で、朝鮮に関わる出来事を良平がどのように眺めたり感じたのかを概観したうえで、「『梨の花』は、子どもの視点が捉えた近代史と言えるのではないか」と提起して、次のように述べた。

この時代に韓国統監府から朝鮮総督府の役人として働く父親を持った子どもの視点であるだけに、日韓関係の事件が強調されているところが、その歴史の点検を求められている今日の読者にとって意義深い。事件は時間的順序に語られていて、韓国併合の後に話題になる大逆事件は、確かに併合以後の明治四十四年はじめの幸徳等の処刑のあとに伝えられたものであるが、幸徳たちは朝鮮の植民地化に反対し、それを容易にした日露の開戦に反対したのであり、彼らは、実に併合の調印に先立って予防拘禁的に捕らえられていたのである。この関連した事件を子どもの眼で描いた作者は、「今日の現実からいささか足を浮かして、ある楽しさに遊んでいた」（旧版全集第五巻、作者あとがき）という告白にも拘らず、当時の現実ばかりでなく、はからずもその時点から未来に至る今日の時代に向けて、これを描いていたのである。(6)

木村幸雄は「中野重治と天皇制」（一九九五年十月）で、天皇や天皇制に対する中野の認識を考察するうえで朝鮮問題が重要な軸になるという観点から、「国旗」（一九二一年七月）と「梨の花」に描かれた韓国併合に関わる場面と、両作品の間の認識の変化を検討した。木村は、中野がそれらの小説で韓国併合に関わる場面を描いた背景に、朝鮮に対する中野家の深い関わりがあったこと、幼い中野には、「むろんその歴史的政治的な意味は分からぬながらも、幼い心を騒がせ、痛める出来事として意識に深く刻み込まれたにちがいない[7]」ことを指摘して、中野の朝鮮認識の変化を不可逆的な深化として捉えた。さらに「中野重治と朝鮮」（一九九五年十二月）で、「『梨の花』の世界は、けっして少年時代の自伝的な回想にとどまるものではな」く、「朝鮮問題という線に沿ってふりかえるならば、「国旗」から「雨の降る品川駅」への飛躍、「転向」の苦渋と屈折を経てのその改作、それらをふまえたうえで」開けたものと捉え、その視座から、「梨の花」にいたる過程で「中野重治がぶつからなければならなかった感性と思想、両者をつなぐ言葉の問題など」を跡づけた[8]。

これらは良平に焦点を当てた論考だが、良平の父親に注目し、彼を、転向したのだから潔く筆を折れと息子の勉次を諭す「村の家」の孫蔵とともに、藤作と重ね合わせて論じたものがある。島田昭男は「プロレタリア文学の問題」（一九九六年七月）で、中野の朝鮮問題への固執は彼「の人生に深く関係しているがゆえの固執[9]」だと指摘し、中野の家族史、特に藤作の経歴を参照することで、朝鮮問題に対する中野の固執の原点を探った。

横手一彦は「中野重治『梨の花』考・序」（一九九六年九月）で、「『村の家』に描かれた獄中の子へ差し向けた父の私信に散見する確かな信頼はどのように醸成されたのか」と問題提起するとともに、いままであまりにも今日的視点で「梨の花」や「村の家」を読解していたのではないかと主張した。[10] そして藤作の実人生をたどりながら、彼の歩みが当時の日本社会でどのような意味をもったのかを考察した。続いて「父の不在と〈村の内〉」(一九九七年九月)では、「梨の花」を、「個が「家」から一時的に分離・自立することで、「家」を単位とする疑似概念を部分的に破砕する《序説の物語》と換言することができるかもしれない」[11] という視座から考察した。さらに「父のこと・父であること」(一九九九年七月)で、「家族とともにある生活を本来的形態と理解しそのことを望んでいたにちがいない」「梨の花」の良平の父親およびそのモデルになった藤作に、「敢えて歪んだ家族の分散生活を覚悟」させた背景として、「分相応を強制する近世的な社会規範を拒絶し「新しさ」を求めた父の強い意志、あるいは伏在的に託した子らの成長に織り込んだ父の願い」を読み込んだ。[12] そのうえで、上昇志向をもった藤作が刻苦して官吏の地位を得たこと、しかし藤作の積極性は「中央集権的機構組織が求める有効性以上のものでなく」、彼がある時期に限界を思い知らされたこと、そのときに彼は自分の願いを子供に託したことを指摘した。[13] そして「村の家」の孫蔵と勉次との関係まで射程に入れて、藤作の上昇志向の願望が重治にどのように継承されたのかを論じた。

一見するとこれらの先行研究で、「梨の花」に描かれた朝鮮問題に対する中野の関心は詳細に論じられているように思われる。しかし「梨の花」に描かれた朝鮮に関わる様々な出来事が、「被圧迫民族の文学」に代表される一九五〇年代前半の中野の朝鮮問題への取り組みと切り離して論じられている点は、大いに問題がある。「梨の花」の連載は五七年一月に始まったが、中野が連載第一回の原稿を書き上げたのは五六年十一月二十八日、「被圧迫民族の文学」の発表からわずか二年半後である。黒田寿男が安保条約と日韓議定書の類似性を指摘してから「被圧迫民族の文学」を発表するまでの期間も二年半だったことを念頭に置くと、「梨の花」の、特に韓国併合をめぐる場面を執筆する際、中野が「被圧迫民族の文学」を頭に思い浮かべなかったと考えるのはきわめて不自然である。

「梨の花」の論者が見逃してきたもう一つは、この小説の連載が、日本の共産主義運動での日本人と朝鮮人との民族的連帯が、大きな区切りを迎えてまもない時期に始まった点である。一九五〇年代中盤から後半の共産主義運動は、国内的にも国際的にも大きく転換しつつあった。それは日本共産党が五五年七月に開いた第六回全国協議会（六全協）や、五六年二月のソ連共産党第二十回大会でのニキタ・フルシチョフによるスターリン批判を契機とした、ソ連中心の国際共産主義運動の急速な解体＝再編成に代表される。これらの出来事と並行して、日本の共産主義運動における民族的連帯も根本的な転換を果たした。

　コミンテルンが一九二八年十二月に「十二月テーゼ」を発表して朝鮮共産党の解体を決議して以後、「一国一党」の原則にのっとり、〈内地〉在住の朝鮮人は日本共産党の党員として活動した。敗戦後に党が再結成されて以降も、日本に残った朝鮮人は、引き続き日本共産党の党員として活動した。しかし五四年八月に突如、北朝鮮の南日（ナムイル）外相が平壌（ピョンヤン）放送を通じて、在日朝鮮人を共和国の在外公民と認定する声明を出した。これを機に、在日朝鮮統一民主戦線（民戦）など親北系の在日朝鮮人組織の間で路線転換をめぐる論争が起こった。党指導部は当初、声明を支持するのは民族的偏向のあらわれだと非難した。しかし五五年一月初旬、「在日朝鮮人の運動について」という文書を下部機関に通達し、「在日朝鮮人に日本革命の片棒をかつがせようと意識的にひき廻すのは、明らかに誤りである」[14]と一転して自己批判した。これを受けて民戦は五五年五月二十四日の第六回全国大会で運動を総括し、解散して新しい組織を創設することを決議した。党も七月二十四・二十五日に開いた民族対策部（民対）全国協議会で、民対の解消と在日朝鮮人の離党を確認した。そして二十五・二十六日に在日本朝鮮人総聯合会（総聯）の結成大会が開かれ、在日朝鮮人党員は一斉に党籍を離脱して総聯の聯盟員になった。ここに、二十五年以上に及んだ日本の共産主義運動における民族的連帯の歴史は大きな区切りを迎えた。中野は五〇年十一月に党を除名されて以後、五八年七月に党の中央委員の一人に選ばれるまで党指導部から外されていたが、金達寿（キムダルス）など親北系の在日朝鮮人文学者と、新日本文学会などを通じて個人的に親しく交流していた。そのような彼が、党内での在日朝鮮人運動の路線転換や新たな組織の設立にいたる動きをまったく知らなかったとは考えられない。

　これに加え、一九五〇年代に立て続けに起こったアジア・アフリカ諸国の独立や、それら新興国の主導で五五年にバンドンで開催されたアジア・アフリカ会議、および五六年にニューデリーで開催されたアジア・アフリカ作家会議、さらに「梨の花」連載中の五七年十月から十二月に中野が訪中した体験も見逃せない。ただし、これらアジア・アフリカ諸国の動向や中野の中国体験の意義を過度に強調することは、朝鮮問題に対する中野の関心をアジア・アフリカ諸国への関心一般に還元しかねない危険性がある。後述するように、中野は五〇年代半ばまでには、朝鮮問題を、日本人や日本社会にとって植民地一般に還元できない固有性を有するものと捉える認識を獲得していた。そのため中野の朝鮮問題への関心や取り組みを考察する際、それを中国など旧植民地やアジア・アフリカ新興国を事例に検討することは適切ではない。「何か感じた場合、それをそのものとして解かずに他のもので押し流すことは決してしまい[15]」というのが、中野が転向の苦い体験から得た教訓だった。

こうして「梨の花」を、それが書かれた一九五〇年代後半という時代のなかに置くと、作中に描かれた朝鮮に関わる場面が、物語を豊かにするために挿入された、単なる小道具的な役割を果たすだけのものでないことがわかる。それらは「被圧迫民族の文学」の主題と密接に関わると同時に、党が展開してきた共産主義運動における民族的連帯の歴史への問い直しにもつながるものなのである。これらの点で「梨の花」は、自伝的小説であるだけでなく、中野の朝鮮認識が、「被圧迫民族の文学」以後、五〇年代後半にどう展開していったかを明らかにするうえで重要な文学テクストでもあるのだ。

以上を踏まえ、本章では、「梨の花」を、一九〇〇年前後の時代を描いた、五〇年代後半に書かれた小説と捉える観点から考察することで、そこにあらわれた中野の朝鮮認識の性質を明らかにしたい。

## 1 「梨の花」のなかの朝鮮表象と父親の存在

「梨の花」に描かれた良平の少年時代に、日本と大韓帝国の間では伊藤博文の暗殺や韓国併合という国際的な大事件があり、併合後は植民地朝鮮の各地で朝鮮人の抵抗運動が頻発した。また中野の伝記的事実に即せば、父親の藤作が、一八九八年から一九〇四年まで台湾総督府臨時台湾土地調査局に勤めて土地調査事業に従事している。その後、藤作は大蔵省煙草専売局の吏員になり秦野煙草収納所に勤めたが、台湾での経験を買われて〇九年に朝鮮統監府の主事に採用され、翌一〇年から朝鮮総督府臨時土地調査局に勤めた。そして一七年十月まで、朝鮮各地に赴いて測量などをおこない、二十年にわたって台湾と朝鮮を植民地化する一翼を担った。こうした公的・私的な日朝関係を反映するように、「梨の花」には、良平の一家をはじめ様々な形で朝鮮と結びついた人々が登場する。

まず良平の家族をみると、連載第一回で、良平の両親が朝鮮で暮らし働いていることが明示される。また良平が酒屋で一升徳利を買って自宅に戻ると、朝鮮で写真屋をしている親類の「四つ柳(よつちやなぎ)のおんさん」が家に来ている。作中には良平が「おじさん」（祖父）の言いつけで両親宛ての手紙を代筆する場面が何度か出てくる。両親からも手紙や書留が送られてくる。良平は、おじさんの言いつけで、三、四日おきに「中村のおんさん」（高田家に婿入りした良平の父親の兄）が取っている

「大阪の大きな新聞」をもらいにいくのだが、三年生の春の終わりごろからその新聞を少しずつ読むようになる。良平が韓国併合を初めて知ったのがこの新聞だったように、この時期に急速に普及しはじめた新聞や雑誌などのマスメディアを通じても、彼は朝鮮に関わる情報を得ていく。四年生の春に祖母が病死すると、両親と二人の妹が帰郷して葬儀を営む。その後は父親だけ朝鮮に戻り、母親と妹は祖父や良平と暮らす。

二本田の村人に目を転じると、良平が二年生のころ、中河内という地主から土地を借りている小作人の間で、朝鮮に行けば大百姓になれるという噂が広まり、家を代表して一人で朝鮮に渡ったり、一家で朝鮮に移る者も出てくる。しかし大多数はうまくいかずに戻ってくる。また恩地という、入学時から良平の学年の担任だった女性教師は、良平が二年生のときに夫の浮気が原因で小学校に来なくなり、結局そのまま辞めてしまう。彼女の夫はその後、身上をつぶしてしばらく朝鮮に行くが、数年後に村に戻ってくる。

「梨の花」は良平の視点から描かれた小説であるため、小説から直接に得られる情報は限定的で断片的だが、それでもこれらのエピソードから、良平の生活圏が相当に朝鮮とつながっている様子は十分にうかがえる。とはいえ、良平自身は直接に朝鮮とつながっておらず、彼に朝鮮体験と呼べるものは何もない。そのため彼は父親が朝鮮で働いていることの意味も、小作人たちが朝鮮に渡ろうと考える理由もはっきりと理解できない。校長から伊藤博文が殺害された話を聞いても、「ほかの生徒よりは、自分だけよけいにその話に関係があるような気がしてきて仕方がない」と思う一方、「昔ばなしを聞くようにおもしろいところもある。岩見重太郎（じゅうたろう）の話や、義経の八そう飛びの話や、大江山の「すてん童子」の話のような、村にも学校にも平生はないような目あたらしさがある」と楽しみさえ覚える（一五二―一五三ページ）。これは、二年生のときに良平が、「読み方の本」（小学校の教科書）や「中学世界」（博文館）などに書かれている正月の風景──「男の子は、たこあげをしてあそびます。／女の子は、はねつきをしてあそびます」──を読み、自分の正月の体験と照らし合わせて、「嘘だとは思わないが、人を馬鹿にしていると思う」「日本じゅうの学校の子供が、ほんとにそう思いこむのではないか気になってさえくる」（五八ページ）と、生理的に反発するのとは対照的である。だがこの差異は、良平が自分の体験を基盤にして、外界の情報に反応していることから生じるものにすぎず、朝鮮に対してだけ感覚が鈍いわけではない。それは韓国併合の〈意義〉を説く校長の話に対する、三年生ごろの良平の反応から明らかである。

「さて、そこで、きようはみなに、特別にいうておくことがある。それはこのたびの、日韓併合のことであります。韓国が、これは朝鮮というてるものもあるが、その韓国が、両方申しあわせのうえ、日本になつたことであります。それについて、これはみなに、ようくわかつていてもらいたいことがある。」

良平の経験では、校長さんは、何かわからぬことをいうときに限ってこの「わかつてもらいたい」をいう。

「つまり今度、日本と朝鮮とが一つになつた、韓国も日本になつた、韓国人も日本人になつたということは、日本と韓国とがいくさをして、日本が勝つて、そこで韓国を『取つた』ということではありませんぞ。これは、日本の天皇陛下と、韓国の皇帝陛下と、王様じやな、このお二方がようく御相談のうえ、東洋平和のためには、両方の国が一つになるのがいいということになつて、そこで、両方あわせて日本ということになつた。それですから、みなは、いくさに勝つて、そこで韓国を『取つたんじや』と思うたら、とんでもないまちがいになる。わかりますが。わからな、あかんぞ……」

校長はよくこういう話し方をする。生徒が笑つたが、校長はにこりともしない。

「韓国人もみな残らず日本人になつた。韓国の子供らもみな残らず日本の子供になつた。これからは、いままで以上に仲よくして行かんならんな……」

校長さんはなお続けて行つたが、それは同しことだつた。といつても、仲よくする相手が学校にいないじやないか。村にもいないじやないか。「いままで以上に」といつたつて、以上にも何にも、一度も仲よくしたことがないじやないか。いないものをどうもならんがい……

（一七四―一七五ページ）

校長は、韓国併合が「日本の天皇陛下と、韓国の皇帝陛下」が相談したうえで、「東洋平和のため」におこなわれたことを強調し、「日本人」になった韓国人といままで以上に仲良くするよう説く。だが良平は、校長は「何かわからぬことをいうときに限ってこの「わかってもらいたい」をいう」と思い、学校や村にいままで「仲よくする相手」がいたことがないのに、「いままで以上に」どう仲良くするのかと反発する。ここには良平の批評眼が、実体験に根差さない観念的な知識を土台に形成されたものでないことが鮮やかに示されている。この感覚は、祖母の葬儀の数日後、帰郷した父親が親族や村の人に朝鮮の様子を話して聞かせるのを耳にして、「朝鮮の王さま」を気の毒に思うことにも通じている。


「ボウトはこのごろアどんな具合じゃいの。」と年寄りおじがきく。

「まあね、いろいろとあつても大体は静まつたようだね。」とおとつつあんがいう。

「まあ、むりなことはむりじやさかいのお。」

「ボウト」というのはよくわからない。しかし聞いていると、それは朝鮮人があばれるのをいうらしい。校長さんがああ話しなつたものの、天皇陛下と朝鮮の王さまとで相談したからとはいつても、やつぱり朝鮮人は腹を立てているのらしい。そこで、おおぜいいつしよになつて、日本人に乱暴しかけるのを「ボウト」というらしい。おとつつあんらは関係がないらしい。良平は横になつて、顎の下へ手をかけてとろとろしかけながら聞いていた。

「なにせあのときは、さすがの李王もどうしても判をつかんと言いだしたんじやそうな。つくといつていたのを、いよいよとなつてつかぬと言いだしたらしいんじやね。それで戸をしめきつて、長谷川大将が軍刀を抜いて立つたんだそうだ。そうやつておいて、伊藤さんがそばへ寄つて、王さまの手に判を持たして、伊藤さんがそれを持つて捺（お）したというんだからね……ひどい話はひどい話なんだ。」

話のそんなところが良平にもわかつてくる。日韓合併のときの話だ。朝鮮の王さまが気の毒

になる。（二〇四ページ）

父親の語りは、校長が、「何かわからぬことをいうときに限つてこの「わかつてもらいたい」をいう」裏側で起こった事情を暴露するものである。そして良平は明らかに父親の話の内容に共感を覚えている。それは中野が「被圧迫民族の文学」[16]で述べた、「被圧迫民族の悲しみ、怒り、苦痛」を「日本人民の民族的苦痛」として内面化する回路を、良平が「朝鮮の王さま」や「ボウト」に対して身につけていることを意味している。

しかし「梨の花」では、韓国併合を境に朝鮮に関わる話題が急速に少なくなり、良平が中学に進学して以降は完全に消えてしまう。これは、ある程度は、当時のマスメディアの傾向と合致している。姜東鎮（カンドンジン）によれば、韓国併合直後の八月から十二月までの四カ月間に主要新聞の社説にあらわれた朝鮮関係の論説は、「東京朝日新聞」二十二編、「大阪朝日新聞」十五編、「東京日日新聞」二十二編、「読売新聞」二十一編、「万朝報」十八編と、計九十八編に達した。[17]ところが一九一一年に入ると早くも朝鮮関係の社説の数は減り始め、その一年間に前述の五紙の社説にあらわれた朝鮮関係の論説は計四十三編と半減、一二年には計二十二編とさらに半減し、一三年以降は「東京朝日新聞」と「東京日日新聞」の社説に、ほんのときおり、朝鮮関係の論説があらわれるだけになる。[18]朝鮮関係の社説の減少をただちに新聞や雑誌全体の傾向と結びつけることは安易かもしれないが、韓国併合に向かって沸き上がった国家的・国民的な熱情が急速に鎮静化していったことは指摘できる。

良平の視界から急速に朝鮮が消えていったもう一つの要因として、彼の読書の仕方の変化が挙げられる。

本は、良平は前々から読んできた。良平はそこにあるものを何でも読んだ。御文章も読む。御和讃も読む。借りてきた新聞も読む。大吉〔良平の兄〕のくれた『少年世界』、（略）それからいろんな本。しかしその本というのは、雑誌を別にすれば、家じゅうみな合わしても三十冊くらいしかなかつたからじきに読んでしまつた。読んでしまつたといつても、読めぬものはどしどし飛ばしてしまう。字は読めても、読んでおもしろくないものも良平はどんどん飛ばしてしまつた。おもしろければ何べんでも読む。

（二九八―二九九ページ）

ただ去年〔良平が四年生のころ〕の暮れから、大吉が毎月雑誌を送つてくれるようになつた。『少年世界』のときもある。『日本少年』というののときもある。同しものが続けてくることもあるが、今月は『少年世界』、来月は『日本少年』ということもある。（略）そしてそのなかで、良平はひどく好きなものが出来てきた。それは必ず読む。何べんでも読む。声を出しても読む。そして全部ではないが、あちこちは宙(ちゅう)でいえるところもあつた。

（二九九ページ）

面白いものに引かれる点では変わりないが、四年生の終わりごろの良平の読書は、それ以前の彼と比べて、明らかに情報の選別と志向性が強くはたらくようになっている。「そこにあるものを何でも読ん」でいた時期の良平にとって、様々な情報はいわば等距離にある。それは一升徳利を家に持ち帰るまで、目に映り耳に聞こえてくる多種多様な情報をほとんど選別なしに受け入れていた、一年生の良平の感覚に通じる。これに対して四年生の終わりごろの良平の読書は、自分の好みに合うものを選別し、「ひどく好きなもの」を近づけて夢中になる一方、そうでないものを関心の外に追いやる傾向を強めるものである。多種多様な情報が、良平を中心とする同心円上に、距離をもって配置されるようになるのだ。韓国人も日本人になったのだからいままで以上に仲良くしなければならないという校長の話も、それぞれの対象や情報に対する距離を意識させる点で、この傾向を助長させる。

中野自身は、高校時代を通じて、「まわりからの刺戟をしたたか受動的に受けて、新しい、私にとつて新しい詩人たち、小説家たちを手あたり次第に読んだ。（略）当時雑誌などに書いていたたいていの詩人、小説家を手あたり次第に読んだわけである[19]」と回想している。同様に、良平の雑読も続いただろう。しかし時期に差はあれ、成長にともなって読書の方法が変わり、情報の選別と志向性が強まっていくこと自体は、良平に限らず誰もが体験する、ごく普通の事柄にすぎない。伊藤博文の暗殺を、「ほかの生徒よりは、自分だけよけいにその話に関係があるような気がしてきて仕方がない」と感じる良平は、大多数の日本人とは違って、「朝鮮の王さま」を気の毒に思う感覚をもっている。しかし朝鮮に関わる新聞や雑誌の社説や記事がことごとく韓国併合を賛美し、朝鮮支配を正当化するものだったことを考えると、自分でも気づかないうちに、読書を通じて、「いくさに勝つて、そこで韓国を『取つたんじや』と思うたら、とんでもないまちがいになる」と校長が諭したその「まちがい」に鈍感になっていく可能性がなかったとはいえない。しかし良平が大多数の日本人と違っていたのは、彼にはその傾向を押しとどめ、事あるごとに〈他なるもの〉としての朝鮮を喚起させる存在がいた点である。いうまでもなく父親である。

　前述のように、祖母の死後、父親は単身で朝鮮に戻って仕事を続ける。その目的のなかには生活費だけでなく大吉の学費を稼ぐことが含まれる。「おとつつあんから書留がくることはときどきある。それはおとつつあんが「ぜん」（銭）を送つてくるのだつた。その銭で大吉が中学校へ行ける。それでも銭が要つて仕方がない」。良平は、周囲の大人が朝鮮人の強盗の話をしていたのを思い出し、父親が朝鮮に「ひとりでいて、まちがいないじやろか」と心配になる。「おとつつあんは大きいからだをしている。二本田でも、おとつつあんより大きいからだの人はいない。力も強いだろうと思う。兵隊にも行つたし、大砲方で日清戦争にも行つた。それでも、朝鮮で一人でいるのが気がかりになる」（二一五ページ）。良平の心配は、そうした、「気が荒くって」「じきに居直る」朝鮮人が暮らす、朝鮮各地の想像上の田舎で奮闘しているかもしれない父親の仕事ぶりにつながっていく。

> 朝鮮というところは山に木が生えていない。禿山だらけだという。良平には、なんとなく、低い禿山がいくつも続いたような景色が目に浮かんでくる。それはさぶしいところだ。一年じゅう秋の末のような景色に見える。そして寒い。そんな調子だと、家の屋根なんかも低い藁葺（わらぶ）きか何かだろう。京城は町だからちがうかも知れぬが、おとつつあんは「出張」といつて、あつちこつち田舎をまわるらしい。学校の先生が金すじのはいつた服を着るという話があつたが、想像の風景のなかでは、金すじにサーベルを吊つた先生もおとつつあんもいつそうあぶなつか

しく見えてくる。押込みがはいってきても、おとつつあんは張りたおすじやろか……

（二一六ページ）

良平の想像のなかの朝鮮は、寒々しい。そんな場所で父親は働き、大吉の学費を稼いでいる。しかし稼いでいるのは大吉の学費だけではなかった。彼は良平にも高等教育を受けさせるべく働いているのだった。

「行く行くは良平じやつたかて……」

何を話しているのか知らなかつたが、自分の名がはいつたので良平は大人たちの方へ耳を出した。

「それや……」と中村の年寄りおじさんがいう、「子供を教育してやりたいというのは、あれの元からの念じやつたんですさかい、二本田のおじさん〔良平の祖父〕も、それだけや叶（かな）えさしてやつてほしいんですわの。」

年寄りおじさんの言葉が、急に丁寧になつてきてるのも良平に事が重大にひびく。

「それや、まン、うらも、孫を大学へやりとないというんでは、ないんじや。それでも、あれも朝鮮くんだりまで行つて、ひとりでふんじよう（不自由）して、そうやつて学費をつぎこんだはいいが、さき行きどうなるこつちやろかと思うと、あれが気の毒でのウ。もン……」

（二四四ページ）

ここに横手が指摘した、自分の立身出世の夢を息子に託す父親の姿を読み取ることは十分に可能である。しかしより重要なのは、日本人が朝鮮で働くことが、どのような形であれ植民地支配への加担を意味してしまうことだ。この点に関して示唆的なのは、川西政明が藤作について述べたことである。「これら洗い直した経歴から改めて中野藤作が日本の台湾植民地化、朝鮮植民地化に深く関った人物であることがわかる。(略)中野藤作は日本の台湾統治、朝鮮統治の土台作りに参加することで、国家とはどういうものであるかを身をもって知っている」[20]。むろん良平の父親と藤作は同一人物ではない。しかし良平の父親が朝鮮各地の田舎に「出張」して、強盗に襲われることもなく働けるのは、学校の先生が着ている「金すじのはいつた服」や腰に下げた「サーベル」に表象される、日本の武力のおかげである。この意味で、「梨の花」で父親から送られてくる金は、「国家とはどういうものであるかを身をもって知っている」父親が、「日本の台湾統治、朝鮮統治の土台作り」への参加と引き換えに得た対価にほかならない。

この事情は幼い良平にはよくわからないことだったかもしれない。しかし中野自身がある時期にこの事実を自覚したことは疑いない。それは自分が高等教育を受けられる環境や文学活動が、朝鮮人からの搾取のうえに成り立っていることへの苦い自覚である。学生時代の中野に起こっただろうこの認識の転換を念頭に置くと、「梨の花」は「雑然として無限に大量にあるものの片すみのひとかけら、しかし当人にとってはそれ一つしかなく、また二度と我から作りだすことのできぬもの、つまり本人としては言葉どおりかけがえのない当のものである」[21]という後年の言葉は意味深長である。「二度と我から作りだすことのできぬ」「言葉どおりかけがえのない当のもの」のなかには、中野家の暮らしや自分が受けられた教育と朝鮮に対する日本の植民地支配との関係――「とくに朝鮮・中国での日本帝国主義の支配の仕方」の歴史がどのような形で自分の人生に深く関わっているか――を意識することなく、「朝鮮の王さま」をはじめ朝鮮人に外部から同情するだけですますことができた、幼少年期のかけがえのなさも含まれているからだ。この意味で「梨の花」は、黒田の指摘を契機に深化していった中野の朝鮮認識を土台に、ちょうど植民地の人々が搾取されたおかげで作家が原稿料にかかる税金を払わなくてよかったのと同様、朝鮮人が人的・物的資源を――強制的に――提供してくれたおかげで、自分の幼少年期の体験がかけがえのないものでありえたことを再確認する文学テクストだったといえる。そして重要なことはこの再確認が、日本の共産主義（文学）運動における民族的連帯の歴史にも強制的な搾取を自発的な提供と取り違える錯誤があったこと、敗戦後も錯誤し続けている状況への再確認につながっている点である。在日朝鮮人の日本語能力に依存し、朝鮮語を学ぼうとしない日本人の態度に対する中野の危機意識は、その最も重要な訴えの一つだった。

## 2　日本社会における〈朝鮮〉の欠落――在日朝鮮人の日本語能力を鏡として

朝鮮戦争停戦一周年を記念して、一九五四年七月に解放新聞社の主催で、中野重治は金達寿と対談した。中野は「新日本文学会書記長」、金達寿は「朝鮮文学会委員長」（在日朝鮮文学会のこと）と紹介されている。これらの肩書は、彼らの発言が私的なものではなく公的なものであることを、読者に伝える役割を果たしている。このような対談のなかで中野は、朝鮮語や朝鮮文学について次のように語った。

大衆〔日本人と在日朝鮮人〕が互いの事情を、長所も欠点も、ユーモアをもって理解できる機会が求められます。日本人の中には英語、ロシア語、フランス語、スペイン語がわかる人は多いし、中国語がわかる人も増えていますが、朝鮮語がわかる人は非常に少ない。フランス語で電話を掛けると、大抵の日本人は、「あの人は立派だ。フランス語で電話を掛けていた」と言うのに、朝鮮語で電話を掛けると違う。つまり植民地帝国主義者としての歴史的意識が、被圧迫者、植民地隷属民族になっても、まだそのまま残っている。この点、「言葉」の問題も重要です。全ての民族が平等だということを、日本人は知る必要があります。これが互いの卑屈感を無くすのです。文学芸術作品の翻訳・紹介・交換は、このような点で重要です。(22)

それ〔日本のプロレタリア文学運動の中に必ず朝鮮人がいたこと〕は歴史的に動かない事実です。新日本文学会は文学を通してアジアの平和、世界の平和という点に立って運動を進めています。直感的に言っても民族の独立なくして文学はあり得ません。戦前のプロレタリア文学運動の中心には侵略戦争反対、植民地人民に対する圧迫反対のスローガンがありました。この伝統は今日、民主主義文学運動に継承されています。[23]

中野が日本社会で朝鮮語が置かれている固有の状況に言及したのは、この対談が初めてである。なぜ「言葉」が重要なのか。それは「被圧迫者、植民地隷属民族になっても」日本人のなかに「まだそのまま残っている」「植民地帝国主義者としての歴史意識」と決別するため、文学作品の翻訳・紹介・交換を通じて、「圧迫民族の文学」としての日本文学と「被圧迫民族の文学」としての朝鮮文学を比較し、後者から多くを学ぶ必要があるからだ。しかし「被圧迫民族の文学」から学ぶためには、それを独立した民族の文学と捉える視座を必要とする。そのため朝鮮人を独立した民族の人々と捉える視座なしには、朝鮮文学を「被圧迫民族の文学」と捉える視座も、それを鏡として日本文学を「圧迫民族の文学」から「被圧迫民族の文学」に発展させようとする態度も成立しない。中野はこの対談では、「侵略戦争反対、植民地人民に対する圧迫反対のスローガン」を中心に掲げ、朝鮮人を含んで展開された戦前のプロレタリア文学運動では朝鮮人を独立した民族と捉える視座が確立されていて、この伝統は今日の民主主義文学運動に継承されていると語り、朝鮮文学を「被圧迫民族の文学」と捉える視座が、民主主義文学運動を担っている日本人文学者の間で確立されているると述べた。だが同じ時期に別のエッセーで、プロレタリア文学運動の歴史的限界を認める発言をしていたことを考慮すると、この発言を額面どおり受け取るわけにはいかない。

新日本文学会の文学者は一九四六年秋に金達寿を会員に迎えるなど、敗戦後いち早く在日朝鮮人と交流関係をもった。その後も四七年二月に金達寿など七、八人の在日朝鮮人文学者が結成した在日本朝鮮人文学者会を源流とし、総聯傘下の在日本朝鮮文学芸術家同盟（文芸同）に吸収されて消滅する文学団体・在日朝鮮文学会のメンバーと、出版記念会や講演会など様々な機会を通じて盛んに交流した。さらに金達寿や許南麒（ホナムギ）の文学作品を、日本人に対して植民地支配の実態や近代日韓関係の暗部を突きつけるものと重く受け止めた。しかし彼らのなかから、日本人も朝鮮語を学ぶべきだという主張は出なかった。日本人の共産党員も同様に、在日朝鮮人党員が活動する際に日本語を用いることを当然視した。これに対し、たとえばのちに総聯議長になる韓徳銖（ハンドクス）は、ペク・スボンの筆名で発表した論文「愛国陣営の純化と強化のために」（一九五二年六月）で、朝鮮人党員同士であっても朝鮮語で語り合ってはならないと考える日本人党員と妥協すべきでないと強く訴えた。

朝鮮人民の勝利は日本人民の勝利をはやめるものであることを忘れてはならない。未熟な共産主義者が祖国に対する態度を曖昧にせよと強要しようとも、真の朝鮮人民であるならばこれを克服しなければならず、自己の栄誉をかたく守らなければならない。日本共産党に入党した朝鮮人も自分の祖国と人民の要求を忘れてはならない。一つ例を挙げるならば、亡国的奴隷根性が未だ清算されていないために日本共産党員は朝鮮人だけが集まっても日本語を使用するのが原則であると主張する者と妥協してはならない。(24)

このように、党やその影響下にあった諸団体に属した日本人は、「侵略戦争反対、植民地人民に対する圧迫反対のスローガン」を掲げて（在日）朝鮮人党員や党の同調者たちと活動しながらも、一貫して朝鮮語に価値を認めなかった。中野自身は、朝鮮語を学ぼうと思い立ったことはあったが、時間を作れずに断念したという。[25] こうした歴史的経緯と現状を考慮すると、敗戦後の民主主義文学に継承されたプロレタリア文学運動の伝統のなかには、（在日）朝鮮人の民族的主体性の捨象という悪しき伝統も含まれていたことは否定できない。このため中野の先の発言は、プロレタリア文学から民主主義文学運動へと続く伝統を手放しで称賛するものではなかったといえる。それはむしろ、二十年以上も日本の共産主義（文学）運動のなかで日本人と（在日）朝鮮人とが緊密な関係にあったにもかかわらず、内実は「交流」や「相互理解」からはほど遠い、朝鮮語という「言葉」が欠落した一方通行の状況にあったこと、それが日本文学を「被圧迫民族の文学」から遠いものにしてしまったことへの自己批判から発せられたものと推測される。実際、「民族の独立なくして文学はあり得ません」という発言と裏腹に、日本人の党員や共産主義（文学）者は、言葉で紡がれる「文学」の前提となる「民族の独立」を、どれほど心の底から朝鮮人に認めて態度で示しただろうか。彼らが朝鮮人に固有の民族的主体性を軽視ないし無視し、朝鮮語に関心を示さなかったことを考えれば、その答えは明白である。

在日朝鮮人が一九五五年六月に総聯を結成すると同時に党を離脱した後も、朝鮮語の問題は中野のなかで鋭い棘として刺さったままだった。そして北朝鮮への帰国事業や、大村収容所にいる「密航者」の韓国への強制送還、李ライン（李承晩大統領が一九五二年一月の「海洋主権宣言」に基づき、朝鮮半島周囲の公海に設定した海域線）付近で拿捕された日本人漁民をめぐる政治的駆け引きなど、日朝・日韓および南北朝鮮で緊張が高まっていた五〇年代末、中野はふたたび朝鮮語をめぐる問題に言及しはじめた。彼はまず、「朝鮮問題について」（一九五九年六月）で、「私は、われわれ一般日本人の中国にたいする理解と朝鮮にたいする理解とのあいだには事実として差別があると思う[26]」と指摘した。この「差別」は、「自分に即して」（一九五九年十一月）で述べたように、中国語と朝鮮語を学ぶ日本人の数の圧倒的な差に顕著にあらわれている。

しかし私は朝鮮のことにふれたい。簡単にいえば、日本では、それも主として新日本文学会にたよつて、朝鮮文学の紹介は金達寿や許南麒にたよつていたという傾きがある。むろんそれはそれでいい。しかし日本では、フランス文学を日本に近づけるには日本人フランス文学研究者がはたらいた。ドイツ文学でもロシヤ＝ソヴェト文学でもそうだつた。中国文学でもむろんそうだつた。日本人の学者が、中国語をおぼえ、中国を勉強し、中国文学を日本に紹介する。すべてこういうふうにしてやつてきた。ところが、朝鮮文学についていえば、日本人文学者（語学者や研究者をふくめていい。）でせつせと朝鮮文学を日本に紹介している人というのが、全くないか、あつても数えるほどにはない。日本人自身、朝鮮語をおぼえて、自分の日本人としての立場から朝鮮文学をながめ、両国現在の関係の正しい認識に立つて、みずからえらんで紹介するべきものを紹介するという事実がない。これはかなりに大きな問題だと思う。こうなつたについては歴史的要因がある。それはあるが、要するにそれに負けているということだろう。このへんには、日本文学全体として、日本国としてやや大きな問題があるだろうと思う[27]。

これを皮切りに、中野は、日本人が全体として朝鮮語に無関心な状況に対して、強い危機意識を込めて発言するとともに、若い世代に朝鮮語を学んでほしいと訴えるようになった。実際、彼がいうように、中国語を習得して文学活動に役立てている日本人は少なくないのに、朝鮮語を習得して役立てている日本人は、朝鮮人を取り締まる官憲を除けば、皆無に近かった。それは彼の主観的な印象ではなく厳然たる事実だった。中野は戦中に「翻訳と見学」(初出未詳。一九三五年か?)で、「支那語のできる人はたくさんあると思われるのに、支那新聞や支那文献の紹介されるものは非常に非常に少ない」[28]と嘆いた。だが一九四九年十月に中華人民共和国が建国され、翌五〇年ごろから中国文学が日本人の手で翻訳されはじめると、それらは予想以上に歓迎された。[29]こうして中野が中国文学に抱いていた懸念が払拭される状況は、五〇年代初頭から急速に整っていった。これに対して朝鮮語は、重村智計が「複眼的朝鮮認識のすすめ」(一九七八年十月)で指摘したように、七〇年代になっても、ハングルの文献さえ読めないのに、朝鮮に関する日本人の専門家として堂々と通用するありさまだった。

朝鮮史の研究者は、まだ文献が読めるだけでも良心的なのです。朝鮮問題評論家、研究家、ジャーナリストなどの肩書で、雑誌に書き、本まで出す日本人の先生方の多くが朝鮮語の会話はもとより、文献さえ読めないのが日本の実情なのです。

新聞、テレビなどのマスコミも、これまではこの例外ではありませんでした。各社がソウルに送り出す特派員のうち、朝鮮語(韓国語)で庶民や学生に直接取材し、韓国の新聞、雑誌を自由に読みこなすほどに韓国語を駆使できる特派員は皆無でした。わずかに、昨年帰国した東京新聞の鎌田特派員、日本テレビの宮本特派員だけが〝韓国語の達人〟といわれた記者でした。現在の日本の特派員のうちでは、朝日新聞の小栗特派員だけが唯一人の〝韓国語使い〟なのです。それでも、朝日、毎日、読売の各新聞社がいまでは、ソウルの大学に留学した記者を、朝鮮問題の担当者として配するまでになりました。さらに現在は、共同通信、東京新聞、朝日新聞がソウルの大学に語学留学生を派遣もしています。〝朝鮮屋〟の朝鮮語知らず——これが、これまでの日本人の朝鮮問題の水準だったのです。「論語読みの論語知らず」ならまだしも、朝鮮語の原文にも当れず、日本語に翻訳された資料にのみ頼るという水準にしかなかったのです。[30]

中野も「朝鮮問題雑感」（一九六五年十二月）で、朝鮮問題に通じているある友人に、「君は、朝鮮語を、読んだり、書いたり、話したりするんですか」と尋ねると、恥ずかしそうに、「いいや、読めないし、むろん話すことはできない……」と答えたと記している。[31]

なぜ日本社会では「〝朝鮮屋〟の朝鮮語知らず」が通用するのか。その内在的な要因は、重村が指摘した、「日本人の心の底にある朝鮮半島に対する大国主義と優越意識が作用している」[32]点に求められる。それと同時に、中野が「緊急順不同 民族問題軽視の傾き」（一九七三年十二月）で次のように自己批判したように、金達寿や許南麒など、日本語に堪能な在日朝鮮人の存在が、外在的な要因として大きく作用していた。

いったいわれわれは、といって差しつかえれば私はと書くが、私は朝鮮語を全く知らず、しかし朝鮮人と話するのに格別不自由を感じないできた。私の話を聞いてくれる朝鮮人が、ある種の日本人以上に日本語に通じていて、私はただただ日本語でしやべつていればそれですむという事情に私は慣れこになつていた。これがどこから来たかについて考えたことはあつたが、その場になればそんなことは全く忘れていた。つまりそこに、国を奪つた側の一人の日本人の甘えがあつただろう。(33)

しかしいうまでもなく、彼らは自ら望んで日本語を習得したのではない。それは植民地支配のなかで強制的に身につけさせられたものである。しかも朝鮮語での教育を受けられず、日常生活でも朝鮮語の使用を制限／禁止されて育った若い朝鮮人のなかには、朝鮮語がまったくできなかったり、できないわけではないが朝鮮語よりも日本語のほうがはるかに自由に使いこなせる者が非常に多かった。この意味で彼らの日本語能力や彼らが日本語で書いた文学作品には、植民地支配の負の歴史が凝集されている。新日本文学会の日本人文学者のなかには、中野のほかにも、在日朝鮮人が日本語で文学作品を書くことの意味や、彼らの文学作品が日本人に突きつける問題の重要性を認識していた者がいた。しかし彼らの日本語能力に依存する状況は変わらなかった。朝鮮の文学状況や作品を日本社会に紹介する役割は、敗戦後ももっぱら在日朝鮮人文学者に任されたのである。

この惰性的な状況を切断し、中野の目を朝鮮語に向けさせた要因は何だったのか。この疑問について考えるうえで重要なのは、朝鮮語をめぐる中野の発言が一九五九年から六〇年代半ばに集中していることである。それは北朝鮮への帰国船の第一便が新潟港を出港する半年前から日韓条約が締結されるまでの時期にあたる。この間、中野は帰国事業を積極的に支持する一方、日本政府が在日朝鮮人の祖国往来の自由を妨げている状況を憲法違反と批判し(34)、また金日成が提起した南北朝鮮の連邦制を支持した(35)。その一方、朝鮮語を学ぼうとする日本人の若者の数が少ない状況を嘆いた。「大学まで行っているような人間なら、外国語をせめて一つはまなべ。／どの外国のでもかまわない。しかし欲をいえば、あるいは不満をいえば、朝鮮語をまなぶ日本人大学生のすくないことは私に解せぬ(36)」

しかし韓国で一九六三年初頭から日韓会談反対運動が盛り上がったのに対し、日本では在日朝鮮人の祖国往来の自由を求める運動も日韓会談反対運動も、総じて低調なまま終わった。日韓条約が締結されてまもなく、中野は、朝鮮問題の専門家といわれる日本人さえ朝鮮語を話すことも書くこともできないというエピソードを紹介した後に、「これは、つまり戦後二十年たつて、「日韓条約批准」を日本国民としてつぶそうという時になつてさえ、いわば専門家といつた人が――けつして一人だけでなく――そんなありさまだということを語つていた(37)」と書き添えた。彼がナップ時代を振り返ったエッセー「三十五年まえ」（一九六三年三月）で次のように語った背景には、日朝・日韓関係に無関心な日本社会の、こうした「おくれ」があった。

そのころの日本の大学が明治文学、大正文学を扱わなかつたというようなことがいろいろとあつた。(これも大ざつぱに言うのに過ぎない。)「国文学」の領域は保守的な空気に充ちていた。あるいはそう見えた。そこへはいつて行つてそこを領略するというのでなくて、そこと手を切り、そこから逃げだすという気味がわれわれに(すくなくとも私などには)あつた。中国はわれわれの狭い視野にも大きくはいつていた。しかしわれわれのなかには、「狂人日記」を発表された時に読んで、そこに「未来のある作家」を一九一九年に認めた青木正児(まさる)のような人はいなかつた。断定することはできない。しかしまずいないに近かつたと思う。朝鮮についてはそれ以上だつたかも知れない。朝鮮語、朝鮮文について、三十五年たつた今われわれがどの程度のところに来ているかからもこれは逆算される。この点で、いくらか比喩的にはなるが、われわれは帝国主義陣営、陸軍参謀本部陣営におくれていた。(38)

中野がいうように、プロレタリア文学の継承者を自任する民主主義文学者さえ、朝鮮語や朝鮮文学に対する認識は三十五年前と大差ない状態にあった。その点で日本のプロレタリア文学―民主主義文学陣営は、帝国主義陣営や陸軍参謀本部陣営が植民地支配を徹底化するために朝鮮語を習得させたのに遅れをとり、いまもその遅れを取り戻せずにいる。一九六五年十二月の日韓条約発効は、そうした「おくれ」の果てに起こった結末にほかならない。

こうして朝鮮問題の専門家といわれる日本人でさえ朝鮮語を学ぼうとせず、読みも話しもできない状況を心の底から恥じていない状況は、中野にとって語学の次元にとどまる問題ではなかった。それは日本の共産主義(文学)運動が、当初から植民地支配と帝国主義戦争への反対を掲げながら、なぜ日韓条約にいたるまで朝鮮人と国際的な連帯を構築できなかったのか、その要因の核心にあるものを浮き彫りにする問題なのである。

敗戦後も朝鮮語を学ぼうとせず、在日朝鮮人の日本語能力に依存し続ける状態は、日本人が朝鮮に学ぶべき価値を認めていないこと、在日朝鮮人の語学力に甘えていることを意味する。これに対して中野は、朝鮮語を習得できなかったものの、(在日)朝鮮人が用いる日本語に帝国主義的な侵略と植民地支配の歴史が刻み込まれていることを、決して忘れなかった。「たとえば許南麒、金達寿の日本語が、まぎれのない朝鮮人の特徴を持ちつつはなはだ巧みだということのなかに帝国主義日本の道徳の問題がからみこまれていると私は思う[39]」

同じことが在日朝鮮人の日本語能力に依存し続ける状態にもいえる。それは日本人が「帝国主義日本の道徳の問題」とどう決別するかという問題と切り離せないが、朝鮮語を学ぼうとしないことによって敗戦後も「帝国主義日本の道徳の問題」と共犯関係を結び続けている。それと同時に、その状態を許してくれている在日朝鮮人に甘えている。日本人の側にあるこの〈甘え〉を正面から自己批判したものとして注目すべきものが、一九六二年に日本朝鮮研究所でおこなった中野の講演である。この講演は、同研究所が「日本における朝鮮研究の蓄積をどう継承するか」と題した連続シンポジウムの第三回「日本文学にあらわれた朝鮮観」でおこなわれたものである。この講演に関わる事実調べは、水野直樹「中野重治「雨の降る品川駅」の自己批判」(二〇二〇年七月)に詳しい[40]。

このときの中野の発言で注目すべきは次の箇所である。

戦後のことからいいますと、日本の労働組合・民主的諸政党・民主的諸団体、その人たちが、在日朝鮮人のエネルギーを——言葉は適当でないかもしれないが——不当に高く評価してきてはしないかということです。つまり、こういうことです。

日本の民主的な諸勢力と警察とが、納税者と税務署とが、学生・教授・職員と学校管理者とが衝突する。物理的な衝突から精神的衝突まであり、衝突を通じて問題は発展していくのですが、そういう場合、在日朝鮮人の日本権力に対するハラからの憎悪、そこから出てくる反抗のエネルギーを非常に高く評価し、これに信頼し、これに頼ることがかなりあった。

それは当然でもあり自然でもある。そのどこが不当かというと、在日朝鮮人が100の力を持ってるのに150に評価したという意味じゃなくて、日本人の側は150も160も自分の力を出さなきゃならないのに、そうしないで、自分のポテンシャルな力は100か70に止めておき、そして残りの30を加えた130を在日朝鮮人に期待したという意味です。朝鮮人は日本の支配権力に対して時にはデスペレートな反抗心をもっている、それを利用しようという程腹黒いものだったとは信じないけれども、それにもたれかかるという点が確かに日本人側にあったのじゃなかろうかと思います。日本人自身、戦争前・戦争中は非常に大きく権利を侵害されていて、それを回復するために戦う場合、より無権利な状態にあった朝鮮人部隊をかなり困難な、或いはこれも言葉がよくありませんが危険な斗争の場面にあて、朝鮮人にそのセクシヨンを守ってもらいたいというような傾きがあった。そこには根拠はあるけれども、少なくともこれは正当ではなかったというように私は思います。それは日本が軍隊と資本の力で朝鮮及び朝鮮人を搾取し抑圧して国を奪つたし、他の帝国主義国との角逐場裡で朝鮮及び朝鮮人を将棋のこまのように使おうとした、その裏返しというのではないけれども、少なくともその時代に日本の革命運動がこの問題を充分大衆的に明らかにしてこなかつたことから糸をひいてきていはしまいか。

朝鮮が日本の植民地であつた時のことを考えても、植民地日本の労働者階級の斗争が朝鮮における運動及び在日朝鮮人の活動を正しく運動にくみいれるということは全く正しく、原則としてその方向をとつてはいたけれども、具体的な日常の活動ではそこがうまく行つていなかつたのではないか。日本に関しては日本の労働者階級が責任を持つて仕事を進め、それがよりよく進むように在日朝鮮人に参加、援助してもらう、それによつて朝鮮本土における朝鮮人民の斗争を国際的に支援するというコースが充分には具体化されなかつたのではなかろうか。(41)

この発言のうち、第一段落について、水野は、「日本の社会運動がはらむ問題——社会運動を進めようとする日本人の側が「反抗心」を強く持つ朝鮮人に「もたれかかる」という姿勢、そのあり方——の核心を突」くものだと述べた。また第二段落について、「日本に関しては日本の労働者階級が責任を持つて仕事を進め」るあり方「を踏まえて、「朝鮮本土における朝鮮人民の斗争」、つまり朝鮮の独立と社会革命をめざす闘争への国際的連帯・支援がなされねばならなかったにもかかわらず、そのような運動をつくることができなかったことへの反省が必要だというのが中野の主張であった」と語った。水野は、中野がこの反省を、「一九三〇年前後から戦後の一九五五年まで、在日朝鮮人による共産主義運動や労働運動が日本の運動、具体的には日本共産党とその指導を受ける労働運動に吸収・統合されていたことを念頭に置いて」語ったと推測するとともに、中野と党の関係が微妙に揺れ動いていた時期にこの講演がおこなわれたことを踏まえ、「明示的ではないが、共産党への批判とさらに根本的には日本の社会運動、革命運動の歴史への批判がこめられていたと考えてよい(42)」と述べ、ここに、一九三一年に『中野重治詩集』に「雨の降る品川駅」を収録する際——この詩集は発禁になったが——大幅に改稿したのに続く、第二の自己批判を読み取った。

水野の指摘どおり、「日本に関しては日本の労働者階級が責任を持つて仕事を進め」るあり方「を踏まえて、「朝鮮本土における朝鮮人民の斗争」、つまり朝鮮の独立と社会革命をめざす闘争への国際的連帯・支援」をおこなう運動を作り出せなかった日本の共産主義運動の歴史への反省から、中野がこの講演をおこなったことは確かだと考えられる。しかし彼がこの講演で自らの朝鮮認識を自己批判した要因を、この時期の党との関係の悪化だけに求めるのは適切ではない。また朝鮮認識に対する彼の第二の自己批判をこの講演に求めることは、黒田の指摘を契機に始まった、一九五〇年代前半の認識の転換を無視することにつながる。そうではなく、この講演でみせた自己批判は、在日朝鮮人の朝鮮語能力に依存し続けている状況に対する反省と連関させて読解すべきものである。

# おわりに

中野は「朝鮮問題雑感」で、自分は「半島人」「朝鮮の人」「第三国人」といった言葉を朝鮮人に対して使ったことがない、「私は何かの関係から朝鮮を一つの外国と見てきていたようだつた。したがつて朝鮮人を一つの外国人として私は見てきたようだつた」[43]と語っている。戦中にも彼は、帝国議会で、ある議員が、「内鮮」を「日鮮」と言ったのが問題になったことに関し、「人種とか民族とかいう点から住民というものを見るとすれば、一方が朝鮮人であるのに対して他方はどこまでも日本人でなければならぬ。朝鮮人に対して内地人という人種や民族があるのではない」[44]と主張していた。それは「梨の花」で校長が、「みなに、ようくわかつていてもらいたい」と念を押して説いた、韓国併合の〈意義〉に対する良平の反発と違和感を、作者である中野も生涯にわたって保持したことを意味する。彼がこの認識を血肉化するうえで、朝鮮で働く藤作の存在や、「梨の花」で父親や村人たちが韓国併合をめぐって話をする場面に描かれた、新聞などの公的なマスメディアとは異なる、村の人たちの間に張り巡らされた噂話のようなもう一つのメディアの役割が決して小さなものでなかったことは、容易に推測される。この点で彼は、民族闘争を階級闘争に還元させる方針を堅持した共産主義（文学）運動の歴史のなかで、（在日）朝鮮人の闘争に、日本人の階級闘争にも、植民地の人々による民族解放闘争一般にも還元できない固有の次元があることを認識し、両民族の対等な民族的連帯を志向した、非常に数少ない日本人共産主義文学者だったといえる。

とはいえ、中野も完全に朝鮮・朝鮮人を外国・外国人として扱う態度を貫けたわけではなかった。在日朝鮮人の日本語能力に依存し続ける態度は、その顕著なあらわれの一つだった。一九六二年に日本朝鮮研究所でおこなった講演は、在日朝鮮人に対する、そうした〈甘え〉と決別すべき必要性を訴えた自己批判だった。この自己批判こそ、「梨の花」を、〇〇年代初頭の農村を、五〇年代に描いた小説として読解したときに浮かび上がってくる、共産主義（文学）運動における民族的連帯の死角を明らかにするものにほかならない。

注

（1）前掲「被圧迫民族の文学」（前掲『中野重治全集』第二十一巻、三二一ページ）

（2）同論文（同書三二五ページ）

（3）中野重治「梨の花」「新潮」一九五七年一月号―五八年十二月号、新潮社（『中野重治全集』第六巻、筑摩書房、一九九六年九月）。本文中の引用のページ数は『中野重治全集』第六巻。

（4）「梨の花」の事実調べについては、満田郁夫「『梨の花』について」（「クロノス」第七号、クロノス社、一九六四年七月）を参照。

（5）中野重治「わが生涯と文学――むかしの夢いまの夢」『中野重治全集』第六巻、筑摩書房、一九七七年八月（前掲『中野重治全集』第二十八巻、二二七ページ）

（6）菊池章一「子どもの近代史」「梨の花通信」第十五号、中野重治の会、一九九五年四月、六ページ

（7）前掲「中野重治と天皇制」一六二―一六三ページ

（8）前掲、木村幸雄「中野重治と朝鮮」二ページ

（9）島田昭男「プロレタリア文学の問題――中野重治における朝鮮・序」「社会文学」第十号、日本社会文学会、一九九六年七月、一四ページ

(10) 前掲「中野重治『梨の花』考・序」五二一ページ
(11) 前掲「父の不在と〈村の内〉」九〇ページ
(12) 前掲「父のこと・父であること」三一ページ
(13) 同論文三一―三三ページ
(14) 無署名「在日朝鮮人の運動について」一九五五年一月中央指示。引用は朴慶植編『日本共産党と朝鮮問題』(「朝鮮問題資料叢書」第十五巻)、アジア問題研究所、一九九一年五月)三八八ページ。
(15) 中野重治「村の家」「経済往来」一九三五年五月号、日本評論社(『中野重治全集』第二巻、筑摩書房、一九九六年五月、八九ページ)
(16) 前掲「被圧迫民族の文学」(前掲『中野重治全集』第二十一巻、三三二―三三三ページ)
(17) 姜東鎮『日本言論界と朝鮮――1910-1945』(叢書・現代の社会科学)、法政大学出版局、一九八四年五月、六ページ
(18) 同書八三ページ
(19) 中野重治「わが生涯と文学――生理的幼少年期と文学的少青年期」『中野重治全集』第一巻、筑摩書房、一九七六年九月(前掲『中野重治全集』第二十八巻、一九六ページ)
(20) 前掲『昭和文学史』上、三三三ページ
(21) 前掲「わが生涯と文学――むかしの夢いまの夢」(前掲『中野重治全集』第二十八巻、二二六ページ)
(22) 中野重治/김달수「勝利한朝鮮、平和를위한文学=구체적행동으로 문화교류=」「解放新聞」一九五四年七月二十七日付、四面。引用は「資料紹介 中野重治・金達寿「勝利した朝鮮、平和のための文学――具体的行動で文化交流」」(廣瀬陽一訳、「社会文学」第五十号、日本社会文学会、二〇一九

年八月)一四七ページ。

(23)同対談一四八ページ

(24)ペク・スボン「愛国陣営の純化と強化のために——社会民主々義路線と傾向を排撃しよう」「北極星」一九五二年六月十日号。引用は前掲『日本共産党と朝鮮問題』一五七ページ。

(25)中野重治「朝鮮問題雑感 いちばん近い外国、外国人」「太陽」一九六五年十二月号、平凡社(『中野重治全集』第十五巻、筑摩書房、一九九七年六月、三〇六—三〇七ページ)

(26)中野重治「朝鮮問題について」「新日本文学」一九五九年六月号、新日本文学会(前掲『中野重治全集』第十四巻、三八三ページ)

(27)中野重治「自分に即して——新日本文学会の再検討」「新日本文学」一九五九年十一月号、新日本文学会(同書四四五—四四六ページ)

(28)中野重治「翻訳と見学」初出未詳(『中野重治全集』第十巻、筑摩書房、一九九七年一月、一九一ページ)

(29)竹内好「中国現代文学への眼」(「日本読書新聞」一九五一年八月二十九日付)、同「日本における中国文学研究の現状と課題」(「文学」一九五一年十二月号、岩波書店)、同「翻訳文学の十年——中国文学を中心に」(「文学」一九五五年八月号、岩波書店)を参照。

(30)重村智計「複眼的朝鮮認識のすすめ」「中央公論」一九七八年十月号、中央公論社、一八〇—一八一ページ

(31)前掲「朝鮮問題雑感」、前掲『中野重治全集』第十五巻、三〇六ページ。中野は別のエッセーでもこのエピソードを紹介している。「私は何度か「もつとも近い隣り国」としての朝鮮にふれたが人に影響をあたえることはできなかつた。大学生といつた人たちに何度か朝鮮語を学べと心から言つたが

受けいれた日本人大学生はいなかつた。藤島宇内(うだい)は朝鮮問題にくわしい。このまえ朝鮮へ行つて帰つてきたので私は彼にきいてみた。君は朝鮮語を読んだり話したりするのか。いや、それが読めもせず話せもしないのだというのがそのときの彼の答だつた」(中野重治「春夏秋冬 北朝鮮と西ドイツ」「展望」一九六七年十一月号、筑摩書房〔前掲『中野重治全集』第二十四巻、三一八ページ〕)

(32) 前掲「複眼的朝鮮認識のすすめ」一八一ページ

(33) 中野重治「緊急順不同 民族問題軽視の傾き」「新日本文学」一九七三年十二月号、新日本文学会(前掲『中野重治全集』第二十四巻、五九二ページ)

(34) 中野重治「そんな馬鹿なことが」一九六四年二月十三日執筆。「朝鮮文芸」(朝鮮文学芸術家同盟)に掲載予定だったが都合によって掲載されなかった。前掲『中野重治全集』第十五巻、一〇二―一〇三ページ

(35) 中野重治「牡丹峰劇場からの声」「朝鮮総聯」一九六〇年十二月五日付(前掲『中野重治全集』第十四巻、五七四―五七五ページ)

(36) 中野重治「後悔さきに立たず」「学生新聞」一九六二年一月十五日付、日本共産党中央委員会(同書六六四ページ)

(37) 前掲「朝鮮問題雑感」(前掲『中野重治全集』第十五巻、三〇六ページ)

(38) 中野重治「三十五年まえ――「ナップ」結成以来」「文化評論」一九六三年三月号、新日本出版社(同書三五ページ)

(39) 中野重治「一つの実際的な問題」、竹内好編集・解説『アジア主義』(「現代日本思想大系」第九巻)「月報」第三号、筑摩書房、一九六三年八月(同書五三ページ)

(40) 前掲「中野重治「雨の降る品川駅」の自己批判」一一七ページ

(41) 報告者：中野重治／朴春日、発言者：安藤彦太郎／幼方直吉／小沢有作／楠原利治／後藤直／四方博／旗田巍／藤島宇内／宮田節子「日本文学にあらわれた朝鮮観（3）――日本における朝鮮研究の蓄積をいかに継承するか」「朝鮮研究月報」一九六二年十一月号、日本朝鮮研究所、四ページ

(42) 前掲「中野重治「雨の降る品川駅」の自己批判」一一八―一二〇ページ

(43) 前掲「朝鮮問題雑感」（前掲『中野重治全集』第十五巻、三一〇ページ）

(44) 中野重治「文学における新官僚主義」「新潮」一九三七年三月号、新潮社（前掲『中野重治全集』第十一巻、二七ページ）

# 第3章　「朝鮮人の転向」という死角

## はじめに

中野重治「模型境界標」(1)（「小説新潮」一九六一年九月、新潮社）は、杉本良吉と岡田嘉子のソ連亡命（一九三七年末―三八年初）を素材にした短篇だが、作中に唐突と思える場面が挿入されている。中野・原泉夫妻をモデルにした片口・谷夫妻の家の近所に、四、五軒、朝鮮人の家が集まっているが、ある日そこで祭りがおこなわれた。しかし真夜中に騒ぎが起こり、数人が片口たちの家の前を駆け抜けざまに板塀を叩きつけて何かを怒鳴る。その声のなかに片口が、「朝鮮人に転向はないぞ……」の言葉を聞くというものである。

女房は木の寝台に寝ていましたが、私はそのころ背なかが痛くて畳に寝ていました。とろとろっとしかけたときだつたと思います。三―四人の人間が、ふたりくらいだつたかも知れません、少し離れた地点からどどつと音を立てて駆けてきて、私の家の前を駆けぬけざま板塀を叩きつけて何かどなりました。そしてたちまち谷地(たにち)の方へ駆けおりて行きました。私の家の前で停止しなかつた。走りながらです。あつという間(ま)でしたが、あたりがしんとしていますからそれは騒ぎでした。そして私は、はね起きようとしかけた瞬間からだを縮めて床のなかへもぐつていました。女房からも身をそむけていました。彼女にしても、はね起きようとしかけたのだつたらしいのですがその後はわかりません。何といつてどなつたのか確かにはわからなかつたのですが、「朝鮮人に転向はないぞ……」、とにかくそんなことだつたことは確かです。

（六六ページ）

物語はこの後すぐ、「「転向」といえば、それは女房にも無関係に私にだけ関していたのです」と、片口自身の転向や獄中で谷がおこなったハンストに話題が移り、さらに杉本・岡田をモデルにした高木英吉と加納なお子のソ連越境を軸に物語が展開していく。そして朝鮮人たちの祭りで何が起こったのかや、「朝鮮人に転向はないぞ……」の怒鳴り声に話題が戻ってくることがないまま、物語は終わってしまう。

中野は小説やエッセーなどで何度も転向に言及しているが、朝鮮人の転向に触れたのはこの箇所が唯一である。ところが、彼にとって転向や朝鮮に関わる問題がどれほどの重要性を有しているのかは広く知られているにもかかわらず、この箇所については、円谷真護が簡単に触れた文章がある程度にすぎない。円谷は、一九六〇年代から七〇年代に中野が熱心に朝鮮問題に取り組んだことを彼の誠実さのあらわれと評し、その誠実さを持続させられた根底に、「朝鮮人に転向はないぞ……」に対する責任感があったと語った。しかし彼は中野が、自分は転向したが朝鮮人は転向しなかったという単純な対比による負い目だけでこの一言を受け止めていたわけではないと、次のように主張した。

朝鮮人のなかには、個人として転向した人はあった。しかし、朝鮮の大日本帝国からの独立闘争、朝鮮人の民族解放運動はつづいた。止むことはなかった。したがって、「朝鮮人に転向はない」、なかった。そこが日本人と決定的に異なる。もちろん、個人として非転向を貫き、死んだり殺されたりした人は日本人にもいた。しかし、日本人が非転向という言葉でまっ先に思い浮かべるイメージは、〈獄中一八年〉〈敗戦まで獄中で非転向を貫いた共産党指導者を指す呼称。徳田球一／志賀義雄『獄中十八年』（時事通信社、一九四七年二月）にちなむ〉であるに違いない。それは、運動の不在と裏表の個人の努力である。したがって個人の名誉を結果するのみである。しかし間島パルチザンの形をふくむ朝鮮の非転向は、何よりも運動を持続させることである。そうして、闘争を勝利へみちびく。運動家にとっては、運動の持続こそが生命である。運動が潰滅すれば、個人の名誉もへちまもない。運動家としては、そう言わねばならぬ。しかし、日本ではどうだったか。(2)

「模型境界標」を発表してから三年後の一九六四年九月に開かれた日本共産党第十一回中央委員会総会で、中野は神山茂夫とともに党を除名された。その後、十一月の党第九回大会で、「志賀義雄、鈴木市蔵、神山茂夫、中野重治の除名処分承認に関する決議」が議決された。(3) これに対して四人は十二月、「日本共産党（日本のこえ）に結集しよう！」と訴え、独自に政治活動を展開した。これと並行して中野は六五年一月から「群像」（講談社）に「甲乙丙丁」の連載を始めた。中野と神山は六七年十月に「日本共産党（日本のこえ）」とも決別するが、六〇年代中盤に起こったこれらの出来事を知っている者は、「朝鮮人に転向はないぞ……」に〈獄中一八年〉の権威への批判を読み込みたくなるかもしれない。実際、中野が「転向」の語を、日本の共産主義運動との関連なしに用いたとは考えられない。

しかし松下裕や竹内栄美子が指摘したように、この小説を執筆した直後の七月二十五日から三十一日に開かれた党の第八回大会ごろまで、中野と党の関係はそれなりに安定していて、一九五八年に開かれた第七回大会で書記長に選ばれて以後、徳田球一に代わる新たな〈獄中一八年〉の象徴的存在になった宮本顕治との関係も決して悪くなかった。(4) この時期までの中野の文章を読んでも、党が過去に犯した誤りやセクト主義的傾向を、中野を含む全党員がどう自覚的に受け止めて克服していくかという自己批判的なものは多いが、〈獄中一八年〉を名指しで批判したものは見当たらない。さらに、「模型境界標」を書いた時期の中野が朝鮮人の転向についてどの程度の知識をもっていたのかや、もちうる状況にあったのかを考察した論考もない。では中野はどこから「朝鮮人に転向はないぞ……」の発想を得たのだろうか。この疑問を説くことなしには、この文言に込められたものを明らかにできない。

そこで本章では、まず物語の主たる話題である高木の亡命と模型境界標の扱われ方に焦点を当て、「朝鮮人に転向はないぞ……」が小説に占める位置を明確化する。そのうえで「朝鮮人に転向はないぞ……」の発想の源泉になったものを探る。これを通じて、この文言から垣間見ることができる、中野と（在日）朝鮮人との知的交流の一端を浮き彫りにしたい。

## 1　〈越境〉と「模型」の境界標

「模型境界標」の物語は、片口が転向してまもない一九三五年末ごろから始まる。「仕事具合がわるくなつて、やきもきしても稼(かせ)げない、外にむかつて、また外で、かけずりまわることができ」ず、「私は文学の仕事、女房は芝居の仕事をしていましたが、何もかも思うように運」ばない状況（五九―六〇ページ）のなか、二人は頻繁に夫婦げんかをしていた。そんなある日、谷と同じ劇団にいる高木英吉が、珍しく彼らの家にやってきた。片口は、高木が、「私たちが喧嘩をして、挙句に夫婦わかれでもしやしまいかと思つて忠告しにやつてきたらしい」と推察するが、彼には「私たちに夫婦喧嘩のことで忠告することはでき」ないと思う（六一ページ）。片口と谷は結婚して六、七年になるのに対し、高木は四年ほど前に砧よしえと両思いになったが、高木は三四年ごろまで三年ほど未決におり、砧は結核が悪化したため、「許嫁状態のままで結婚にはいれ」ず未婚だったからだ。結局、「高木は、それらしいことを口には出」さず、「「えへへへ……」といつた言葉で、半分てれた言い方で何かを言つて帰つ」た（六二ページ）。それから五、六日後の真夜中、近所の朝鮮人たちの家で何か騒ぎが起こり、片口は「朝鮮人に転向はないぞ……」の声を耳にする。この騒ぎの直後、Y新聞社の社会部記者が谷に会いにくる。記者は片口と谷に、高木が「俳優の加納なお子を連れて五十度線〔樺太の日ソ国境線〕を突破した」（六八ページ）ことや越境時の状況を詳しく説明し、谷に話を聞いて帰ったが、翌日のY新聞に谷の談話は出なかった。片口は、Y新聞を含めてどの新聞もこの事件をスキャンダル扱いしなかったのは、高木と加納だけでなく砧にとってもよかったと思う。

戦争の拡大にともなって社会状勢の変化の度合いが加速し、高木のことはまもなく話題にのぼらなくなった。執筆を禁止された片口は、東京市社会局の外局で臨時雇いの職に就いて分室で翻訳をおこなうが、ある日の昼休みに部屋を出た際、河野通勢という画家と同姓同名で漢字も同じ人物を見かけた。片口が話しかけると、河野は自分から、私は画家ではないと即座に否定したが、これをきっかけに二人はときどき話をするようになった。[5] そしてある日、片口は河野に誘われて、ほかの数人と一緒に、外苑にある樺太の国境標の模型を見にいった。河野は「ほれ、越境だぞ……」と言ってまたぎ、ほかの人もまねをするが、片口は、「だれに遠慮するということもありませんがその遊びはしませんでした」（七二ページ）。[6] その後、片口は模型境界標のことを忘れていたが、一九六一年六月下旬から七月上旬ごろに思い出して、慶応病院の真向かいに移されたそれを見にいった。

片口はそのときに初めて模型境界標の裏側に回って、そこに刻まれた双頭の鷲やロシア語を目にした。

以上からうかがえるように、この小説では、高木の命がけの亡命が、境界標の「模型」を「遊び」でまたぐ河野たちの行為と大差ないものであるように戯画化されている。さらに物語の最後で模型境界標の裏側に回る片口を描いて、「遊び」でもそれをまたがなかった彼の〈越境〉に対する意識が、いつの間にか消えてしまっていたことが示される。それはかつて中野が杉本の亡命に抱いていた認識に、何らかの変化が生じたことを意味している。

たとえば敗戦直後、平野謙は「ひとつの反措定」（一九四六年五月）で、「杉本良吉がいかに悲壮な理想を抱いていたにせよ、その理想実現のためになまみの一女性を踏み台にしたという一点において、その高遠なるべき理想全体が、きびしい批判にさらされねばなるまい[7]」と杉本を批判した。これに対して中野は「批評の人間性」（一九四六年七月）で、「平野には政治を人間的に考える能力がない[8]」と痛烈に断罪した。杉本と岡田が日本国内におらず弁明もできない状況のなか、二人が亡命にいたるまでの心理を勝手に推測し、頭から岡田を犠牲者と決め付けて杉本の道義的責任を追及しているからだ。中野の考えでは、「越境事件」にあらわれた問題の本質は、二人を亡命まで追いやった日本帝国主義の権力構造にある。その構造の解明なしに個人の責任を問うことは、転向に対する責任を倫理的にだけ追及することで、「最も悪質な戦争責任者をもともと良心のなかつたものとして追及から自由にし、弱点を持ちつつそれぞれに戦つた作家たちを無限に倫理的に責め[9]」たのと同じ結果しかもたらさない。こうして敗戦直後の中野は、杉本が岡田を連れて亡命したこと自体に対しては判断を保留し、亡命を男女関係の問題に結びつける態度を批判した。これを念頭に置くと「模型境界標」の次の一節には見逃せないものがある。

〔高木の忠告に片口は〕「何をいつてやがる……」と思う一方、砧さんの病状、高木の心づかい、病状好転を辛抱して待つて結婚にはいろうとするらしい彼の態度、その彼に反射した私たちの夫婦喧嘩——それならば、柄にもない忠告に照れながらも出てきたのは大いに積極的だつたわけですから。そしてもう一度逆もどりすれば、そう思うことは思つても、ちよつとちがうなといつた気持ちにどこかに引つかかつていたのです。人にはタイプがあります。じゆんじゆんと理を説いてそれの似合う男もあれば、そんなことのできない男、すればおかしくなる男というのもあります。高木は後のほうの男で、ことに私たちとの関係ではいつそうそうでした。

（六四ページ）

片口は、高校生のときに起こった有島武郎の心中事件に「何かロマンチックのようなもの」を感じたが、彼の中学時代の同級生で、その事件の少し前に結婚した吉野は、「蛆がわいてたなんて。醜悪だよ……」と頭から否定した。片口は、「ああいう心中が、彼らの生活にたいして腐蝕的なものに映らなかつたとしたらそのほうが不健全だつたでしょう」と吉野の正しさを認めながらも、彼「の否定を彼らの新婚生活の防衛のように受けとつた点があつた」。片口は、高木の忠告にも吉野と同様の、「彼自身の防衛戦のようなもの」を感じた。もし高木が心から砧を愛し、円満な夫婦生活を送るような男なら、頻繁に夫婦げんかをしている片口と谷の様子は「醜悪」に見えただろう。しかし逆にいえば片口と谷は、生活が思うようにいかず、頻繁にけんかをするなかでも夫婦関係を維持し、離婚という最後の一線を越えずに暮らしている。それはいささかも「醜悪」なありようではない。片口が高木の忠告に、「ちよつとちがうなといつた気持ちにどこかに引つかかつ」（六四ページ）た要因はここにある。実際、高木はその後まもなく加納を連れて亡命する。それは国境を越えると同時に砧との人間的な関係も越えることだ。作中には、平野が主張したような、高木が加納を「利用」したと読み取れる描写はない。しかし片口と谷の夫婦関係との対比を通じて、高木の政治的行動とヒューマニズムとの関係が、暗黙に問い直されていることは否定できない。

新聞記者が片口と谷に高木の亡命の様子を真摯に語る場面と、河野たちが模型境界標をまたぐ遊びをする場面との対比も、高木の決意の〈純粋さ〉に疑問を投げかけるものになっている。

> 私は信じられぬと言いましたが、若い記者は熱心にいきさつを話します。疑られたと取ったのでしょう。高木英吉が、俳優の加納なお子を連れて五十度線を突破した。ふたりは国境監視哨の人びとを慰問にきたというふれこみで、事実監視哨の人たちに慰問の言葉をかけたりなどもして、それからそこいらを歩いてみるといつた形で境界線の方へ進んで行つた。あまりそつちへ行くものだから監視哨の人が注意をした。すると高木がピストルをかざして、おどかして、その恰好のままで一散に林の奥へ駆けて去つた。それはまちがいない。手まえの宿屋でのこともすつかり調べてある。東京が空なことも調べてある。あなた方の立場ということも知つてい

ます、けっして作りごとをいうのではありませんという記者の話は真摯（しんし）といった調子でした。

（六八ページ）

「きょうはいいとこへお伴しましょう。外苑へ行きましょう。樺太の国境標をお目にかけますよ。それとも、先刻御存じですか。」

穏かで晴れあがった日でしたが、むろん私は知らぬと答えました。私たちは河野さんに連れられて六、七人でそこへ行きました。

そしてそれはあったのです。小学校の地理教科書で挿絵を見て以来の、あの将棋の駒型の境界標がそこに立っていました。むろん模型です。模型にしてはよく出来ていると私は思いました。

「ほれ、越境だぞ……」といって河野さんがそこをひとまたぎします。

「よいしよ……」といってみんながまねします。

「でも加納なお子さんがいなくて残念だな。」というものもいます。

何の屈託もありません。私にしても――しかし私は、だれに遠慮ということもありませんがその遊びはしませんでした。

（七一―七二ページ）

片口は「遊び」でも「模型」でも境界標をまたがなかった。それは高木に対する彼なりの敬意のあらわれといえる。しかし何の屈託もなく模型境界標をまたぎ、加納がいなくて残念だと口にする河野たちの様子を描くこと自体、高木の亡命も、「模型」の境界標を「遊び」でまたぐのと大差ない、いわばメッキで塗装された英雄主義の所産ではなかったかという疑念を暗に示すものである。しかも物語の最後には、片口も模型境界標をまたいで裏側を見ることで、なし崩しに河野たちと大差ない場所に立つことになる。ここに描かれたなし崩しの態度変更の背景には何があったのか。それは日本共産党内に蔓延していた、過去の運動の結果に正面から向き合おうとしない雰囲気だった。

党は一九五五年七月に開いた第六回全国協議会（六全協）で、五〇年代前半の極左冒険主義路線を全面的に自己批判し、根本的な路線転換を表明した。しかし中野が、六全協の決議を自慢げに吹聴してまわる党員たちに、「ここで日本共産党の全員が、非合法の二十何年間にもなかつたようなあやまちを、合法的な十年間にやつたことについてよく考えてみるべきだと思う[10]」と釘を刺し、「六全協にふれずには第七大会に行くことができない」と強い危機感を示したにもかかわらず、党内には五〇年代前半の運動方針の誤りを深く検討して日本の共産主義運動の歴史のなかに位置づけることが「さし迫つた必要事だということの認識がうすかつた、まだうすい[11]」状況にあった。中野はその後、選挙などでは変わらず積極的に共産党を応援する一方、六全協を機にエッセーなどで党の姿勢を批判的に語り始めた。さらに党の第八回大会を前に示された、大会で討議される政治報告と綱領の草案に対し、「第七大会以後の闘争の経験から、政治的教訓を歴史的な姿で十分明らかに引きだしてきていない。ある方式を頭のなかに設定しておいて、それを演繹（えんえき）することに力を注いでいる[12]」と批判し、大会前は政治報告に反対、綱領は保留という立場をとった。しかし大会では一転して、「草案の線を基本的に認めえるところへきた[13]」と賛成した。

これらからうかがえるように、「模型境界標」が発表されたのは、大会で決議された方針やそのもとでおこなわれた党執行部や個々の党員の活動が次の大会で総括され、その成果を土台に次の方針が決定されるという手続きが踏まれないまま、すべてがなし崩しに進められる雰囲気が党内に蔓延していて、党の中央委員だった中野もその雰囲気を断ち切れずにいた時期だった。それは高木の亡命が、物語の最後で、模型境界標の裏側に回る片口の、〈越境〉の意識さえないなし崩しの〈越境〉として戯画化されるのと対応している。そして、このなし崩しに対置されているのが、「朝鮮人に転向はないぞ……」の怒鳴り声と考えられる。だが中野はなぜここで、それまで一度も問題化したことがない朝鮮人の転向を持ち出したのか。その発想の源泉は何だったのか。次節ではこの疑問に論点を移して考察を進めたい。

## 2　「朝鮮人の転向」の源泉としての金達寿「朴達の裁判」

一九三三年六月、共産党最高指導者だった佐野学と鍋山貞親が連名で「共同被告同志に告ぐる書」を発表したのを皮切りに、日本人共産党員や共産主義者の間で大量転向現象が起こった。中野も三四年五月に転向を表明し、「命をかけた（?）のに自ら敗れた」[14]という屈辱を味わった。ここにみられる日本の共産主義運動の脆さや、敗戦後の非転向の指導者による強力な中央集権体制がもたらした党の組織的硬直化・官僚主義化に対置される抵抗として、中野研究者の間でしばしば引き合いに出されるのが、中野が「魯迅伝」(一九三九年十月)で引用した魯迅「空談」(一九二六年四月)の次の文章である。

改革には無論、常に流血を免れない。だが流血は必ずしも改革に等しくはない。血の応用はちやうど金銭のやうで、吝嗇ではもとよりだめだが、浪費も大きな失算である。私は今回の犠牲者に対して、非常に哀傷をおぼえる。

ただもうこのやうな請願は、今後停止したがよい。

(略)

現在のやうに多くの火器が発明された時代では、交戦には悉く塹壕戦を用ひる。これは決して命ををしむからではなくつて、徒らに生命を放棄したくないからだ、戦士の生命は貴重なものであるから。戦士の少いところでは、この生命は益々貴重である。貴重といふことは決して「家に珍蔵する」ことではなくて、小さい元手できはめて大きい利益を獲ち得るためであり、少くとも、取り引をもともとにしなければならないからだ。河のやうな血の流で一人の敵を溺死させ、同胞の屍で一つの欠陥をうづめつくすことは、もはや陳腐な話だ、最新の戦術的視角から見れば、これは何と大きな損失であらう。

今回の死者の後進の者に遺し伝へた功徳は、多くの徒輩の人相を引き剝いで、その思ひがけぬところにひそんでゐる陰険な邪心を暴露し、後につゞく戦闘者にもつと他の方法の戦闘を教へたことである。(15)

一九二六年三月十二日、馮玉祥が率いる国民軍と日本軍の間で戦闘が起こり、日本側に三人の重軽傷者、国民軍側に数十人の死傷者が出た。日本側はこの行動を北京議定書（一九〇一年）違反と見なして、封鎖解除など五項目をイギリス・アメリカ・フランスなど七カ国と共同で段祺瑞政府に通告した。この通告の受け入れ期限である三月十八日、学生や市民など約五千人が北京の天安門前に集まってデモ行進をおこない、段祺瑞政府への陳情を試みたが、衛兵に発砲され、魯迅の教え子を含む多数の死傷者が出た（三・一八事件）。しかしその後も民衆の請願は続き、そのたびに犠牲者を出した。魯迅の「空談」は、自ら死地に赴く彼らを諌め、ほかの戦闘方法を考えるよう訴えたものである。

竹内栄美子は、中野が一九五七年に初めて訪中し、魯迅博物館を訪れたエピソードにからめて、中野が魯迅の先の言葉に注目したことについて次のように述べた。

> 軽々に命を落としてはいけない、改革のためには「もっと他の方法の戦闘」が必要だという魯迅の議論に中野が共感を示したのは、「転向」を経て戦時下を過ごしていた中野自身が「もっと他の方法の戦闘」が必要だと痛感していたからだったに違いない。決して生命を粗末にせず、ねばりづよく思想を持続させること。激情にかられた振る舞いよりも、むしろふてぶてしくしたたかになること。そういう態度がなぜ必要かといえば、敵はいっそうしたたかで、にこやかな笑顔でスマートな振る舞いを見せながら暴戻の限りを尽くすのだから。「転向」後の中

野が魯迅から学んだことは、このようなことだった[16]。

では「朝鮮人に転向はないぞ……」の文言も、中野が魯迅から学んだ「もっと他の方法の戦闘」を朝鮮人に適用した結果として記されたものだろうか。そう結論づけるのは早計である。一九二〇年代半ばから共産主義（文学）運動に深く関わっていた中野には、魯迅を媒介にしなくても、朝鮮人の転向について直接に知る機会は少なくなかったからである。佐野・鍋山の声明後に大量転向が起こった際、すぐに〈内地〉の朝鮮人党員や共産主義者にも転向制度が適用されたことは、それを裏づける有力な傍証の一つである。内務省警保局によれば、三三年は「有力党員ニシテ転向ヲ声明シ過去ヲ清算スルモノ続出スルニ不拘、鮮人党員ニシテ転向ヲ声明スル者未ダ一名モナク（共青員ニ一名アリ）[17]」という状況だったが、三四年は治安維持法違反の刑余者と受刑中の朝鮮人百二十人中九十六人が当局から転向・準転向[18]と、三五年は同年中に釈放された刑余者と受刑中の朝鮮人百三人中八十八人が転向・準転向[19]と認められた。日本人よりもはるかに少なかったとはいえ、佐野・鍋山の転向直後から〈内地〉の朝鮮人にも転向制度が適用され、転向した朝鮮人がいたのである。その後、三六年には植民地朝鮮で朝鮮思想犯保護観察令が施行され、転向制度が同地に輸出された。洪宗郁（ホンジョンウク）によれば、植民地朝鮮での大量転向は、三七年に勃発した日中戦争の緒戦で日本が勝利して以後に起こった。「一九三八年末の調査によれば、在監思想犯一二九八名中、転向者は合わせて七七六名であったが、そのうち日中戦争の勃発後に転向を明らかにした者が四二七名であり、一年という短い期間に転向者が急速に増えたことを物語っている[20]」

こうした状況を背景に、中野と直接／間接に交流関係をもった文学者や運動家などを含む多くの朝鮮人が、〈内地〉と植民地朝鮮の両方で、〈大東亜戦争〉や皇民化政策への積極的／消極的な協力を余儀なくされたり、自ら礼賛に転じた。彼らの多くは、戦中から日本の敗戦＝〈解放〉直後までの間に朝鮮半島に帰ったり死去するなどしたため、そこで中野との交友関係は切れた。

しかし彼らと入れ替わるように、〈解放〉後から本格的に活動しはじめた在日朝鮮人との交流が新たに始まった。そのなかで特に深く交流したのが、これまでたびたび名前が挙がった金達寿（キムダルス）である。[21]彼は「民主朝鮮」創刊号（一九四六年四月）から長篇小説「後裔の街」を連載した。これが新日本文学会の文学者に注目され、一九四六年十月ごろに小田切秀雄と中野を推薦人として入会すると、すぐ常任委員に選出された。ただし彼と中野との初対面は四七年六月ごろである。初対面の直前、彼は「国際タイムス」という新聞に転載された「雨の降る品川駅」を電車のなかでたまたま読み、涙があふれるのを抑えられないほど大きな感動を覚えたという。その後、五〇年代前半には中野宅に頻繁に出入りしたり、中野の評論集『政治と文学』[22]（一九五二年六月）を水野明善とまとめるほど親しい関係になり、ついには人生の師と仰ぐまでになった。中野も、「玄海灘」（一九五二年一月―五三年十一月）をはじめ、金達寿の小説に何度も言及して高く評価したり、彼が『朝鮮』[23]（一九五八年九月）に対する総聯の批判キャンペーンに苦しめられていた時期に、「僕を利用する必要などあつたら、遠慮なくそういつて下さい」という葉書を送る[24]など、厚く信頼し激励した。中野が絶筆「返事、お礼、間にあわせ」（一九七九年六月執筆）で引用した、「ソウル」を日本帝国主義者が呼び始めた「京城」と書くのはいかがなものかという読者の批判について金達寿に相談した[25]ことにうかがえるように、二人の親密な知的交流は、中野が死ぬ直前まで変わることなく続いた。

　金達寿は〈解放〉後、朝鮮民族としての民族意識への自覚を主題にした小説を次々に発表したが、そのなかには様々な事情や思惑から日本の帝国主義戦争と植民地支配に加担したり、加担するふりをして抵抗する朝鮮人が登場する。「玄海灘」を例に挙げると、主人公の一人である白省五(ペクソンオ)に共産主義思想や独立運動の状況を吹き込み、彼が運動家たちとある程度の関係をもったところで一網打尽に検挙する特高係刑事の李承元(リスンウォン)は前者の代表であり、街角で「皇国臣民ノ誓詞」を教えながら秘かに独立運動に関わる趙光瑞(チョグワンス)という奇妙な老人は後者の代表といえる。戦前・戦中に少しでも政治的な活動に参加した経験がある者なら、李承元や趙光瑞の言動に転向や偽装転向を読み取ることはきわめて容易である。さらに金達寿自身、一九四二年一月から四五年五月まで、神奈川新聞社と朝鮮総督府の御用新聞社である京城日報社で記者を務め、戦争を賛美する記事を書いた、無自覚的な戦争協力者でもあった。このため彼は〈解放〉と同時に強烈な罪悪感に襲われ、「八・一五以後」(一九四七年十月)初出版などいくつかの小説に、記者体験を自己批判する場面を描いた。(26)

　これら多くの傍証から、中野が朝鮮人転向者の存在や、朝鮮人が様々な形で日本の戦争と植民地支配に組織的に動員されていく過程をまったく知らなかったとは考えにくい。仮に詳しく知らなかったとしても、金達寿との交流や彼の文学作品を通じて、朝鮮人の転向問題の重要性の認識にいたらなかったと考えるほうが、状況的に不自然である。

　ではそのような中野をして、「朝鮮人に転向はないぞ……」と書かせる契機になったものは何なのか。この点についても注目されるのは、やはり金達寿である。中野が「編集後記」を書いた「新日本文学」一九五八年十一月号に、金達寿の小説「朴達の裁判」が掲載された。「南部朝鮮K」という架空の町を舞台に、朴達（パクタリ）という朝鮮人青年が繰り広げる奇妙な政治闘争を描いた、文字どおり「朝鮮人に転向はないぞ……」を体現した作品である。(27) 朴達は大地主に仕える無学な作男だったが、朝鮮戦争直前に「北部朝鮮」のパルチザンと間違えられて逮捕され、留置場に入れられた際、政治・思想犯からハングルをはじめ朝鮮の歴史や文化などを教わったことで、朝鮮の独立と民族解放のために活動するようになった。だが「南部朝鮮」で共産主義運動をおこなえるはずがなく、ただちに逮捕される。すると彼は泣きわめいてすぐに転向を誓う。しかし釈放されるとただちにビラまきや演説などで「南部朝鮮」の政府やアメリカ軍の批判を再開し、捕まるとまたすぐに転向する。こんなことを際限なく繰り返すため、朴達は獄中の政治・思想犯からは相手にされていないが、町の人々の間では不思議と人気が高く、一種の英雄的存在になっていく。それればかりか彼を取り締まるべき警察や検察庁のなかにも好意的な者があらわれ、治安検事の金南徹（キムナムチョル）のほうが孤立していく。

思想の科学研究会編『共同研究 転向』（一九五九年一月―六二年四月）の中心人物である鶴見俊輔によれば、金達寿はこの小説の単行本を鶴見に送り、「あなたに読んでもらわないと困る」と言ったという。(28) 鶴見は「朴達の裁判」を、自分たちの転向研究に対する重大な批判と受け止め、最晩年まで繰り返しこの小説に言及した。このエピソードからも明らかなように、一九六〇年ごろまでに多くの日本人が容易に手に取れる雑誌や新聞に発表された小説やエッセーのなかで、朝鮮人の転向、しかも日本人がよく知っているのとはまったく異なる転向のあり方を提示したものは「朴達の裁判」以外になかった。中野はこの小説について何も書いていないが、やはり大きな衝撃を受けたことは間違いない。それは何より中野が死ぬまでこの小説の「原稿ガラ」（印刷後に不要になった生原稿のこと）を自宅で保管していたことにうかがえる。[29] 中野が「新日本文学」の編集長や事務局長を務めた四九年から六二年までに、金達寿は数多くの小説やエッセーを同誌に発表したが、そのなかで中野が保管していた彼の唯一の生原稿が「朴達の裁判」なのである。中野が編集者に原稿を渡す際に必ず「原稿ガラ」の返却を求めた人物だった[30]ことを念頭に置くと、単純な返却ミスとしてすませることはできないだろう。

さらに、「朴達の裁判」発表からわずか一年半後の一九六〇年四月、「朝鮮人に転向はないぞ……」が現実化されたとみえる状況が韓国で起こった。四月革命である。四八年八月の韓国建国時から大統領を務めた李承晩（イスンマン）は、反共を国是とする軍事独裁国家を構築し、反抗的な人々に「アカ」のレッテルを貼って容赦なく弾圧・虐殺した。しかし六〇年三月に実施された正副大統領選挙の不正ぶりに憤慨した馬山（マサン）の市民や学生のデモを皮切りに、韓国全土で民衆デモが起こり、四月十九日に頂点に達した。これによって、李承晩による軍事独裁体制は崩壊し、韓国の国内外で民主化への期待が大きく高まった。

中野は四月革命後まもなく、「私は疑う」第一回（一九六〇年六月）で、李承晩が「もともと日本帝国と結びついていた男」で、「長く「朝鮮をアメリカ合衆国の委任統治下におこうとして努力」してきた男」だったことを知らなかったと述べ、「こういう男を「愛国者」「韓国の生みの親」とするためにアメリカ政府のやってきたことは、つまるところ今度あけすけに世界にさらされたわけだった[31]」と語った。しかしその後、北朝鮮の朝鮮作家同盟など二十二の「諸政党、社会団体指導者の連席会議で採択された声明」の、「いわゆる過渡政権なるものは、李承晩カイライ政府の延長であり、その再版にすぎない。（略）いわゆる国連監視下の南朝鮮での単独選挙は、これまでのように、わが祖国の分裂を永久化するのみで、南朝鮮人民には飢餓と貧窮、無権利のみをおしつけるであろう」という文章を読み、第二回（一九六〇年七月）で、「われわれ日本人の朝鮮を見る目には曇りがあるのではないか、その曇りはほとんど民族的なものといっていいほどのものなのではないか。そこに、朝鮮から「韓国」をしらずしらずにも切りはなすようなひどい鈍感があるのではないか」「朝鮮民主主義人民共和国の、アメリカ軍によって切りさかれている南半分という現実にたいする胴忘れがあった」[32]と自己批判した。そして同年八月に金日成が提起した南北の連邦制に賛成し、「私は日本人として、この提議が受け入れられ、一日も早く南北協商のことがはこばれるのを待ちのぞむ」[33]と述べた。なお韓国の民主化時代は、一九六一年五月十六日に朴正熙ら青年将校が起こした軍事クーデターで終わりを迎え、中野が生きている間に第二の四月革命は起こらなかった。とはいえ、在日朝鮮人社会では軍事クーデター後も八月ごろまで南北統一を志向する組織的な動きは続いた。[34]「模型境界標」の執筆は七月上旬なので、中野は朝鮮半島の統一がふたたび遠ざかってしまう直前の雰囲気のなかでこの小説を書いたことになる。

こうして中野には、一九三〇年代から朝鮮人の転向に対する知見が蓄積され、その問題性を認識しうる土台が形成されていた。そのうえに、「朴達の裁判」から受けた衝撃と、この小説が現実化したとみえる四月革命によって、中野の生涯でただ一度、韓国の強固な軍事独裁体制が打破された事実が複合的に重なり、「朝鮮人に転向はないぞ……」の文言が「模型境界標」に刻まれたと推定できる。本章で挙げた数々の傍証は、この推定を様々な角度から補強するものといえる。こうして「模型境界標」は、日本の共産主義運動に対する中野の批判的なまなざしと朝鮮問題に対する中野の新たな認識の両方が、一つのテクストのなかに直接に記されている点で、中野文学のなかで特異な位置を占める小説なのである。

## おわりに

本章の最初に指摘したように、中野にとって転向や朝鮮の問題がどれほど重要なものであるかは広く知られているにもかかわらず、「朝鮮人に転向はないぞ……」に注目した論考は書かれなかった。それは中野研究の重心が、圧倒的に日本の共産主義（文学）運動との関係に置かれてきた結果だが、中野が、魯迅と違って、（在日）朝鮮人の文学者や運動家の誰についても、まとまった文章を書いていないことにも要因がある。まるで中野が（在日）朝鮮人から学ぶことなく、独力で朝鮮問題に取り組み、認識を深めていったようにみえるからである。しかし、本章で明らかにしたように、中野が金達寿など、（在日）朝鮮人から多くを学んでいたことを示す痕跡は、決して少なくない。

中野は一九五〇年代末以降、日本の共産主義運動が朝鮮問題を軽視ないし無視してきたことへの反省を訴えた。それが円谷など多くの人々の目に誠実な態度と映ったのは、中野が金達寿など、

（在日）朝鮮人との具体的な交流を通じて得た実感に基づいて発言し行動してきたからではないか。そうだとすれば、中野の文学活動や政治運動の意義を、朝鮮問題を射程に入れた共産主義運動の再検討を通じて立体的に浮かび上がらせるには、（在日）朝鮮人との交流まで視野に入れる必要がある。「朝鮮人に転向はないぞ……」は、そうした交流の一端を垣間見せてくれる、貴重な文言である。

注

（1）中野重治「模型境界標」「小説新潮」一九六一年九月号、新潮社（『中野重治全集』第四巻、筑摩書房、一九九六年七月）。本文中の引用のページ数は『中野重治全集』第四巻。

（2）前掲、円谷真護『中野重治』二四〇ページ

（3）四人の除名の経緯については、小山弘健『戦後日本共産党史』（芳賀書店、一九六六年十一月）三四二―三七〇ページを参照。

（4）前掲『戦後日本、中野重治という良心』一七〇―一七一ページ、前掲『増訂 評伝中野重治』五一四―五一六ページ

（5）中野が河野らと模型境界標を見にいったエピソードの事実については、中野重治「わが生涯と文学――曖昧なところのある一つの変化」（『中野重治全集』第二巻、筑摩書房、一九七七年四月〔前掲『中野重治全集』第二十八巻、二〇四ページ〕）を参照。

（6）作中に、「このあいだ亡くなつた青野季吉」と記されている（前掲『中野重治全集』第四巻、七二

ページ)。青野の没年月日が一九六一年六月二十三日であること、「模型境界標」の執筆日が七月十日であることから、時期を推定。

(7) 平野謙「ひとつの反措定――文芸時評」「新生活」一九四六年五月号、新生活社、四九ページ

(8) 中野重治「批評の人間性 一――平野謙・荒正人について 二」「新日本文学」一九四六年七月号、新日本文学会(前掲『中野重治全集』第十二巻、九三ページ)

(9) 中野重治「批評の人間性 二――文学反動の問題など」「新日本文学」一九四七年五月号、新日本文学会(同書一〇一ページ)

(10) 中野重治「六全協は自慢の種になるか」「アカハタ」一九五六年七月十四日付(前掲『中野重治全集』第十三巻、六一七ページ)

(11) 中野重治「そのものとしての戦い」「前衛」一九五七年九月臨時増刊号、日本共産党中央委員会(前掲『中野重治全集』第十四巻、二二二ページ)

(12) 中野重治「政治報告草案について」、春日庄次郎編『社会主義への日本の道――日本共産党綱領草案への意見書』所収、新しい時代社、一九六一年八月(同書六二一ページ)。同書の「はしがき」によると、「もともと第八回大会の前におこなわれるべき全党的討議の資料として、党機関紙上に発表するためにそれぞれ本年五月十五日までに書かれたもの」だったが、実際には発表されなかった(同書六九〇ページ)。

(13) 中野重治「綱領草案について――第八大会の議決権のない中央委員として」「アカハタ」一九六一年七月二十九日付(同書六三三ページ)

(14) 中野重治「「文学者に就て」について」「行動」一九三五年二月号、紀伊國屋出版部(前掲『中野重治全集』第十巻、五二ページ)

(15) 魯迅「空談」「国民新報副刊」一九二六年四月十日付(『大魯迅全集』第三巻、改造社、一九三七年三月、二九六―二九七ページ)

(16) 前掲『戦後日本、中野重治という良心』一九九ページ

(17) 内務省警保局編『復刻版 社会運動の状況5(昭和8年)』三一書房、一九七二年一月、一四七七ページ

(18) 内務省警保局編『復刻版 社会運動の状況6(昭和9年)』三一書房、一九七二年一月、一五〇三ページ

(19) 内務省警保局編『復刻版 社会運動の状況7(昭和10年)』三一書房、一九七二年二月、一五一二ページ

(20) 前掲『戦時期朝鮮の転向者たち』五七ページ

(21) 中野と金達寿の交流については、前掲『日本のなかの朝鮮 金達寿伝』を参照。

(22) 中野重治『政治と文学』東方社、一九五二年六月

(23) 金達寿『朝鮮――民族・歴史・文化』(岩波新書)、岩波書店、一九五八年九月

(24) 中野重治「金達寿へ」、一九五九年三月三十一日付の葉書(前掲『中野重治全集』第二十八巻、四一九ページ)。

(25) 前掲「私のなかの中野さん」二五八ページ

(26) 廣瀬陽一「在日朝鮮人から見た「転向」の言説空間――金達寿文学における〈親日〉表象を通じて」(坪井秀人編『東アジアの中の戦後日本』〔「戦後日本を読みかえる」第五巻〕所収、臨川書店、二〇一八年七月)を参照。

(27) 「朴達の裁判」に描かれた転向の意義については、前掲『金達寿とその時代』を参照。

（28）鶴見俊輔「国民というかたまりに埋めこまれて」、鶴見俊輔／鈴木正／いいだもも『転向再論』所収、平凡社、二〇〇一年四月、二二ページ
（29）「朴達の裁判」の「原稿ガラ」は、中野の死後に原泉が見つけ、封筒に入れて金達寿に送り返した。現在、封筒と「原稿ガラ」は、神奈川近代文学館「金達寿文庫」に保管されている（特別資料120320）。
（30）中野重治「原稿ガラ」「風報」一九五八年八月号、「風報」編集室（『中野重治全集』第二十六巻、筑摩書房、一九九八年五月）
（31）中野重治「私は疑う 一──朝鮮と韓国とアメリカと日本」「新日本文学」一九六〇年六月号、新日本文学会（前掲『中野重治全集』第十四巻、五〇二―五〇四ページ）
（32）中野重治「私は疑う 二──朝鮮とアイゼンハウアーと天皇と大学生」「新日本文学」一九六〇年七月号、新日本文学会（同書五〇六―五〇八ページ）
（33）中野重治「牡丹峰劇場からの声」、前掲「朝鮮総聯」一九六〇年十二月五日付（同書五七四ページ）
（34）前掲『解放後在日朝鮮人運動史』四〇二―四〇六ページを参照。

# 第4章　反安保闘争と「虎の鉄幹」のナショナリズム

## はじめに

吉田茂首相は、敗戦後の日本政府の上にGHQという絶対権力が君臨している現実を受け入れ、戦後体制のなかで日本への共産主義勢力の浸透を防ぎ、経済的に最大限の利益を得ることを最優先した。そのためには自国の防衛をアメリカに依存することも辞さなかった。一日も早く有利な条件で国際社会に復帰して国家の名誉を回復するために日本国憲法を遵守する姿勢をみせ、共産主義陣営まで含めた全面講和ではなく資本主義陣営とだけの片面講和を選び、不平等性を理解しながら安保条約を締結したのはすべて、体面よりも実利を取る彼の現実主義路線のあらわれだった。これに対して自由党内の反吉田派や公職追放されていた保守勢力は、占領状態を終わらせて自主独立を回復すべく取り組んだ。その代表がＡ級戦犯容疑の経歴をもった岸信介だった。

ＧＨＱの占領政策と、それに追随して日本の対米従属構造を固める吉田に強く反発していた岸は、Ａ級戦犯が処刑された翌日の一九四八年十二月二十四日に不起訴処分のまま無罪で巣鴨拘置所から出獄すると、五三年四月に政界に復帰、五七年二月に首相に上り詰めた。占領期に作られた社会制度を日本人自らの手で作り直さなければ真の自主独立は達成しえないと考えた岸は、憲法改正という最終目標の実現に向けて、政権のエネルギーの七〇パーセントないし八〇パーセントを傾注した[1]とのちに述べたほど、安保条約の改定に全力を投じた。しかし警察官職務執行法改正案を国会に提出（翌月に廃案）したり、教職員への勤務評定を強硬に導入したことで、多くの人々に戦前・戦中の忌まわしい記憶を呼び起こさせた。Ａ級戦犯容疑者の経歴と相まって岸への反発が急激に膨れ上がり、六〇年五月十九日に与党単独でおこなった安保改定の強行採決で頂点に達した。全国民的規模で安保闘争が展開され、岸政権は自衛隊に出動を要請するところまで追い込まれた。しかし六月十九日午前零時、数万人もの市民が国会を取り囲むなか、新安保条約は国会で自然承認された。岸は批准書交換日の二十三日に内閣総辞職を発表、ここに彼の憲法改正という悲願はついえた。

こうして安保闘争は岸を退陣させることには成功したが、条約改定を阻止するにはいたらなかった。この事実に少なからぬ活動家や学生たちが激しく打ちのめされ、虚脱状態に陥った者や自殺する者まで出た。その一方、自然承認の直後から、様々な人々が座談会や評論、エッセーなどで安保闘争の経験を振り返ったり、運動の総括を試みた。中野重治もその一人だったが、彼の発言で注目すべきは、自然承認後も安保闘争を闘った人々にとっての外敵である岸政権―池田隼人政権を厳しく攻撃すると同時に、安保闘争のさなかから出ていた、運動を内部から弱めるような批判的意見を取り上げて反論しただけでなく、それを近代日韓関係の歴史と結びつけて捉えた点である。「大のこと小のこと」（一九六一年七月）で彼は次のように問題を提起した。

私は、この種のことがこのごろはやりのムードとして行なわれているらしいのに疑問を持つ。そして、「さしあたつて」から離れていうことになるが、この一年半の反安保闘争についての批判的意見が、かなりに甲高（かんだか）かつたことに或る弱さを見るように思う。甲高いことが直ちに弱さだというのではないが、われわれのたくさん見てきた甲高さには例の日本ロマン派に見られた甲高さに似たようなものがあつた。むしろ「韓国」との関係における与謝野鉄幹の詩のようなところがあつた。実地に仕事をして行く立場、足で道をあるいて行く人びとにたいして、この明星派的なところ、星菫（せいきん）派的なところがこれらの甲高さの持つていた現実的な弱さだつたように思うが、どうだろうか。[2]

ここで中野が事例に挙げた一つは、国会の近くで空から大量にまかれた、「三人の裸男が寝ていて、男根のさきが泡のようなもので包まれていた」と中野が読解した絵が描かれたビラや、北小路敏「新らしい（ママ）党を樹立せよ」（一九六一年六月）の、「六・一八斗争を「偉大なる零」に終らせてしまつた理由も、権力との激突を辞さず斗う大衆斗争の真の成果を革命主体の思想的・組織的強化として結集することが本当の勝利だという前衛のみが持ち得べき革命的敗北主義の観点が欠落していたことにある」[3]という文章である。中野はこれらを、「基本的な道を主体的に拓いて行くことから外れて、何かマグレを期待する弱い精神があつたと思う」「出たとこ勝負、どこかに蟻の穴が出来て、それが元で千丈の堤が崩れるのを待ちのぞむといつた点では根本が外れていたのではないか」[4]と批判した。

もう一つは一九六〇年八月十五日付の共同声明「さしあたってこれだけは」である。谷川雁が原案を起草し、谷川・関根弘・武井昭夫・鶴見俊輔・藤田省三・吉本隆明の連名で賛同署名を集め、労働組合や政党などに送付されたほか、「日本読書新聞」十月三日付や「サークル村」十月号（九州サークル研究会）などに掲載されたものだ。本文に付された「まえがき」で記されたように、この声明の目的は、「わが国の〔反体制陣営による〕運動の中に慢性的に生きている、組織内の単独採決的要素、意見のちがうものに対する組織的処分の仕方、集団間の相互批判における当保（ママ）なしの絶対的排除の傾向」[5]を批判することにあった。これに対して中野は「文学者、ジャーナリスト共同の仕事としてあれは性格上まちがつていたと思う」と主張し、その理由を次のように語った。

> 共同意見の発表ということでは意見内容の明確ということが第一にくる。内容不明確な共同意見の発表ということは意味をなさない。せいぜいのところそれは思わせぶりということになる。せいぜいのところ、察してくれろという程度にとどまる。私は、ばらばらになつた個人が何かのときあの種のつぶやきに出たくなる自然を認めぬものではない。しかしそれをああいう形で天下に発表することは甘つたれすぎていると思う[6]。

これらにみられる「マグレを期待する」没主体的な態度や「甘ったれ」た自己表出の根底に、中野は「「韓国」との関係における与謝野鉄幹の詩のようなもの」が流れているのを認めたのである。

ここで「「韓国」との関係における与謝野鉄幹の詩」は、「明星」（東京新詩社）を創刊する（一九〇〇年）以前の、いわゆる「虎の鉄幹」時代の詩歌を指している。一八九二年から歌人で国文学者の落合直文に師事した鉄幹[7]は、九四年に日清戦争が勃発すると戦争を賛美する詩歌を盛んに発表した。九五年四月に日清講和条約が調印された前後、落合の弟の鮎貝槐園が創設した乙未義塾の教師として渡韓すると、韓国各地の風景や大陸浪人的な悲憤慷慨を詠った詩歌を発表して時代の寵児になった。「虎の鉄幹」の呼称は、それらの詩歌に太刀や朝鮮虎が数多く詠まれたことに由来する。さらに彼は、条約調印から半年後の十月八日に起こった朝鮮王妃殺害事件（以下、閔（ミンビ）妃殺害事件と表記）について、のちに、その発端は、同年夏に彼が漢城病院に入院中に、自分と鮎貝と堀口九萬一の三人でおこなった謀議にあったと告白した。[8]だが実際には、彼は事件の首謀者どころか最末端の無名の雑兵にすぎず、殺害に参加したわけでもなかった。[9]その後も彼は韓国への夢を捨てきれずに渡韓したが、九八年十二月ごろから九九年二月ごろにかけての四度目の渡韓を最後に急速に韓国への関心を失い、「明星」創刊後は同誌を舞台に文学活動を展開した。

では、「虎の鉄幹」の政治的関心とそれを反映した詩歌は、どのように「反安保闘争についての批判的意見」がもっている「甲高さ」と結びつくのか。また、中野はどのような知的経緯をたどって「「韓国」との関係における与謝野鉄幹の詩」を問題視するにいたったのか。これらは中野の朝鮮認識の変遷を明らかにするうえで看過できない論点だが、現在までこの問題を検討した論考は一つもない。そこで本章ではこれらの疑問について、「「韓国」との関係における与謝野鉄幹の詩」が意味するものを考察することから始めたい。

## 1 「虎の鉄幹」のナショナリズムと日本帝国主義──その共犯関係

朝鮮王朝第二十六代国王・高宗（コジョン）の妃になった閔妃は、民衆の暮らしに目もくれず、ひたすら高宗の実父の興宣大院君（フンソンデウォングン）と血で血を洗う権力闘争を繰り広げた傾国の皇后として国内外に悪名高く、隣邦の将来を深く憂慮した日本人壮士が彼女を殺害し、そのおかげで朝鮮の民衆はようやく塗炭の苦しみから解放された──中野が「大のこと小のこと」を発表した一九六〇年ごろ、閔妃殺害事件はこのように著しく歪曲された形でだけ知られていた。そしてこの歪んだ歴史に基づいて事件に対する鉄幹の関わりは理解され、「虎の鉄幹」時代の詩歌が読解された。

たとえば河井酔茗は、鉄幹は「全く政治熱に左右され、たとへ一時的にもせよ、身を挺して国事に殉ずるのを男子畢生の快心事と思つてゐたに違ひない。彼は間もなく渡韓して、例の有名なる王妃の事件に暗躍したのである」[10]と述べた。広田栄太郎は、「王妃閔氏の専横、日に加はり、日本党の勢力、頓に地に墜つ」の前書きが付いた「韓山（からやま）に、秋かぜ立つや、太刀なでて、われ思ふこと、無きにしもあらず」などの「憤慨歌は、宮内省派の非丈夫的和歌をののしった「亡国の音」の主張を実践したものだが、かれのロマン的精神は、まず日清戦争前後における国家意識高揚の波に乗って、志士気どりの悲憤慷慨調の方向をとったのである[11]」と語った。木俣修も、「日清戦争前後における国力増強への国家主義的なイデオロギーを踏まえているものであることは否定できないが、なおかつ鉄幹の青春客気の浪漫精神の、時代の気運に乗じての放語と見ることも可能であると思われる[12]」と述べた。これら日本人文学者の論は、「虎の鉄幹」の詩歌の基調にある壮士的な悲憤慷慨を、日清戦争前後の国家主義的膨張の気運の反映と捉えている点で共通している。これに対して在日朝鮮人文学者は、当然ながら、「虎の鉄幹」の発想がいかに日本の朝鮮侵略のお先棒を担ぐ役割を果たしたかを断罪した。たとえば朴春日（パクチュンイル）は、「与謝野鉄幹がとらえた朝鮮像は、その詩歌集『東西南北』（一八九六年）に描かれているが、それはいうまでもなく日本帝国主義の朝鮮侵出という時流にのった位置から発想されたものであり、否定されるべきものである[13]」と切り捨てた。金達寿（キムダルス）も、『東西南北』に収録された「から山に、桜を植ゑて、から人に／やまと男子の、歌うたはせむ」などの詩歌を取り上げて、「われわれはここに帝国主義日本のお先棒をかついだいわゆる大陸浪人的な発想法をみるのである[14]」と批判した。

このように、「虎の鉄幹」時代の鉄幹の政治活動や、それを反映した詩歌について、日本人と在日朝鮮人とでは正反対の評価が下された。しかし「虎の鉄幹」をめぐってはもう一つ論点がある。「虎の鉄幹」と「明星」創刊以降の鉄幹との関連性である。たとえば逸見久美は次のように述べた。

> いずれにせよ、彼の渡韓は客気に満ちた青春期を飾る一齣として彼の生涯に大きな意味をも

つと共に、彼の文学形成にも役立ったと言える。政界や商界にも乗りだして、勇躍功を成そうとした若き日の鉄幹の冒険と夢想が無残に破れたことによって、おのれを知り「柄にない」ことを夢みていたことに目覚めた。そして直文の忠告に服して本格的に文学修業に専心するようになった。熱しやすい彼の性情ではあったが、朝鮮での体験を生かして新しい歌へと自ら方向づけ、やがて「明星」を舞台として晶子と共に新派和歌を誕生させていくのである。(15)

ここで逸見は、鉄幹の渡韓が若気のいたりであり、「明星」以後の鉄幹こそが彼の本来あるべき姿だという立場をとっている。言い換えれば、彼女は「明星」創刊に、鉄幹の政治から文学への転向を認めたのだ。これに対して木村勲は、まず閔妃殺害事件に関する公文書を綿密に調査して、鉄幹の役割がまったく取るに足りないものだったことを示した。(16)そのうえで彼が「明星」創刊後の一九〇二年に「美事失敗（某国公使館の焼打）」(17)という、露館播遷（ロシア政府が高宗をロシア領内に強行に「保護」した事件）直後の朝鮮で自分をモデルにした日本人が暗躍する様子を描いた小説を発表したことや、三二年に「大阪毎日新聞」が公募した「爆弾三勇士の歌懸賞募集」に詩を投稿して入選したこと(18)などを挙げ、鉄幹には生涯を通じて一度の転向もなかったと主張した。

中野は、日夏耿之介との対談「鷗外、紅葉、そのほか」（一九四九年十二月）では、鉄幹の歌には「封建的で、朝鮮あたりに行つた時のものでも例の鉄幹調、非常に日本主義的で、多少誇張していえば侵略主義的」なものだけでなく、「政府の軍備拡張とか、いろんな腐敗とかいうふうなことを、かなりやつつけた歌」があること、「あの人が、長い年齢の間に、政治というものに対してその下で生きている人間としての気持ちに変化があったこと」を、中野菊夫の論考を読んで教えられたと[19]述べ、鉄幹の詩歌に新たな可能性があることを認めた。しかし二度目に「虎の鉄幹」に言及した「大のこと小のこと」を発表して以降は、鉄幹を、生涯にわたって日本帝国主義との共犯関係を切断できなかった歌人とする視座を保持した。それは「わが生涯と文学 一つの文学と一つの過去」（一九七九年二月）の次の文章からも裏づけられる。

> 与謝野寛の『采花集』（一九四一年五月）は、「爆弾三勇士」で最後を飾っていた。そのうえそれの寛自筆で巻頭を飾っていた。平野万里の「跋」に、「用紙取得上の関係もあり……」とあるのを見れば、あるいはそこに方便を見るのが穏当であるのかも知れない。それにしてもそれが、一つの、いわば迎合の姿でもあったことはちょっと否めまい。平野万里・金尾文淵堂の場合は便宜上ということも考えられる。しかし次第に、また大速度で、この種の便宜上が文学、芸術を支配するようになったのも事実だった。[20]

鉄幹は一九三五年三月に死去したので、『采花集』[21]の出版とは無関係である。しかし中野は、「爆弾三勇士」の歌と「大東亜戦争」との共犯関係を平野万里が見越して歌集の最後に置いたこと、鉄幹の意図がどうであれ、そのようなものとして利用できる要因が「爆弾三勇士の歌」にあること、「この種の便宜上」が加速度的に社会を覆っていったことを批判した。

このように、「虎の鉄幹」時代の鉄幹と「明星」以後の鉄幹との関係について、木村や中野は前者の延長上に後者があると考え、逸見は両者の間に断絶を認める立場をとった。もちろんこうした争点は鉄幹に特有のものではない。たとえば転向文学者について論じられる際にも、必ずといっていいほど持ち出されるものである。

確かに木村がいうように、鉄幹の姿勢は「明星」創刊以前と以後で根本的に変わったわけではない。しかしそれは、必ずしも彼の主体性の強固さや社会状況に対する態度の一貫性を意味するわけではない。実際、短期的にみれば彼の態度は変化している。たとえば彼は日清戦争後に、「正義とは／悪魔が被ぶる仮面(かめん)にて／功名は／死をよろこばす魔術かな[22]」という一節で始まる新体詩「血写歌」(一八九八年五月)を発表した。「虎の鉄幹」時代の彼の詩歌とは明らかに基調が違っていて、逸見はここに与謝野晶子の有名な詩「君死にたまふこと勿れ」と共通する戦争批判の姿勢を認めた[23]。また自伝的エッセー「沙上の言葉(四)」(一九二四年十月)では鉄幹は、「自分が今日とちがひ〔日清〕戦争の讃美者であつたことは顧みて愧かしいが、当時の日本の環境に於て、ただ少年上りの空想に逸る無学な自分としては已(ママ)むを得ない事であつた[24]」と自己批判した。さらに閔妃殺害事件への関与についても、『現代短歌全集』第五巻(一九二九年十月)所収の年譜に、「後年に及んで当時の思想の粗豪を悔ゆる所多し[25]」という記述がみられる。大逆事件で処刑された大石誠之助の甥・西村伊作が一九二一年に創設した文化学院への積極的な支援をここに加えてもいい。

しかし注意すべきは鉄幹が、「血写歌」のような厭戦的・反戦的な詩歌を発表したにもかかわらず、日露戦争が始まるやいなや、「決死七十七勇士[26]」(一九〇四年三月)や「廣瀬中佐[27]」(一九〇四年四月)のような戦争賛美の詩歌を発表し、戦争賛美者だったかつての自分を恥ずかしいと反省したにもかかわらず、満州事変が勃発するとまたもや爆弾三勇士をたたえる詩を作ってしまう文学者だったことである。このどちらか一方が「真の鉄幹」で他方がそこから逸脱した彼なのではない。またここに鉄幹の二面性を読み取るべきでもない。それらの詩歌は日本の帝国主義戦争に対する彼の反応であり、その反応の仕方において彼は変わっていないのだ。

実際、鉄幹にとって朝鮮は、関心を喪失した後も、相変わらず日本とロシアの間に位置する地理的空間であり、朝鮮人という、日本人にとっての他者が生活を営んでいる歴史的空間ではなかった。そのことを如実に示しているのが、「小刺客」(28)(「明星」一九〇二年四月)という、日清戦争の講和から二度目の天長節(十一月三日)直前の朝鮮を舞台にした短篇である。「朝鮮で、京城の高等小学の学課と、同じ学校の別科で有つた韓語科(29)を卒業し、これから領事の勧めで東京の中学校に入ろうとしている主人公の日本人少年「山口」は、ある日、個人的に英語を教わっている公使館の二等書記官「秋本司馬太(しめた)先生」から、唐突に次のように言われる。

君、君はヂャンダルクを知つて居るかね。はい、何時かの御話で存じて居ります。未だ年の行かない娘の子だッたね。はい、十六でした、死にましたのは二十歳。君、ヂャンダルクは何故に名高いと思ふ。其は先生、仏蘭西が英吉利西軍に攻められて誠に危かつた時に、自分は仏蘭西を救ふ為の天使だと信じて、仏蘭西国の為に働いて、火刑にまで成りました。先生の突然の質問に、斯う御答すると、先生は僕の顔を、僕の眼を、凝爾(じっ)と御覧に成つて、では君に問ふが、此朝鮮が今、仏蘭西の彼時の様に、露西亜と云ふ様な外国の軍隊に攻められて、危険な事に成つて、御互日本人も此国から追払はれる様な事に成つたと為て、そして、君を仮にヂャンダルクだと為たなら、君、君は其時は如何する、日本のため、朝鮮のために、ヂャンダルクの様に働かうと思ふかね。何と愉快な先生の御質問ぢや有りませんか。僕は彼日の失礼も、御詫を為る事も、一切何も斯も忘れて了つて、両手を膝の上に置て、決然御答を為ました。はい、勿論です、先生、私は加之に男子ですもの。斯う申上ると、先生は突如跳上るやうに、御体を前に御乗出に成つて、右の手で僕の右の手を緊かり御握り成さつて、山口君、立派な答弁ですと、併し平生よりも低い低い御声。[30]

こうして山口は「先生」から、朝鮮政府内の親露派の外務大臣を爆殺するという密命を頼まれる。山口は朝鮮人の鳥売りに変装し、ジャンヌ・ダルクになった気持ちで大臣宅を訪問するが、大臣は別の何者かに殺されてしまう。「僕より先に、誰人が斯んな事を為たろう」と思いながらも、山口はあらかじめ教えられていた道を逃げて、ことの次第を「先生」に報告する。「先生」は、「犯人は一人の朝鮮人だと云ふ事だが、未だ捕縛ら無いので、外の事は一切分ら無い」と言い、山口をねぎらって、「是で先づ朝鮮に露西亜の砲台も出来ず、露西亜の兵隊も来ず、松田湾にも露西亜の旗が樹たずに済んだ」と褒めたたえる。しかし山口は自分の手柄にならなかったことが残念だと思う。[31]

ここでジャンヌ・ダルクについて、高山一彦は、日本では彼女の名前は明治初期から広く知られていて、伝記も多数出版されたが、いずれも史実に基づいたものではなく、主にイギリスで書かれた伝記を翻案した物語または歴史的エッセーと呼ぶべきものだったことを指摘している。[32]つまりこの時代のジャンヌは生身の女性ではなく、「忠君愛国」など若者がモデルとすべき徳目の体現者を意味する記号だった。鉄幹がここでジャンヌの名前を持ち出したのも、当時のこのような通念に沿ったものだったことは明瞭である。だが山口とジャンヌとでは決定的な違いがある。それはジャンヌが身を投じた百年戦争が、イングランドとフランスとの二国間の戦争であり、ほぼすべての戦闘がフランス国内でおこなわれたのに対し、山口が関与した外務大臣の爆殺は、日本とロシアとの対立関係を背景としたものであるにもかかわらず、一方に対する他方の優位性を確保するための争いが、両国内ではなく朝鮮を舞台にしたものだったことである。前述のように、鉄幹は、閔妃殺害事件の発端は一八九五年夏の共同謀議にあると語った。そのように述べることで、彼は自分があたかもジャンヌになったつもりで、日本政府の意に反してもそれを決行しなければならないと考えていた、あるいは考えていたという意味づけを与えた。しかし実際には、彼の計画は当時の日本政府が目指した方向と少しも異なるものではなかった。鉄幹がいくら自己批判の文章を書き連ねても、日本が帝国主義戦争に突入するたびに引きつけられてしまい、ついに決別できなかったのは、彼がこのことに根本的に無自覚だったからだ。

こうして中野の、「反安保闘争についての批判的意見」には「「韓国」との関係における与謝野鉄幹の詩のようなもの」があるという発言が指し示しているのは、「批判的意見」の持ち主と日本帝国主義との共犯関係である。彼らは外面的には安保闘争の担い手よりも急進的に国家権力に抵抗しているようにみえるが、現実には日本政府が望ましい方向に日本人全体を導く役割しか果たしていない。しかも、彼らはその錯覚にまったく無自覚なのである。その後も共犯関係が清算されず、年を追うごとに状況が悪化していくなか、中野は「明治百年」にあたる一九六八年にあらためて強い危機感をもって「虎の鉄幹」のナショナリズムに言及した。

もう一つの問題、これを私はもつとも悪くしかしらべていないので、言うのをはばかる気がするけれども敢(あ)えて挙げておきたい。それは、啄木におけるインタナショナリズムの問題である。むろん当時の歴史条件ということがあつて、啄木における国際主義は矛盾したものを持つている。正確でなくて曖昧なものを持つている。一面でそれはナショナリズムを内包しているともいえる。それにもかかわらず、当時の日本のなかで、当時の日本の彼以外の大多数の文学者たちに比べて、類のそれほどにない切実さで啄木はインタナショナリズムにはいつていると思う。朝鮮問題にたいする彼の態度その他にそれがよく見えている。これは政治問題にも直接にふれるだけ、啄木の矛盾がそこにいつそうよく露出されていると言える点をも含めてそうだつたと思う。与謝野鉄幹の朝鮮にたいする考え方、その実行、そんなものはもう忘れられていた。覚えているものも軽くあしらつて古い屑としてこれを捨て去つていた。しかし、「虎の鉄幹」の持つていた日本中心主義、植民地主義、国粋論的ナショナリズムは現実に生きていた。詩壇、文壇が捨ててかえりみなかつたとしても、詩壇、文壇をふくんでこれを全体として支配していた政治的日本の現実はそこにあつた。それは、第二(ママ)大戦の敗北をとおしてほとんど全く変わつた現在にまで生きている。あるいは、この点でこれがそれほど不死身だというところに、敗戦による日本の変化が何か不変化であることの裏づけがある。[33]

「与謝野鉄幹の朝鮮にたいする考え方、その実行」は忘れられるか、「古い屑」として捨て去られたが、「『虎の鉄幹』の持つていた日本中心主義、植民地主義、国粋論的ナショナリズム」は第二次世界大戦の敗戦を経てもほとんど変わることなく生き続けている――中野がこのように語ったとき、頭に思い浮かべていたのが、岸政権から池田政権に継承された日本帝国主義の負の遺産と、それに追随する体制派の文学者や知識人以上に、「反安保闘争についての批判的意見」だったことは明白である。では「虎の鉄幹」のナショナリズムはどのように「反安保闘争についての批判的意見」に受け継がれたのか。この疑問を考察する前に検討しておかなければならない事柄が一つある。ここで「虎の鉄幹」のナショナリズムと対比された、「啄木におけるインタナショナリズム」を見いだしていった経緯である。

中野は最初の啄木論「啄木に関する断片」（一九二六年十一月）で、啄木が「『明星』の運動の固定化につれて退嬰（たいえい）し、保守し、有産者化し」ていった浪漫主義的傾向から「漸次に分離して[34]」社会主義に向かったことを高く評価した。しかしこのときに「明星」の浪漫主義的傾向を代表する存在として中野が挙げたのは、与謝野晶子であって鉄幹ではなかった。そしてその後も彼は長らく、社会主義者としての啄木を、晶子に代表される「明星」の浪漫主義的傾向と対比して評価した。

啄木が、晶子に代表される「明星」の浪漫主義的傾向から「漸次に分離して」社会主義に向かったことと、「『虎の鉄幹』の持つていた日本中心主義、植民地主義、国粋論的ナショナリズム」の雰囲気（ムード）が充満していた時期に「インタナショナリズムにはいつて」いたこととは、最終到達点だけをみれば差異がないように思える。しかし啄木の思想を晶子との関係で捉えていた時期の中野が、日本の植民地支配への批判を視野に入れながらも、大逆事件という、日本国内での国家権力と個人との対立関係を最も重視していたのに対して、「虎の鉄幹」との関係に移動した時期には、閔妃を殺害してまで朝鮮を植民地化した日本の侵略行為を糾弾するだけでなく、それを当然と見なす雰囲気が日本社会に蔓延していたことを考えると、同じ最終到達点にいたるまでの経緯には大きな違いがある。しかも「虎の鉄幹」に言及して以降、中野の文学テクストに晶子の名前が出てくることはあっても、晶子と啄木との関係が問題にされることは一度もなかった。

ここから、「虎の鉄幹」を問題と見なす考え方が、啄木に対する中野の態度が近代日韓関係を重視する姿勢へと大きく変化したことと深く関連していること、晶子から「虎の鉄幹」への移動が朝鮮問題に対する認識の飛躍と切断をともなう不可逆的なものだったことがうかがえる。では中野はどのような知的経緯をたどって「虎の鉄幹」のナショナリズムと「啄木におけるインタナショナリズム」とを対置し、後者の重要性を認識する場所にいたったのだろうか。

## 2　啄木におけるインターナショナリズム——晶子から「虎の鉄幹」への移動

中野は「啄木に関する断片」以来、断続的に啄木に関する文章を発表し、その数は定本版『全集』第十六巻（一九九七年七月）にまとめられたものだけで十六編にのぼる。それら以外にも啄木の名前が出てくるエッセーは少なくない。しかし現在まで、中野研究でも啄木研究でも、中野の啄木論で取り上げられるのは「啄木に関する断片」と「啄木について」（一九三六年四月）の二編にほぼ限定されていて、敗戦後に発表されたものまで射程に入れて考察した研究は非常に少ない。そのなかでまとまった論考に、啄木研究者・田口道昭の「中野重治の啄木論」（一九八九年五月）がある。

田口は敗戦前に発表された二編を、「プロレタリア文学ないしは左翼陣営の代表的な啄木論であって、歴史的な制約を持ったもの」とする批判に対して、中野の「日本問題としての啄木」（一九六七年五月）を援用しながら次のように述べた。戦前・戦中の中野は「思想家啄木の積極面を評価し、そこに中野自身の文学者としての理想を見いだそうとした」一方、「啄木の〈弱さ〉の問題を等閑視し、啄木と国家の問題を徹底して追究しなかった」。ここで啄木の〈弱さ〉は、国家主義に「転落」しかねない国家に対する啄木の認識の〈弱さ〉を指している。だが「中野は戦後、自説を訂正し、発展させている。その中心点となるのが、啄木と「日本問題」ないしは国家の問題であり、啄木の〈弱さ〉をどうみるかという問題である[35]」。ここから田口は、敗戦後の中野の啄木論を、「啄木を〈日本問題〉としてとらえた点に特徴がある。そこには日本における〈現実〉をどうしていくのか、その立場から啄木をどのように読んでいくのか、という発想が貫かれている。またそれがいわゆるコスモポリタン的な発想とは異なった立場からなされていることも重要である」と述べたうえで、中野が、「啄木に先駆的な国家論を読み取る態度（あるいは国家認識の誤りを切り捨てる態度）から、啄木の日本の〈現実〉（その中に国家の問題は含まれる）に対する姿勢に焦点を当ててそこに啄木の意義を見いだそう」とする態度に移動したことを評価した[36]。

田口の論考は、「啄木に関する断片」に描き出された「社会主義者・啄木」という従来のイメージでは捉えきれない中野の啄木認識の変化を指摘した点で重要だが、中野が「日本問題としての啄木」を発表した翌年に、「石川啄木について」で、「虎の鉄幹」のナショナリズムと対比させて「啄木におけるインタナショナリズム」の可能性を評価した点を見逃している。それは「啄木を〈日本問題〉としてとらえ」る中野の視座が、近代日韓関係に対する認識の移動にともなって浮上したことに気づかなかったことを意味している。

　中野の啄木論に朝鮮に関する文章が最初に出てくるのは、『啄木詩集』（一九四七年一月）所収の解説である。啄木の生涯を、「十か十一で日清戦争をむかえ、二十か二十一で日露戦争をむかえ、二十五か六で幸徳事件と韓国合併とをむかえ、二十八で、第一世界大戦の二年まえに貧乏と病気とで死んだ」[37]と簡単に紹介し、「啄木は生まれた詩人であつた。しかし、日露戦争をへて伸びてきた帝国日本、国内の革命運動を残虐におさえ、同じ手口で外国朝鮮を奪い、そのまま帝国主義世界戦争へと突き進んで行つた日本は、「帝国主義論」のなかでその名をあげて問題とされたほどの力でこの詩人を死なせたのであつた」[38]と述べた。続いて「石川啄木の生涯と仕事」（一九五三年九月）で、『一握の砂』[39]（一九一〇年十二月）を編む際、啄木が「地図の上朝鮮国にくろぐろと墨をぬりつゝ秋風を聴く」（以下、「地図の上……」と表記）を含む八首を自ら削除したことの問題性を強調した。そのうえで、「日本無政府主義者陰謀事件経過及び付帯現象」について、「「人民のなか」へ行くことが、そもそも何を代償にして禁圧されたかということのそれは記録だつた」[40]と語った。

　これらの文章に、中野が啄木の朝鮮認識をことさらに重視した痕跡はみられない。それは植民地の問題に言及した「啄木研究のひろがりについて」(一九四九年七月)でも同様である。中野はそこで、伊藤博文が暗殺されたことに「驚きと哀悼の心とをもつて書いた」啄木の「百回通信」(「岩手日報」一九〇九年十月五日付―十一月二十一日付)を引用して、次のように述べた。

啄木が、自分で日本をこういう方に持つて行きたいと考えていたその考えと、伊藤博文などが日本を築いて行こうとした考えとでは、その方向というものを取りだしてみると必ずしも正面衝突ばかりするものではなかつた。つまり、啄木が日本の将来に関して描いていた図面のなかには、伊藤博文が日本の将来に関して描いていた図面と衝突するものもあつたけれども、また一致する点も相当あつた。(41)

啄木は多くの苦痛をなめましたが、啄木の住んでいた時期の日本は植民地を拡げつつある国であり、伊藤公のハルビンで暗殺された翌年には、日本が韓国を暴力的に合併するというありさまであつて、ある程度あたりまえのことではありますが、当時はあの啄木ですら、いつか将来、この日本そのものが、植民地になりさがる可能性に直面して苦悶しなければならぬというようなことは、夢想することもできなかつたのであります。(略)そうすると、あの悩み多かつた啄木その人よりも、もう一つ新しい大きな苦痛をわれわれは今日なめているということになると思う。(42)

韓国併合を取り上げているが、ここでも中野の議論の主眼は国家に対する啄木の認識不足をどう克服するかという課題に置かれていて、啄木の朝鮮認識への評価はみられない。そのような中野が、朝鮮問題に対する啄木の関心に目を向け始めたのは一九六〇年ごろからである。「あらためて啄木を」（一九六一年三月）という短い文章で、「地図の上……」を初めて植民地支配との関わりのなかで取り上げた。

> 一九〇八年に彼は「一は即ちザール〔ツアー〕の天下にして、他は即ち愛親覚羅（アイシンギョロ）氏の国。」と書いた、「而（しか）して、両国共に嘗（かつ）て一度帝国と兵を交へて敗る。此を以て邦人較（やや）もすれば両国を侮（あなど）らむとす。浅慮短見、……敗れたるものは、清国に非ずして北京政府と其軍隊のみ。露国に非ずしてザールの政府と其軍隊のみ。」一九一〇年には、彼は悲しんで「地図の上朝鮮国にくろぐろと墨をぬりつつ秋風を聴く」と歌った。これらの国々の変化発展は人がみな知っている。彼がわずかにふれたモロッコ、ナイロビの地名さえあらためて今日（こんにち）のアフリカを思わせる。[43]

「啄木のふれたアジア・アフリカと今日のアジア・アフリカ」（一九六一年四月）にもこれと同じ趣旨の文章がみられる。[44]中野がこのように発言した背景には、一九五〇年代を通じて東南アジア・中東・アフリカで次々に起こった宗主国からの独立があった。特に六〇年には十七もの新興国が誕生し、「アフリカの年」といわれた。これら諸国家はアメリカ・ソ連どちらの陣営にも属さない「第三の道」を掲げ、五五年の第一回アジア・アフリカ会議で平和十原則の共同宣言を出した。アジア・アフリカ会議は第二回以降開かれなかったが、これら新興独立国家の作家を中心とするアジア・アフリカ作家会議は、五六年に第一回アジア会議が開かれて以降、断続的に催されている。この間、五七年に中野は初めて訪中し、かつて日本の植民地だった中国の急速な社会的変化を目の当たりにした。こうして国際的な連帯が構築されていくのと対照的に、日朝・日韓間では事あるごとに激しい政治的対立が起こった。このうち日韓関係は、第3章で述べたように、四月革命によって国内外で社会改革への期待が高まったが、翌年五月の軍事クーデターで南北統一の機運は急速にしぼんだ。中野はこうした国際情勢や、四月革命から軍事クーデター直前までの朝鮮半島情勢を背景として、「地図の上……」に注目するようになったと考えられる。

ここで注目すべきは、日本社会のなかの朝鮮問題の独自性を自覚し、「地図の上……」に詠われた、朝鮮に対する日本の植民地支配に対する啄木の批判的視座を見いだしたのにともなって、中野の視界に「虎の鉄幹」が入ってきたことである。そのあらわれが先に引用した、「大のこと小のこと」の文章である。中野はこれ以降、「虎の鉄幹」と啄木の関係や、鉄幹が画策したと自称した閔妃殺害事件の問題性を訴える文章をいくつも発表した。その最後は、「沓掛筆記 巡査の問題」（一九七八年三月）の次の一節である。

> 日米——米日安保条約のとき、日本の国会でかつての日韓議定書関係のことが引きだされて大問題になつた時のこと、このごろは、一般にはすつかり忘れられた形になつている。
>
> 「明治二十八年、安達謙蔵が同志三十数名と共に韓国王宮に乱入して、閔妃を暗殺した事件の

とき」と杉森久英は書いているが（『食後の雑談』）、いまの読者がどの程度閔妃殺し事件を知っているだろうか。[45]

こうして「啄木に関する断片」以来の中野の認識は、一九六〇年前後を境に大きく移動した。その契機になったのが、「反安保闘争についての批判的意見」に対する強い危機意識だった。この結果、啄木論での中野の中心的課題は、「「虎の鉄幹」の持っていた日本中心主義、植民地主義、国粋論的ナショナリズム」と対置される「啄木のインタナショナリズム」に向けられることになった。これこそ、晶子と啄木との関係から「虎の鉄幹」と啄木との関係への重心の移動が意味する、認識の飛躍と断絶にほかならない。

では中野はこの時期、依然として日本社会に充満し、「政治的日本の現実」を全体として支配していた、「「虎の鉄幹」の持っていた日本中心主義、植民地主義、国粋論的ナショナリズム」とどのように闘争したのか。次節ではこの課題を、一九五〇年代後半から六〇年代にかけて中野が展開した、「国民感情」をめぐる評論に即して検討したい。

## 3 「国民感情」の醸造と安保闘争への批判的意見

岸信介が外務大臣を務めた石橋湛山内閣（一九五六年十月成立）は、日中国交正常化を最優先課題として取り組もうとした。だが組閣後わずか一カ月で石橋は病に倒れ、国交を結べずに終わった。石橋内閣を引き継いで岸内閣が成立すると、岸は前述のように安保条約の改定を最優先課題に掲げて全力を投じた。しかし安保条約の改定を最初に試みたのは岸政権ではなく、吉田茂の次に首相になった鳩山一郎政権だった。だが第二次鳩山内閣時の一九五五年八月、ワシントンで安保条約改定を訴えた重光葵に対して、ジョン・フォスター・ダレス国務長官が時期尚早と一蹴したように、アメリカ側の反応は冷たかった。この状況が変わったのが岸政権時代である。まず五七年六月二十二日、五一年の安保条約は本質的に暫定的に作成されたものであって、そのままの形で永久に存続することを意図したものでないことを確認し、安保条約に関して生じる問題を検討するために政府間の委員会を設置することを明らかにした日米共同声明が発表された[46]。これを皮切りに安保条約をめぐる事態は少しずつ変化し、六〇年六月十九日の自然承認として結実することになる。この間、中野は、岸内閣や保守系政治家、知識人、マスコミなどが、日本の国防のためにアメリカ政府や軍隊の必要性を主張すると同時に、ソ連や中国など共産主義国の脅威を煽る雰囲気(ムード)を作り上げていっていることに対する危険性について、繰り返し訴えた。

たとえば「四季風俗談義 三」(一九五七年三月)では、「東京新聞」に掲載された、日本政府からの巨額の補償金目当てにアメリカ軍の試射場の撤退に反対して中央まで陳情に赴いた石川県の内灘村の住民の「みっともない真似(まね)」を糾弾した「無去無来」氏の文章を、「こういう言い方には世間をあざむく力がある。そこに「世間」がつくられてくる[47]」と批判した。「四季風俗談義 四」(一九五七年四月)でも、「「国民感情」として「建国の日」を祝いたいだの、「建国の日」を祭日として持ちたいだのというのが、「君が代」と天皇（皇室といってもいい。）とに結びつけて扱われるかぎり、まじめな日本人として理性的にいえた義理でないということだけはここで言っておきたい[48]」と言明した。さらに一九五八年二月の衆議院総選挙で民主的な政党が過半数を獲得できなかった要因について、「政府と自民党とが中国問題をたくみに逆用したということ」、すなわち「中国政府はヒステリーをおこしている、大人気ない」という趣旨の岸の発言に「日本国民の一部が相当つよく引かれた」一方、「この岸の発言を反駁する力が、社会党、共産党において必要なほどに強くなかった」事実があったことを指摘した[49]。こうした「国民感情」の形成と醸造に対し、中野が最も強く危機意識を披瀝したのが、韓国で四月革命が頂点に達する前日の六〇年四月十八日の講演「国民感情ということ」である。

中野はこの講演で、ある新聞の、「アメリカはまる腰の漁夫を収容所へ理由もなくぶちこんだり、頭ごなしに内政干渉したりしない国だと、日本の国民は知っているに違いない[50]」という文章と対比させる形で、次のように述べた。

いまも日本とソ連とは漁業問題で交渉をやってますが、去年、おととしごろからのことですけれども、北海道の漁民がソ連領海へ昆布（こんぶ）取りなんかに行って、逮捕されたり船をおさえられたりしました。そこで問題がもめて、モスクワの門脇（かどわき）大使がソ連政府と話をしました。ずいぶんすったもんだやったようでしたが思わしい結果が出ない。こっちの思うようには話が運ばなかった。そこで最後に、門脇大使がこういうことをソ連政府代表に向って言っています。（略）

「あなたの国は、勤労者の利益を守るということを国の建てまえとしている。かように私は承知している。それならば、あなたの国につかまつた漁民はわが日本の零細漁民であり、没収された船は貧しい彼らの唯一の財産であるということに、あなたがたの注意を喚起したい、このことを私は厳粛にあなたがたに告げる。」

こう言いました。そこで私は、日本人の感想をいちいち調べたわけではありませんが、日本政府代表が、最後に重々しい調子でこう述べたということが日本の新聞に出て、漁夫問題そのものは思わしい解決に行けなかつたにしても、門脇はよくぞ言ってくれた、相手国の国の建てまえということを逆手(ぎゃくて)にとつて、相手をギユツといわせてくれて溜飲のさがつた思いをしたといつた日本人がある程度あつただろうと思いました。そして私は、これまた国民感情の一つの現われにはちがいないが、じつはこのへんに、私たちの国民感情の基本的な弱さがあるのだということを思わされました[51]。

中野の考えでは、ソ連や中国、韓国などが、アメリカと違って漁業問題や領土問題、安保同盟締結への非難などを通じて内政干渉し、日本人の国民感情を刺激しているというのは明白な虚偽である。アメリカは日本国内にアメリカ軍基地を置き、アメリカ軍車両が有料道路を走る費用などを日本政府に負担させる一方的な関係にある。この現実が日本社会に「内政干渉」と認識されない状況で、アメリカがわざわざ日本に「内政干渉」する必要がどこにあるのか。この日米関係の現実や、他国民もそれぞれに「国民感情」を有しているという当然の事実を忘れて、ソ連や中国、韓国などはアメリカと違って不当な内政干渉をおこなっていると憤慨し、「相手国の国の建てまえということを逆手にとつて、相手をギユッといわせ」る態度こそ、「奴隷的な態度に、逆に抵抗の姿勢のようなものを感じていい気持ちになるような」心地よさの表出である。[52] それこそ、「反安保闘争についての批判的意見」の根底にある、ある種の「弱さ」に通じるものにほかならないというのだ。

さて、中野が「反安保闘争についての批判的意見」を「虎の鉄幹」と関連づけて論じるようになったのは、前述のように一九六一年七月からである。しかし「批判的意見」に対する批判は、新安保条約の自然承認からまもなく始まった。彼はまず、「私は疑う」第三回（一九六〇年九月）で、「アメリカの基地が日本にあると日本が米ソ戦にまき込まれる」という「自称平和主義者」の言葉」を、林健太郎が「おかしい」と冷やかし、「私はアメリカの基地の存在よりも、事毎にイデオロギー闘争を持ち込んで現在の勢力均衡を急激に変化させようとする行為の方が、ずつと危険な局地戦争の種であると考える」などと発言したことを取り上げ、「現在の勢力均衡」を動かすなという林の主張は、岸の雪解け論――「なるほど雪どけの現象はある。しかしそれは現象として、傾向としてあるのにすぎない。雪がとけてしまつたのではない。だから日本政府は雪の方、氷の方、戦争の方へ賭（か）ける」[53]――と完全に一致すると指摘し、次のように述べた。

現在の均衡、平和への努力と戦争への努力とのこの均衡をば、一歩平和の方へ向けて破ることこそ必要だつたときに岸と林とはこういつたのだつた。氷がとけきつていないというので湯をかけるかわりに水をかける。火事が完全にはおさまつていないというので水をかけるかわりに油をかける。こういう人間が、支配権力にかくまわれて「自称平和主義者」をひやかしてからかう。「日本にとつて最も重要なことは……戦争の種をつくらないということである。」という本人が、それだから日本にあるアメリカの軍事基地には手をさわるなといつて説教する。こういう学者の説が大衆的に駆逐されること、これこそ今までも必要だつた以上にこれからこそいつそう必要になる。(54)

中野はまた、「夏から秋へ」（一九六〇年八月）では、安保反対の秩序だったデモを、ある人々が「葬式デモ」「焼香デモ」と呼んで軽蔑していることに対し、そうした「人びとは、そのことで自分自身を葬式してしまつたのではなかつたろうか」と語った。また、「蜂起」「暴動」「革命」などの言葉が正反対の立場から用いられていること――「革命的状態になるおそれがあるから、だからアイクは来るなという言い方は成りたつにちがいない。つまり、革命をおそれる立場、革命をさけたいという立場からのその使い方は成りたつ。しかし一方、大きな革命的展望に立つて、その一歩一歩の問題としてアイクは来るなということも成りたつ」――に対しては、次のように述べた。

こんどのデモンストレーションにはマニフェステーションの気味も大いにはいつていたと私は思つている。さらにすすんでいえば、一部の、へんに斜（しゃ）にかまえた人びと、へんにのぼせてしまつた人びとに足もとをさらわれないで、たとえば一九一七年夏のレニングラードのデモンストレーションの事情などを、専門家がしらべて一般に知らせてくれる必要がある。(55)

さらに、「村上元三氏の「一党一派に偏してはならない」説について」（一九六〇年十月）では、新安保条約の自然承認後に発表された、谷川雁「創造者の論理」と村上一郎「羽田ふらぐめんて」を取り上げて、それぞれ反論した。まず前者について、「アイゼンハワーや岸が水に落ちたが、彼らが這いあがってこないよう手を緩めず」と編集後記や声明などで叫んでいる雑誌に対して、谷川が、「君は陸地に立っているつもりなのか、われわれもまた水に落ちたではないか。これからはじまるのは水中のつかみあい、ただそれだけではないか[56]」と語ったことを、中野は次のように批判した。

> 安保反対の闘争には大量の人が刻々にふくれながら参加した。それはあらゆる階級、層をふくんでいた。無数の人が、さまざまの思想、立場、目論見（もくろみ）、経験からこれに参加した。彼らの締めくくり、自己批判にも大きな多様性があるはずである。いくつかの文学グループ、サークル誌の編集後記などから、この谷川のように、「うなぎのような顔」、「前菜をつまんだだけでもう消化剤を飲んでいるおもむき」、「これからはじまるのは水中のつかみあい、ただそれだけ」を引き出すのは、谷川自身全体を見うしなつて、谷川自身「前菜をつまんだだけでもう消化剤を飲んでいるおもむき」というものであろう。[57]

また村上一郎の主張については、全学連（全日本学生自治会総連合）の逮捕者の救援をどうするかという問題を鶴見俊輔や吉本隆明たちが集まって話し合ったこと、共産党は救援に反対なので集まった人たちとある気兼ねが生じたこと、救援された全学連の人も自分たちが天涯の孤児であるかのようなエキセントリックな態度をとったこと、共産党員で新日本文学会の中野や佐多稲子がそれについてどういう態度をとったかを伝え聞いてそういうものかと思ったことが、すべて出どころ不明の伝聞形式で語られていることを指摘し、次のように批判した。「村上の頭のなかでの村上の思いこみ、ひとり呑みこみ、それの村上の主観によるほしいままな綴りあわせ、そこから何が、他から区別されて確定されたものとして出てくるか」「どこかで、だれかから、「とか」いうことを又聞きにして、何かを、彼自身ひとり呑みこみに呑みこんだという話が、この大闘争の総括と自己批判とに何を具体的、客観的にあたえることができるか」「われわれは、村上から「度しがたい」というレッテルを貼られようが貼られまいが、「強いニヒリズム」を排除する」[58]

このように批判したうえで、中野は、谷川や村上の主張が、「民主主義陣営内部の弱点、不十分、「敵」にかかわつている。それだけに、これを批判するわれわれは十分包括的に事を運ぶ必要がある」「内部の敵は外部の敵と戦うためにたたかわれねばならぬ」と述べたうえで、次のように注意を促した。

内部の敵は必ず言葉どおり外から輸入されるものではない。いわば内部そのものがこれを生みだすことがある。しかしそれは、いわば内部に生じた外敵である。もしわれわれが、本来の外敵から眼をそらして、もつぱら内部の敵だけに没頭するとなれば危険が生じてくる。自殺の危険であり、むしろ自滅の危険である。しかも実地には、外部の敵こそ本来的に大きい。それは平凡で現実的な外見さえとつてくる。谷川や村上のようにデリケートでもなく、見たところ全く常識的で、それを反駁するのが或る人びとには堪えられぬくらい凡俗な姿をとつてそれは居すわつている。そしてその方が現実に力を持つている。(59)

ここで中野は二種類の「外敵」を区別している。一つは谷川や村上一郎の主張に代表される「内部に生じた外敵」で、もう一つは「国民感情」を持ち出した岸政権と表裏一体の関係にある、「見たところ全く常識的で、それを反駁するのが或る人びとには堪えられぬくらい凡俗な姿」の「外部の敵」である。そして中野は、後者のほうが「現実に力を持つている」という。その事例として彼が挙げたのが、村上元三「安保反対にあらざれば人間にあらざるの記」(一九六〇年八月)である。これは新安保条約に反対する声明書を発表した日本文芸家協会の「偏向」を問題視したものである。中野は、村上が「安保反対に対する反対、抵抗のために」書いたこの文章で、「日本文芸家協会、ひろく職業組織といわれるものの性格を俗耳に入りやすいかもしれぬ形でゆがめている」と批判した。(60)

文芸家協会は五月二十日に言論表現問題委員会を開き、言論の自由を抑圧してまで新安保条約を成立させようとしていることに抗議する声明を発表した。続いて六月十日、岸首相の速やかな退陣、議会の即時解散、ドワイト・アイゼンハワー・アメリカ大統領の訪日延期を掲げた声明を発表した。この声明を会員全員に承認してもらうために文芸家協会は二十日に臨時総会を開くことになったが、理事の一人である村上は講演旅行のため出席できなかった。そこで意見書を協会の書記局に送った。その全文は次のとおりである。

最近の理事会の傾向が、社会党の外郭文化団体のような形を帯びてきたことに、わたしは不満を持つています。

日本文芸家協会は、一党一派に偏せず、というのが建て前だと信じますが、最近の理事会の政治に対する発言は、いわゆる〝進歩的文化人〟にのみ多く、それに反対の考えを持つている人々の発言が少い、というよりも発言を避ける、といつた風に見られるのを、わたしは遺憾に思つています。

日本文芸家協会の理事だけではなく、最近の新聞雑誌にあらわれる発言も、破壊的な傾向が強く、建設の面を忘れているのが流行のように思われます。

日本の経済、海外に対する信用問題、海外との貿易などの面から考えると、進歩的文化人は、ただ言論表現の自由を弾圧されることのみをおそれ、日本が貧乏国になる事など、あまり心配してはおられないらしい。わたしは二十日の臨時総会で、さまざまに活発な意見が出ると信じますが、協会の声明は一方に片よらぬように、くれぐれもお願いします。

文芸家協会の会員の中には、第二次世界大戦を身をもつて体験した事がなく、戦後の教育だけで成長した人々も多いと思います。そういう人々に、日本は独立国だが、経済的にも、国際政治関係の上でも、まだ完全に独立した国家になつてはいない、という事を考えていただきたい。

わたしは、二十日の臨時総会にどういう議決が採られるにもせよ、日本文芸家協会は、日本人の文芸家の集りであるという信念を少しでも忘れて欲しくありません。二十日の臨時総会の結果によつて、またわたしの意見も述べたいと思いますし、わたしのとるべき態度についても考えます。[61]

さらに村上元三は、中野が「われわれは独自性をもつて活動しているのだから、どこの政党がよろこぼうとかまわんではないか」という発言が、「文芸家協会は一党一派に偏してはならない」という自分の考え方とは正反対であること、「新安保が成立すれば、言論の自由が抑圧されるおそれがある、という考え方に、わたしは絶対に賛成出来ない」「現在がその危機だ、と主張する人々が多いが、だいぶ神経過敏になつているのではないか[62]」と語り、文芸家協会の規約にのっとって物事を進め、冷静に現状を捉える必要性を訴えた。

これに対して中野は、「安保賛成でなければ人間でない、少なくともその方がいっそう人間的だ、安保反対でかけずりまわるのは片端(かたわ)な人間だということである。題のつけ方は、安保反対運動にたいする露骨なひやかし、からかいの調子を出して」いて、この文章を論文よりは放言の形をとった主張と捉えた。また「文芸家協会は一党一派に偏してはならない」という村上の考え方は中野と正反対だという箇所を取り上げ、「村上はあまりに不当に協会を卑下している。あまりに不当に彼の文学者としての独自性を卑下して投げている。あまりにも、安保反対の日本人民のたたかいは国際共産主義者の煽動によるものだという日本反動とアメリカ帝国主義との一党一派に事実として偏している」と指摘して次のように述べた。

資本家と争う労働者、平和行進に加わる女たち、戦争反対、核兵器反対をとなえるもの、日本を「完全に独立した国家に」しようというものはアカだ、安保反対者は国際共産主義の手にのるものだという勢力が政府をつくっている国で、この勢力、その党派の機嫌をそこねまいというところに文学者の不偏不党を求めようとするのが反動一辺倒なのである。それは文学者としての自滅である。(63)

前述のように、中野は「国民感情ということ」で、アメリカはソ連や中国、韓国などと違って「内政干渉」しない国だという認識の虚偽を暴露したが、村上に対しても「一党一派に偏してはならない」という、一見すると中立的で常識的にみえる態度が、現実には対米従属を深めることで日本を永遠に完全な独立国にするのを妨げる、岸政権を利するものでしかないことを明るみに出した。現実を追認し、どのような社会変化をも否定する点で、村上の主張が指し示している方向は、日本政府が目指すところと何の違いもない。中野が「反安保闘争についての批判的意見」に認めたのは、このような共犯関係にほかならない。そしてその原型として見いだしたものこそ、「「韓国」との関係における与謝野鉄幹の詩」に表出した、壮士的な悲憤慷慨の感情だった。

# おわりに

安保闘争の最中、中野が「虎の鉄幹」に通じる悲憤慷慨を軽視していたことは否定できない。それは、「ハボマイ、シコタンの問題でとうとう岸は「国民感情」を持ちだした。（略）国民感情、国民感情、この言葉が出るときこそ気をつけろ、という気持ちを忘れさせられるほど日本人一般が馬鹿で、岸がわるがしこくて、このわるがしこい岸が成功するだろうと岸と岸グループは信じているのだろうか[64]」と述べ、日本国民は、岸内閣やマスコミが作り出す「国民感情」を退けるだけの良識を有していると主張したことにうかがえる。

ところが実際には、新安保条約の自動承認で「岸と岸グループ」は勝利した。それればかりか、「石川啄木について」の四年後、「日本共産党の五十年」（一九七二年七月）発表直後におこなわれたインタビューで、宮本顕治は、「国民のあいだに信仰として、一種の天皇宗があったとしても、これは信仰の自由で、それを一々干渉する必要はない」と、天皇制の存続を肯定する発言をおこなった[65]。これを読んだ中野は「天皇自身、自分は神でなく人間である旨を宣してから二十七年して、日本共産党の公式代表者が、時も時、「反動側やアメリカ」が「天皇制の比重を高めようとしている」時期をえらんで、天皇をもう一度神にしようと、それも信教の自由の擁護者面をしてしようとしているのを見るのはにがにがしい[66]」と断罪した。これは、「石川啄木について」を発表したときの中野には知りえない未来だったが、結果的には彼が述べたとおり、「古い屑」として捨て去ったはずの、「「虎の鉄幹」が持っていた日本中心主義、植民地主義、国粋論的ナショナリズム」は敗戦後も生き延び、それへの最も峻烈な敵対者であるはずの共産党をも取り込んでしまうほど、「政治的日本の現実」を全体として支配してしまった。この現在の「政治的日本の現実」と表裏一体の関係にあるのが、閔妃殺害事件という、朝鮮人の「国民感情」を踏みにじってまで朝鮮を植民地化した犯罪の責任を国際的な問題にしないまま、「古い屑」として捨て去り、「明治百年」を高らかに祝ったもう一つの現在の「政治的日本の現実」なのである。

こうしたなか、中野は一九六〇年代中盤[67]と七〇年代前半に「大のこと小のこと」で展開した議論、特に「三人の裸男が寝ていて、男根のさきが泡のようなもので包まれていた」と中野が読解した絵の描かれたビラを取り上げた。ビラの絵を掲載したのは「緊急順不同 柳田泉の「天地生民の心」」（一九七二年七月）が最初である。[68]中野はこれがまかれたのが、樺美智子の死の二、三日後だったことを指摘したうえで、「この絵ビラに即して、われわれの芸術的発想の問題を考えたい[69]」と述べ、ビラの絵が「巧妙でも軽妙でもあるのを私は認める」が、そこに内包されていたのは「挫折と非生産」だった[70]と主張した。

一九六〇年代に中野が「「韓国」との関係における与謝野鉄幹の詩」に注目し、「啄木におけるインタナショナリズム」と対置させた背景には、こうした「政治的日本の現実」の性質をあらためて見定め、「明日」への考察につなげる意図があったと考えられる。しかもその試みはいまだ途上にある。「「虎の鉄幹」の持っていた日本中心主義、植民地主義、国粋論的ナショナリズム」は、現在もなお、韓国人や中国人も「国民感情」をもっているという当然の事実を忘れ、嫌韓・嫌中ムードが大手を振って大通りを闊歩している現在の「政治的日本の現実」まで、ほとんどまったく変わることなく生きているからだ。なぜそれがこれほどまでに「不死身」なのか。「虎の鉄幹」に対する中野の視座は、この疑問の所在を明るみに出すうえで、大きな手がかりを与えるものである。

注

(1) 原彬久編『岸信介証言録』毎日新聞社、二〇〇三年四月、三一七ページ

(2) 中野重治「大のこと小のこと」「新日本文学」一九六一年七月号、新日本文学会(前掲『中野重治全集』第十四巻、六三二―六三三ページ)

(3) 北小路敏「新らしい党を樹立せよ」「現代詩」一九六一年六月号、飯塚書店、一九ページ

(4) 前掲「大のこと小のこと」(前掲『中野重治全集』第十四巻、六三一―六三二ページ)

(5) 「さしあたってこれだけは」一九六〇年八月十五日付。引用は谷川雁、岩崎稔/米谷匡史編『工作者の論理と背理』(「谷川雁セレクション――〈戦後思想〉を読み直す」第一巻)、日本経済評論社、二〇〇九年五月)一九五ページ。

(6) 前掲「大のこと小のこと」(前掲『中野重治全集』第十四巻、六三二ページ)

(7) 鉄幹の本名は与謝野寛。彼は一八九〇年九月から「鉄幹」の号を使用しはじめたが、一九〇五年五月に本名の「寛」に号を戻した。その後もときおり「鉄幹」の号を用いることはあったが、ほとんどの場合で「寛」の号を用いた(逸見久美『新版 評伝与謝野寛晶子 明治篇』八木書店、二〇〇七年八

月、四〇、三七六ページ)。しかし本章では便宜上、引用文を除いて、時期に関係なく「鉄幹」の呼称を用いる。

(8)与謝野寛「沙上の言葉(四)」「明星」一九二四年十月号、東京新詩社、一三四ページ

(9)事実関係については、木村勲「鉄幹と閔后暗殺事件――明星ロマン主義のアポリア」(「比較法史研究」第十六号、比較法制研究所、二〇〇八年十一月)第二節を参照。

(10)河井酔茗「「明星」以前の鉄幹」「明治大正文学研究」第二号、東京堂、一九四九年十二月、八六ページ

(11)広田栄太郎「与謝野鉄幹」「国文学 解釈と鑑賞」一九五二年四月号、至文堂、二ページ

(12)木俣修「浪漫主義の短歌・俳句」「国文学 解釈と教材の研究」一九五八年七月号、学燈社、三〇ページ

(13)朴春日「日本文学における朝鮮像(一)――研究ノート」「鶏林」第一号、鶏林社、一九五八年十一月、四六ページ

(14)金達寿「日本文学のなかの朝鮮人」「文学」一九五九年一月号、岩波書店、二ページ

(15)前掲『新版 評伝与謝野寛晶子 明治篇』一一一―一一二ページ

(16)前掲「鉄幹と閔后暗殺事件」一一八―一二六ページ

(17)与謝野鉄幹「美事失敗(某国公使館の焼打)」「小天地」一九〇二年四月号・五月号、金尾文淵堂

(18)与謝野寛「爆弾三勇士の歌」「大阪毎日新聞」一九三二年三月十五日付、六面

(19)日夏耿之介/中野重治「鷗外、紅葉そのほか」「人間」一九四九年十一・十二月合併号、鎌倉文庫、七八ページ。ここで中野が読んだのは、中野菊夫「与謝野寛作品の一断面」(「人民短歌」一九四九年八月号、新興出版社)と推定。

(20) 中野重治「わが生涯と文学――一つの文学と一つの過去」『中野重治全集』第十一巻、筑摩書房、一九七九年二月(前掲『中野重治全集』第二十八巻、二六二ページ)
(21) 与謝野寛、与謝野晶子編『采花集』金尾文淵堂、一九四一年五月
(22) 鉄幹「血写歌」「新著月刊」一八九八年五月号、東華堂、一五五―一五六ページ
(23) 逸見久美「解題」、逸見久美ほか編『鉄幹晶子全集』第一巻所収、勉誠出版、二〇〇一年十二月、四〇七―四〇八ページ
(24) 前掲「沙上の言葉(四)」一三三―一三四ページ
(25) 無署名「与謝野寛年譜」『現代短歌全集』第五巻所収、改造社、一九二九年十月、二二〇ページ
(26) 与謝野鉄幹「決死七十七勇士(旅順口の封鎖隊)」「日露戦争実記」第四編、博文館、一九〇四年三月
(27) 与謝野鉄幹「広瀬中佐(三月三十日中佐の戦死を聞きて作る)」「日露戦争実記」第十編、博文館、一九〇四年四月
(28) 小説の最後に、後述の事件があってから「五日目の其年の十一月三日の天長節は、居留地が初まつて、日清戦争が和睦に成つた年以来、二度目の賑ひで」(与謝野鉄幹「小刺客」「明星」一九〇二年四月号、東京新詩社、二四ページ)と記されていることから推定した。
(29) 同小説九ページ。原文は総ルビだが、最小限のルビだけ残して省略した。
(30) 同小説一五ページ
(31) 同小説二四ページ
(32) 高山一彦『ジャンヌ・ダルク――歴史を生き続ける「聖女」』(岩波新書)、岩波書店、二〇〇五年九月、七―八ページ

(33) 中野重治「石川啄木について」、『詩と詩人Ⅱ』所収、合同出版、一九六八年十月（『中野重治全集』第十六巻、筑摩書房、一九九七年七月、九九ページ）
(34) 中野重治「啄木に関する断片」「驢馬」第七号、「驢馬」発行所、一九二六年十一月（同書四ページ）
(35) 田口道昭「中野重治の啄木論」「論究日本文学」第五十二号、立命館大学日本文学会、一九八九年五月。引用は田口道昭『石川啄木論攷――青年・国家・自然主義』（〔近代文学研究叢刊〕、和泉書院、二〇一七年一月）四四八―四四九ページ。以下、同。
(36) 同書四五四―四五六ページ
(37) 中野重治「文連版『啄木詩集』のために」、日本民主主義文化連盟編『啄木詩集』所収、月曜書房、一九四七年一月（前掲『中野重治全集』第十六巻、二〇ページ）
(38) 同論文（同書二〇ページ）
(39) 石川啄木『一握の砂』東雲堂、一九一〇年十二月
(40) 中野重治「石川啄木の生涯と仕事」、石川啄木、中野重治編『石川啄木集』（〔現代文豪名作全集〕第十四巻）所収、河出書房、一九五三年九月（前掲『中野重治全集』第十六巻、六五ページ）
(41) 中野重治「啄木研究のひろがりについて」「人民短歌」一九四九年七月号、新興出版社（同書四三ページ）
(42) 同論文（同書四四ページ）
(43) 中野重治「あらためて啄木を」『啄木全集』内容見本、岩波書店、一九六一年三月（前掲『中野重治全集』第十六巻、七七ページ）
(44) 中野重治「啄木のふれたアジア・アフリカと今日のアジア・アフリカ」「短歌」一九六一年四月号、角川書店（同書八〇―八一ページ）

(45) 前掲「沓掛筆記 巡査の問題」(前掲『中野重治全集』第二十八巻、七一ページ)
(46) 池田慎太郎『独立完成への苦闘——1952~1960』(「現代日本政治史」第二巻)、吉川弘文館、二〇一二年一月、一三八ページ
(47) 中野重治「四季風俗談義 三——沖縄と内灘」「知性」一九五七年三月号、河出書房(前掲『中野重治全集』第十四巻、一四五—一四六ページ)
(48) 中野重治「四季風俗談義 四——「君が代」の場合」「知性」一九五七年四月号、河出書房(同書一五六ページ)
(49) 中野重治「選挙さまざま」「図書新聞」一九五八年五月三十一日付(同書二七三ページ)
(50) 中野重治「国民感情ということ」「世界」一九六〇年六月号、岩波書店(同書四八六ページ)
(51) 同論文(同書四八七ページ)
(52) 同論文(同書四九八ページ)
(53) 中野重治「私は疑う 三」「新日本文学」一九六〇年九月号、新日本文学会(同書五一六—五一七ページ)
(54) 同論文(同書五一七ページ)
(55) 中野重治「夏から秋へ——小さくて大きい、いくつかの問題」「アカハタ」一九六〇年八月十九日付(同書五三七—五三八ページ)
(56) 谷川雁「創造者の論理」「新日本文学」一九六〇年九月号、新日本文学会、一五九ページ
(57) 中野重治「村上元三氏の「一党一派に偏してはならない」説について」「新日本文学」一九六〇年十月号、新日本文学会(前掲『中野重治全集』第十四巻、五四五ページ)
(58) 同論文(同書五四五—五四七ページ)

（59）同論文（同書五四七ページ）
（60）同論文（同書五四八ページ）
（61）村上元三「安保反対にあらざれば人間にあらざるの記」「新潮」一九六〇年八月号、新潮社、二九一―三〇ページ
（62）同論文三〇―三一ページ
（63）前掲「村上元三氏の「一党一派に偏してはならない」説について」（前掲『中野重治全集』第十四巻、五五五ページ）
（64）中野重治「岸グループと天皇グループ――安保特別委を前にして」「アカハタ」一九六〇年二月十六日付（同書四七四ページ）
（65）宮本顕治「日本共産党五十年の歴史と現実」「世界」一九七二年八月号、岩波書店、一八〇ページ
（66）中野重治「素性いかがわしきもの」「通信方位」一九七二年八月号、クラブ有声社（前掲『中野重治全集』第十五巻、五二五―五二六ページ）
（67）中野重治「伊勢市での経験ほか一題 二 あるビラの問題」「新日本文学」一九六三年三月号、新日本文学会（同書）、中野重治「縦の線」「展望」一九六四年十一月号、筑摩書房（同書）
（68）中野重治「柳田泉「天地生民の心」について」「新日本文学」一九七二年七月号、新日本文学会（前掲『中野重治全集』第二十四巻、五〇七ページ）
（69）中野重治「緊急順不同 一九六〇年の一枚の絵ビラ」「新日本文学」一九七二年八月号、新日本文学会（同書五一四ページ）
（70）中野重治「緊急順不同 安保と柳瀬、ベン・シャーン」「新日本文学」一九七二年九月号、新日本文学会（同書五一九―五二〇ページ）

# 第5章　「科学的社会主義」と少数民族の生存権

## はじめに

中野重治「プロクラスティネーション」[1]（「群像」一九六三年五―六月号、講談社。procrastination は、「先延ばし」の意）は、物語の話者で中野と重なる要素が多い安田が古い友人の鹿沢信吉から送られてきた手紙を読む場面を境に、話題が大きく変わる小説である。前半は、米ソが熾烈な核兵器開発競争を繰り広げたあげく、一九六二年十月のキューバ危機で核戦争による人類の絶滅が現実化する寸前にまでいたった状況に安田が漠然と危機感を覚えるなか、野上篤という、「アメリカ空軍の直接援助のもとで」「ここ何年か、一年を三つにわけて日本、アメリカ、グリーンランドで」働き、「去年癌で死んだ」自然科学者を中心に物語が展開する。鹿沢の手紙以後の後半では、三〇年前後以降の安田自身の身の処し方や、「一九四一年年末の大戦勃発の時のあの手紙」のこと、敗戦後の日本共産党がGHQを「解放軍」と規定することから再出発した歴史などを振り返り、いまさらながら党や共産主義運動の歴史を問い直さなければならないと決意するにいたる過程が描かれる。

ここで「あの手紙」とは、一九四二年二月に中野が菊池寛に送った、新しく設立される予定の文学団体（日本文学報国会）への入会について情報局に便宜を図ってもらえるよう懇願した手紙のことである。中野は敗戦後、情報局に勤めていた平野謙が手紙を保管していることを知って返却を求めたが、平野は「近代文学」（近代文学社）同人と会議したうえで、写しだけ送った。[2] それから十年以上もたって中野は、「プロクラスティネーション」で初めてこの手紙に言及し、その後、「甲乙丙丁」（一九六五年一月—六九年九月）で全文を公表した。

また野上は、中野と同じ旧制第四高等学校の出身者で、世界初の人工雪の製作者である中谷宇吉郎（一九〇〇—六二）をモデルに造形された人物である。[3] 作中で安田が文化映画を観賞したのと同じエピソードが、中野の「わが生涯と文学　むかしの夢いまの夢」（一九七七年八月）にも記されていて、そこに中谷の名前が出てくること、[4] 敗戦後に安田が読んだ野上の文章と中谷の文章との類似、[5] 晩年の野上と中谷の研究活動の一致から、[6] それが裏づけられる。とはいえ、野上は中野が造形した作中人物であって中谷ではない。実際、野上は終始一貫して安田から眺められる客体的存在にとどまっていて、彼の活動や思考が客観的に描かれているわけではない。そのため彼は、科学研究の軍事利用に対して中野が持続的に関心をもっていたところに、キューバ危機が重なって造形された作中人物と考えられる。

では野上を中心とする前半の物語は、物語の後半の主題とどう関係するのか。これはこの小説を読解するうえで重要な問いだが、先行研究の論点は物語の後半に集中している。(7) その要因としては、「プロクラスティネーション」が従来、「貼り紙」(一九六二年十月)、「声帯模写」(一九六四年五月)、「眺め」(一九六四年八月)などとともに、中野が「甲乙丙丁」を書くにいたる過渡的な小説の一つと見なされ、「甲乙丙丁」と別個の独立した文学作品として読解する気運が乏しかったことが挙げられる。

これに加え、一九六一年七月に開かれた共産党の第八回大会で党と中野の軋轢が表面化してから、核実験禁止条約の批准をめぐって意見の対立が決定化し、六四年九月に中野が党から除名された経緯も見逃せない。ソ連が原爆の開発に成功した四九年末、党指導者の徳田球一は、原子力を動力源にすると資本主義社会では生産過剰になって恐慌が起こるが、社会主義ソ連では砂漠や氷原など不毛の地が開拓され生産力が飛躍的に向上する、したがって原子力のエネルギーを平和利用できるのは社会主義ソ連だけだと楽天的に語った。(8) この科学万能主義的な主張の理論的基盤になったのは、敗戦後に党の科学技術テーゼ作成に関わり、「原子力の平和利用」を積極的に説いたマルクス主義物理学者・武谷三男の原子力観である。(9) その後、六〇年前後に中ソ論争が公然化すると、党はソ連に対立して中国と歩調を合わせたが、党の第八回大会で決議された「原子力問題にかんする決議」では徳田の主張が踏襲された。(10) 実際、この直後の八月末にソ連が核実験の再開を表明すると、党は全面的に支持した。これによって、日本の反核運動を担ってきた原水爆禁止日本協議会は、共産党系と社会党系・総評(日本労働組合総評議会)系に分裂、後者は協議会を脱退した。党は分裂の責任を社会党に押し付けて従来の方針を堅持し、部分的核実験禁止条約にも反対を表明した。この方針に反して条約批准を支持した参議院議員の志賀義雄と鈴木市蔵は、六四年五月の議会でそれぞれ白票と賛成票を投じたが、わずか一週間後に除名された。党が六一年の四・一七ストに反対する声明を批判して以後、急速に党との軋轢が深まっていた中野も、条約批准の是非をめぐって党と対立し、六四年九月、神山茂夫とともに除名された[11]。第3章で触れたように、中野はその後、志賀・鈴木・神山と共同で党批判を展開しながら、「日本の革命運動の伝統の革命的批判[12]」の総決算とされる「甲乙丙丁」を連載した。「プロクラスティネーション」の後半の話題に議論が集中し、前半の話題が問題視されなかったのは、こうした除名前後の事情が小説を読解する前提になっていたからである。そのため前半部については円谷真護の次の論評があるにすぎない。

さて、これまで見たように、小説『プロクラスティネーション』は、『甲乙丙丁』のモチーフを描いているといえる。その一つは、何十年来の友情と関わる党内批判―党内闘争であり、もう一つは戦前の転向問題である。しかし、この小説には、戦後転向の一タイプが描かれ、批判されていることも見逃してはなるまい。もと左翼シンパの日本人気象学者が、グリーンランドで観測や研究をしている。その仕事は、米国の対ソ戦略の一環に組み込まれている。しかしそれは、個別的・直接的には学術的な仕事である。その学者は、なんら痛痒を感ぜず、精励しているらしい。戦前のくらい転向と比べて、この戦後転向はなんと朗らかなことか[13]。

円谷はここで野上を、転向の意識さえもたない「戦後転向の一タイプ」と捉え、「戦前のくらい転向」と対比させるとともに、中野がこの小説を通じて、「戦前の転向」を暗いものにしている非転向─転向という二項対立だけでなく、それと対照的な、「朗らか」な「戦後転向」のあり方も批判したと読解している。だが中野は科学者を例に挙げなくても、「朗らか」な「戦後転向」者を身近に数多く知っていたはずである。なぜ彼らではなく野上を登場させたのか。それは、作中で安田が、二十年前は人類の破滅について語るのは観念論の滑稽だったが「今はちがう。へたをまごつくと具体的に破滅が来てしまう。ついこないだの、キューバ問題にしてからがそうだっただろう」と思う一節からうかがえる、人類絶滅が現実化しかねないことへの危機意識に、中野の関心があったからだと考えられる。

とはいえ、安田は、本当に人類が絶滅すると思ってはいない。「核戦争になっても」「人間は、かならずどこかでひと組にしろ残るだろう。そのときは、またアダム＝エヴァから出なおせばいい。そして多分、今度は、五十万年もかからないで、もっと早く共産主義にたどりつくだろう」と楽観的にさえ考える。だが安田は、同時に、「そのために人類の今の世代が亡びていいという議論は成り立つまい」「議論そのものが、哲学的に誤っている」とも思う。この議論の「哲学的誤り」は、党が掲げる「科学的社会主義」が、共産主義に到達する歴史の必然的な発展の過程で人類に犠牲が生じることを科学的に正当化する言説を指していると考えられる。実際、キューバ危機と前後して、ほかならぬ党の幹部が、似たような、「哲学的に誤っている」議論を口にしていた。核戦争阻止第八回原水禁世界大会が一九六二年八月一日から六日まで東京で開かれた後まもない時期に、党の中央委員で統一戦線部長の内野竹千代は、日高六郎がおこなったインタビューのなかで次のように語った。

内野　いくら核戦争がはじまったからといって全人類が絶滅してしまうということは、考えられないことで、私どもはそういうことはあり得ないと思います。少数のある民族が絶滅するというようなことはあるかもしれません。しかしながらそれもきわめてまれで、やっぱり戦争は他の手段による政治の継続ですから、これにもやはり限界があって、これではもう負けだとか、これで勝ったとかいうことになります。決して人類が絶滅するまでたたかうことはありません。[14]

中野は「甲乙丙丁」で、「沢崎」の名前で内野を登場させ、作中で内野の発言を三度も引用して彼の「畜生のような考え方[15]」を強く批判した。「足もとの事実 蔵原講演の発表を待つ」（一九六六年七月）でも内野の発言を引き、「仮定としてさえ考えられぬこと、考えてはならぬことが内野や宮本〔顕治〕の頭に巣くつているのかも知れない[16]」と、党内に少数民族の生存権に対する鈍感さが蔓延していることへの危機感をあらわにした。津田道夫は、「甲乙丙丁」で中野が沢崎の発言に何度も言及したことを、一九五七年十一月に世界六十四カ国の共産党・労働者党が出した共同声明「平和へのよびかけ」からの党の「変貌」を、「甲乙丙丁」という芸術作品のうえで暴露したものと評したが[17]、この指摘は「プロクラスティネーション」にも当てはまる。その場合、野上を中心とする話題は、軍との関係を断ち切らず／断ち切れず先延ばししている科学者の社会的・倫理的責任への批判と読解できる。科学者・歌人の石原純の追悼文（一九四七年二月）で、満州事変後の社会状況のなかで最も強く戦争を批判した石原がやがて、「「戦争を速かに終結せしめるために、更に有力な兵器やその他の戦闘手段を考案する」ことが科学者の人道的な道だと言いだす（一九三七年）までになった[18]」ことを痛ましく思うと語ったり、「朝鮮の細菌戦について」（一九五二年九月）でアメリカ軍の戦争犯罪を執拗に追及するなどした中野の姿勢から、それがうかがえる。

これに加えて注目したいのは、第2章で取り上げた、中野が日本朝鮮研究所でおこなった講演（一九六二年十一月掲載）で、共産主義運動のなかで日本人が、「在日朝鮮人の日本権力に対するハラからの憎悪、そこから出てくる反抗のエネルギーを非常に高く評価し、これに信頼し、これに頼ることがかなりあった[19]」ことを自己批判したのも、やはりキューバ危機と同時期だった点である。それは中野が同じ時期に、日本の共産主義運動における階級闘争の歴史と民族的連帯の歴史の両方を問い直す必要性を認識しはじめたこと、その背景に核戦争による人類の絶滅だけでなく、内野の発言に代表される、少数民族の生存権に対する「畜生のような考え方」に対しても強い危機意識があったことを示している。この意味で「プロクラスティネーション」の前半部は、「甲乙丙丁」ではほとんど消えてしまう話題にみえるが、なすべきことの引き延ばし（プロクラスティネーション）と決別しなければならないという中野の決意がどこから生じたのかを明らかにするうえで、無視できない重要性をもっている。

以上を踏まえ、本章ではまず、「プロクラスティネーション」の、野上を中心とする前半の話題が小説全体に占める位置づけを明確化し、それがどのように後半の話題に接続されるのかを考察する。そのうえで、内野の発言に代表される、「科学的社会主義」に基づく共産主義社会に到達する歴史の発展の過程で置きざりにされる少数民族の生存権の問題を考えるうえで、中野が一九五〇年代に精読したレーニンの民族自決論から大きな示唆を得たことを論証する。これを通じて、レーニン論から「プロクラスティネーション」を経て「甲乙丙丁」や七〇年代に展開される朝鮮問題まで、中野が少数民族の生存権の問題に対する認識をどのように深めていったか、その過程を明らかにしたい。

## 1 「発展」への疑念――「プロクラスティネーション」をめぐって

「プロクラスティネーション」は、一九六三年三月二十一日、安田が目覚めたところから物語が始まる。妻子はすでに外出していて、彼は洗面所で手を洗いながら、今日は風がないことに安堵する。バス道路の砂埃や水洗便所から道路の側溝に流れ込む汚物の臭いが家に入ってこないからだ。地球規模の異常気象を伝える新聞記事を読んだ彼は、テレビ台の上のビニール製の地球儀に目をやり、人工衛星や核兵器によって、人類の破滅が具体的なものになったと感じる。やがてグリーンランドが目にとまり、彼は自分と同じく、「一九一〇年代、二〇年代、三〇年代を日本でやってきた」（一七三ページ）野上を思い浮かべる。

安田は、一九三五、六年ごろに文化映画『雪国の春』の試写会後の批評会で野上の発言を聞いて共感したことや、敗戦後に彼が地球について書いた文章を読んで「反動的」と感じたことを回想する。安田は、歴史にはときに「大逆転」もあるが、核兵器はそれが不可能なほど人類を脅かすと考える。とはいえ彼は、核兵器で人類が全滅すると本気で信じてはおらず、生き残った人々とその子孫はいまより早く共産主義社会にたどり着くだろうと思う。しかし、そのためにいまの世代が亡びていいという理屈は成立しないと考える。

そこに鹿沢からの手紙が届く。「骨がらみになつたようなプロクラスティネーションに厭気がさしてきている」という嘆きを読んだ安田は、「あの手紙」のことなどを思い浮かべる。安田は、ナチス降伏後に「ベルリンドイツ中央共産党中央委員会」が出した声明やウィルヘルム・ピークの『演説論文集』を読み、敗戦直後に「日本共産党出獄同志」が出した声明「人民に訴ふ」と頭のなかで比べる。さらに彼は野上に対しても、「グリーンランドだのアメリカ空軍だのいうことでなくてきいておくことがあつた」と思い直す。それは一緒に旅行した際に野上が発した、「案外、君あ、謙遜なんだなあ……」の一言だった。安田は、なぜその場で「どこを、君は、そう見てくれるんだね……」と尋ねなかったのか、また「人民に訴ふ」に「連合軍に感謝する」云々と記されたことも、「何を今ごろつべこべ言いたくなるのか」と思い、「そのときの条件のもとでということが大事なのだ」「煮えている現場ででなければすべてはプロクラだ」と自己批判する。そして、「これから私がプロクラでなくなろうとすることにたいして茶々を入れぬでください」（一九八ページ）と心のなかで決意する。

この結末から、前半と後半の話題が有機的に連関していることは明らかである。では、この小説で野上は何を表象しているのか。それは先に述べたように、科学研究という社会の発展のための手段が軍、特にアメリカ軍の戦略によって目的化されることに対する、科学者の無自覚さである。それは作中で様々な対比を通じて反復される。

たとえば野上はあるとき安田に、グリーンランドの氷雪の下に街が作られ、多くの人々が住んでいること、「埃ってものが第一ないんだから。それやきれいだよ。隙間風なんてものもはいりやしない。ジャンパーで仕事だ」（一七四ページ）と屈託なく話す。それは現実の政治的利害と無縁なところで純粋に研究に喜びを見いだす科学者の姿そのものである。だがいうまでもなくアメリカ軍は、野上の研究欲を満たすために資金を出しているのではない。たとえ彼の研究が基礎研究だとしても、アメリカ軍が軍事兵器への転用可能性を期待しないはずがない。安田の考えどおり、「そこでの研究、実験、観測は、大きな目やすでアメリカの反ソ戦略体系」の一翼を担っていることは間違いなく、「極の下の海を潜ってあるいてる」アメリカの原子力潜水艦が核ミサイルを発射すれば、「安田というゴミのような姿での人類」など「一丁あがり」（一九四ページ）になってしまう。自分の研究の先に可能性として置かれている「人類の破滅」を、野上が自分なりにどう合理化し納得しているのか、安田は尋ねたいと思う。

安田のこの問いは、野上の心中では、文化映画の批評会で木立の根元の雪が溶ける場面に言及したことにみられた極小への関心と、安田が「反動的」だと感じた、コンパスと鉛筆で地球を描くと鉛筆の太さのなかにエヴェレストも日本海溝も収まるという文章に示された極大への抽象力とが、「アメリカの反ソ戦略体系」に組み込まれるなかで、どう釣り合いを取っているのか尋ねたいと言い換えられる。むろん安田は、ある科学者が「ソ連を取りまくアメリカの軍事基地網のなかの重要な一点ではたらいている」からといって、ただちにその人の研究や人柄をアメリカ帝国主義に結びつけるのは愚かで危険なことと承知している。しかし現実には「直線的機械的が、さつさつとわけ知り顔を飛びこしている」事例がいくつもあり、野上の「反動的」（一七七―一七八ページ）な文章もその徴候の一つではないかと疑ってしまう。

中野は「詩に関する断片」（一九二六年六月・二七年一月）で、「微小なるものへの関心が必要である[20]」と主張したが、彼にとって微小なものへの関心は日常的で具体的な事柄と結びついている。その態度はこの小説にも受け継がれている。それがよくあらわれているのは、風で家に流れ込んでくる汚物の臭いと、水洗便所への改修を促す看板やマナー向上を訴える注意書きとの対比である。オリンピックを前に、日本政府が先頭に立って、首都圏をはじめ全国各地で都市開発やインフラの整備が大規模に進められ、市民にマナー向上が呼びかけられた。その変化が市民の住環境の改善を目的におこなわれるなら頭から否定されるものではないが、安田宅の一帯のように住環境が悪化した地域がある。市民を置き去りにしてオリンピックに向けた都市開発に科学研究の成果が総動員されているのだ。同じことが核兵器の開発にもいえる。自分たちの研究成果が、人々の生活向上どころか人類の絶滅を可能にする兵器を開発するために用いられる。それによって、世界史の発展に、ときに大逆転をもたらす、「あともどりの大跳躍」が不可能な事態が現実化していく。

あるところでは「あともどり」がある。ほかのところではそれがない。ある部分での「あともどり」は、他の部分をどつと前進させる。「あともどり」区域そのもののなかにさえ、それの対立物をそれは生みだす。こうして、逆転は全体として取りもどされる。それは利息をつけて取りかえされる。しかし今度のでは、そうは行くまいぞ。社会主義と資本主義、資本家階級と労働者階級、帝国主義と反帝国主義、戦争と平和、隷属と独立、それをごちやまぜにして含むアンサンブルとしての世界ということではほとんど同じでも、今度は、ボタンひとつで、労働者が資本家と、平和が戦争と、全くの悪平等でいつしよに蒸発させられてしまう。

（一八〇ページ）

「「あともどりの大跳躍」なしに世界史が進むと考えるのは、弁証法的でもなければ科学的でもない」。それなら「ボタンひとつで、労働者が資本家と、平和が戦争と、全くの悪平等でいつしよに蒸発させられてしま」いかねない状況への対策を先延ばしするのは、弁証法や科学的思考から最も遠いあり方である。この点を科学者はどう考えているのか――ここに、「何で野上が、アメリカ空軍の直接援助のもとでのその仕事〔グリーンランドでの地質調査〕をやる気になつたのか」という安田の問いがつながってくる。

こうして「プロクラスティネーション」の前半では、現実に生活している人々という「微小なるもの」を抽象的な「ゴミのような人類」にしてしまう方向に進んでいる社会の「発展」と、その危機的な状況に向き合わず、問題の解決を先延ばしにしている科学者の姿勢に対する安田の疑念が、野上の研究と安田自身の日常生活や実感との対比を通じて問い直される。しかし実は、安田も野上とは別の形で、いつのまにか「微小なるもの」から乖離していたのである。それを彼に気づかせる契機が、鹿沢が手紙に記した「プロクラスティネーション」の一言だった。

鹿沢の手紙を読んだ安田の頭に真っ先に思い浮かんだのは、「あの手紙」である。彼はそのなかに、自分の「弱さと卑屈」が「露骨に書きとめられ」ていることを認めながらも、それを彼個人の問題としてだけでなく、一般的なものとして捉えなければならないと考える。それは具体的には、「民主的諸勢力のかたい団結」がなかった、団結が不可能だったという歴史的条件のもとで「あの手紙」が書かれたことの意味を、彼個人の性情の問題として終わらせるのではなく、日本共産党の歴史のなかで検討しなければならないということである。ここから彼は、ベルリンドイツ共産党中央委員会の声明の写真コピーやピークの『演説論文集』を読み、頭のなかで日本共産党の「人民に訴ふ」の文章と比較する。

ドイツ共産党の指導者は第一声で、自分たちが「ヒトラー主義という姿を取った人種的偏見の気違い沙汰と諸民族絶滅策とにうち勝つ」だけの統一戦線を構築できなかった責任を告白した。これに対し、日本共産党の指導者の第一声には、連合軍への感謝と「いま釈放されて出てきたわれわれこそがほんものなのである」という自負はあっても、自らの手で天皇制を打倒できず、統一戦線を組織できなかった責任への言及はなかった。

安田は、日本とドイツで党や指導者が置かれた状況の差異に鑑みて、「日本共産党出獄同志」を誰が責められるか、「何もかも引きうけてしまってはならぬが安田たち自身の責任に結局は帰する性質のものだ」と思うが、何か引っかかるものを感じざるをえない。彼はこの差異を、「国民性だの民族的伝統だのいうものがあってのことなのか、そんなものではないのか」と考えながら、「一

九三六、七、八年という時分のことを」顧みてあれこれ自問自答する。それを通じて、「一歩踏みこむという気組みがこつちになかつた」（一九六ページ）ことを痛感し、最後にこれから「プロクラ」でなくなろうと決意する。

「一歩踏みこむという気組みがこつちになかつた」こと——これが物語の後半で展開される、すべきことの先延ばし（プロクラスティネーション）という主題の核心である。安田はいままで「一歩踏みこ」まなかったことで、自分には、「人民に訴ふ」に始まる敗戦後の党の活動だけでなく、出獄同志の第一声が「人民に訴ふ」という形をとったことに対しても、ある程度の責任があると感じる。それはいままで彼が、自ら「あの手紙」に「一歩踏みこ」んでこなかったことと表裏一体の関係にある。

ここで重要なことは、安田がこの「プロクラ」状態から脱するためには、自分をその状態に置き続けてきた過去の条件を検証するための資料が不可欠だという点である。これは自明の事柄だが、意識的に資料を保存することは容易ではない。個人の経歴を問い直す際に何が重要な資料になるかは、事後にしかわからない場合が多いからである。安田が思い出した、「案外、君あ、謙遜なんだなあ……」という野上の一言は、まさにそのような事例である。安田の手紙は「さいわい」「人の手で保存されてきた」（一八六ページ）から、その写しをもらって読むことができた。しかし野上の発言の真意は彼の死によって永久に葬られた。あるいは、安田がその場で野上の意図を尋ねなかったときに失われた。そればかりか、安田が野上の一言について誰にも何も言わずに死ねば、安田が野上にプロクラスティネーションを感じた事実自体がなかったことになってしまう。党の歴史も、議事録や決議文などの資料が失われてしまえば、同様の事態が起こる。そうなれば「あの手紙」が党のどのような歴史的条件のもとで書かれたのかが検証できなくなり、安田個人の性情の問題に矮小化されてしまう。また現在の社会が、歴史のどの段階にあるのかも、それを踏まえてどの方向に進めばいいかも問い直せなくなってしまう。

資料なしに歴史は検証できないという当然の事実の重要性を、中野が初めて共産主義（文学）運動と関連づけて自覚したのは一九五〇年代半ば、『レーニン全集』付録「研究のしおり」に連載していた「素人の読み方」を書くために全集を読んだ際、「一歩前進、二歩後退」が「ロシア社会民主労働党第二回大会の議事録の研究[21]」であることに気づいたときだった。

ロシアの社会民主主義者たちが、ひどい条件のなかで、いかに厳密に議事録をつくってきたか、いかに大事にそれを保存してきたか、事の決着をそれによって、その研究によって、いかに具体的に、また理論的につけてきたかというその事実だった。私は、〔スターリンの〕「トロツキー主義かレーニン主義か」と「一歩前進、二歩後退」とだけでこう書いたが、議事録を取ること、それを保存すること、それを根拠として論をすすめることを、ロシアの社会民主主義者がいかにそもそもの初めから大事に扱ってきたかをここでこれ以上書く必要はなかろうと思う。そしてそれが、組織は過渡的に非合法であろうとも、問題そのものは公衆のものだという彼らの信念に基いていたろうことも改めて言う必要はあるまい[22]。

中野は、「日本では、会議の議事録というものをまだまだ軽く見ているのではないか。議事録というものを、私くらいの程度に軽く見ているものが日本ではまだまだ多いのではないか」[23]と問うた。彼にとって、党が非合法組織だった時代に、党活動に関わる資料を残すなど考えられない事態だった。党組織や活動家を守るために当然の処置だったからだ。しかし資料は廃棄するのが当然という考えの背後には、ロシアの社会民主主義者たちがもっていた、問題そのものは公衆のものだという「信念」がなかった事実が隠れていた。この「信念」の欠落が敗戦後に「人民に訴ふ」を生み出し、現在にいたるまでの党や共産主義（文学）運動が、プロクラスティネーションの状態からの脱却を不可能にしてしまう方向に「発展」する要因になった。物語の最後でふたたび野上をめぐる話題を描いたのは、中野がこうした状況に強い危機意識をもったからだと考えられる。

　こうして、鹿沢の手紙に始まる党の歴史への問い直しをめぐる話題が、物語の最後であらためて野上をめぐる話題に接続されることによって、前半の話題が、科学者の社会的・倫理的責任への問いにとどまらず、資本主義から社会主義を経て共産主義に達するという、世界各国の共産党が共通に掲げる「科学的社会主義」に基づく歴史の「発展」の必然性への問い直しにつながるものだったことが明らかになる。内野の発言に代表される少数民族の生存権への軽視や、在日朝鮮人の反抗のエネルギーを日本人が利用してきたことに対する党の無関心と表裏一体の関係にある、この「科学的社会主義」に基づく発展史観への中野の疑念こそ、従来の中野研究が見過ごしてきた「プロクラスティネーション」の物語全体を貫く主題にほかならない。そしてこの疑念を問い直す際に中野の導きの糸になったのがレーニンの民族自決論——ローザ・ルクセンブルクがユニウスの筆名で発表した「社会民主党の危機」（一九一六年春。以下、「ユニウスの小冊子」と表記）を厳しく批判した

「ユニウスの小冊子について」（一九一六年十月）や、病床で口述筆記した一連の覚書、特に「少数民族の問題または「自治共和国化」の問題によせて」（一九二二年十二月三十―三十一日）だった。実際、野上との関連で安田が思い浮かべた「帝国主義戦争と民族戦争との転化関係」を扱った「ある議論」が「ユニウスの小冊子について」であることは、両者を比較すれば一目瞭然である。

> もしこの戦争〔第一次世界大戦〕でドイツが勝つとして、そこでヨーロッパにドイツへの隷属国ができるとしたら――隷属国というのを安田は複数で想像したが――そのときはヨーロッパに大きな民族戦争の起きる可能性がある。むろんこんなことは、もしそんなことが起きるとすれば、ブルジョア的ヨーロッパの発展のなかでえらい後退であるにちがいない。そんなことはありそうにもない。たぶんないだろう。また社会民主主義者としては、あらせてならぬことでもある。けれども、絶対ありえぬと決めてかかることはできまい。歴史というものは、つるつる、順序にしたがつて辷（すべ）つて行くものではない。ときには大逆転がある。それなしに、そんな「あともどりの大跳躍」なしに世界史が進むと考えるのは、弁証法的でもなければ科学的でもない……
>
> （「プロクラスティネーション」一七九ページ）

もしヨーロッパのプロレタリアートがこんご二〇年ちかくも無力でいれば、またもし現在の戦争がナポレオン戦争のような勝利におわり、生活力のある多くの民族国家の隷属化におわるなら、またもしヨーロッパ以外の帝国主義〔第一に日本およびアメリカの帝国主義〕が、たとえば日米戦争のおかげで、社会主義にうつらないで、同じく二〇年ちかくももちこたえるとすれば、そのときには、ヨーロッパにおける一大民族戦争も可能であろう。こういうことは、ヨーロッパの発展の数十年もの後退であろう。これは、ありそうもないことである。しかし、不可能ではない。なぜなら、ときどきはあともどりの大跳躍をすることなく、なめらかに、きちんと前進していく世界史を考えることは、非弁証法的であり、非科学的であり、理論的に正しくないからである。[24]

（「ユニウスの小冊子について」）

この引用から、中野が、少数民族の生存権の問題についてレーニンから大きな示唆を得ていたこと、それが内野の発言への強い批判につながったことがわかる。では中野はレーニンの民族自決論からどのように学んだのか。次節ではこの疑問を、「被圧迫民族の文学」（一九五四年四月）を発表してまもなく中野が連載を始めた「素人の読み方」というレーニン論に遡行して考察を進めたい。

## 2 被圧迫民族への〈償い〉——「素人の読み方」を手がかりに

「素人の読み方」は、レーニン全集の「月報」第十一集（一九五五年七月）から連載が始まった。連載にあたって中野は全集を精読し、レーニンとロシア文学、議事録の問題、革命勢力の分裂を防ぎながらレーニンが運動を展開させていく姿と彼とともに歩んだロシア人たちの「強さ」、宗教問題、民族問題、ドイツから帰国する際に乗った「封印列車」など、多岐にわたる話題を随筆風に記し、レーニンの人間的な魅力を読者に伝えた。しかし中野に何の通知もなく、連載は第三十五集(一九六〇年三月)で打ち切られた。それから約十年後、中野は新たに、「レーニン素人の読み方」と題する連載を、「展望」(筑摩書房)一九七一年七月から七三年一月までおこなった。こちらは「素人の読み方」とは調子ががらりと変わっていて、レーニンを素材にしながら日本共産党の官僚主義的硬直化を強い調子で批判するものになっている。連載後、中野は両者を合わせて『レーニン素人の読み方』(一九七三年十二月)の題名で出版した。[25]

このように、「レーニン素人の読み方」は「素人の読み方」の続きではなく、体裁上はもちろん内容的にも別の論といっていいが、従来の研究ではもっぱら「レーニン素人の読み方」に関心が集中し、「素人の読み方」は「レーニン素人の読み方」で展開された党批判の主張を補足する形で言及されてきたにすぎない。[26]中野はあるとき松下裕に、「民族問題はいわば最後の問題だよ」と語ったというが、[27]現在まで中野のこの発言に込めたものをレーニン論に即して考察した研究はない。しかし一九七〇年代に、中野が在日朝鮮人や被差別部落民、沖縄人、アイヌたちの問題を集中的に取り上げたことを考慮すると、彼のレーニン論は、彼の先の発言に込められたものを明らかにするうえで、真剣に検討するに値する。

さて、民族問題に関わるレーニンの著作のうち、「素人の読み方」で言及されているのは、「大ロシア人の民族的誇りについて」(一九一四年十二月)、「ユニウスの小冊子について」「少数民族の問題または「自治共和国化」の問題によせて」の三本である。これらはいずれも、大ロシア人というロシア―ソ連の民族的マジョリティの立場から、レーニンが民族自決権について論じたものである。日本人という、日本のやはり民族的マジョリティである中野は、レーニンの主張から何を得たのだろうか。

「大ロシア人の民族的誇りについて」は、「ヨーロッパの最東部とアジアのかなり大きな部分とをしめる大国民族の代表者」である「大ロシア人」――レーニンは自身を大ロシア人の一員に位置づけている――の「自覚したプロレタリアート」に「民族的誇りの感情」は縁がないものと考える通説を否定し、大ロシア人は「民族的誇りの感情にみちあふれている」からこそ、自分たちの奴隷的な過去と現在を憎むのであり、「あらゆる戦争におけるツァーリズムの敗北をのぞむことなしに、「祖国を擁護する」ことはできない[28]」と訴えたものである。レーニンは「大ロシア人のプロレタリアートの社会主義的役割」について次のように主張した。

> プロレタリアートの革命のためには、もっとも完全な民族的平等と友愛の精神で、労働者を長期にわたって教育することが必要である。したがって、大ロシア人に抑圧されている、すべての民族の完全な平等と自決権とを、このうえなく断固として、一貫して、大胆に、革命的に擁護するように、大衆を長期にわたって教育することが、ほかならぬ大ロシア人のプロレタリアートの利益からみて必要なのである[29]。

これに対して日本共産党の党員や同伴者は、帝国主義戦争と植民地支配に反対するスローガンを掲げて活動しながら、「ツァーリズムの敗北をのぞむことなしに、「祖国を擁護する」」どころか、天皇制への転向を通じて「祖国」をプロレタリアートの利益から引きはがすのにこのうえなく寄与した。また（在日）朝鮮人党員や同伴者が有する民族的独自性を尊重することもなかった。多くの人が民族的連帯を読み込んだ「雨の降る品川駅」（一九二九年二月）の作者である中野も、「すべての民族の完全な平等と自決権とを」「革命的に擁護するように、大衆を長期にわたって教育する」必要性への自覚が不十分だった。これらの点で、彼を含む日本人党員には、民族的マジョリティたる日本人「のプロレタリアートの社会主義的役割」への意識が決定的に欠落していた。このように自分と党の歴史を顧みた中野の目に、「自由と社会主義のための闘争」に覚醒しつつある大ロシア人のプロレタリアートと、彼らへの民族的信頼のうえに革命運動を実行していくレーニンの姿がまぶしく映ったことは想像に難くない。「実行はどこかでの実行というほかにはないだろう。実行一般ではなくてロシアでの実行、それも実行の「問題」というのでなくて実際にやってきた「ロシアでの実行の経験」、彼ら自身の経験（これには学問的経験ということもはいる。）ということがたえず彼らの考え方に土台としてあったにちがいない[30]」。そして中野の考えでは、レーニンが、レフ・トルストイやニコライ・チェルヌイシェフスキーなどの文学を誇った――中野は「素人の読み方」連載第一回で、「レーニンがいかに文学的だったか、いかにレーニンが、第十八、十九世紀ロシア文学のただなかから生れてきたような人間だったか[31]」と記している――のも、レーニンや彼とともに歩んでいる大ロシアの人々が実行しつつある革命運動をとおしてだった。「彼らを誇りにするということは、ここで、レーニンがその後その道をいつそう発展させて歩いているということの反映だつた。またそのことの自覚の或る種の表現だつた[32]」

中野の考えでは、この自覚がレーニンや多くのボリシェヴィキたちにあったからこそ書かれたのが、「ユニウスの小冊子について」だった。この小冊子「社会民主党の危機」は、第一次世界大戦勃発後に戦争支持に転じ、第二インターナショナルの崩壊をもたらしたドイツ社会民主党の態度変更を厳しく批判したものである。レーニンは、ユニウスの主張を、「ブルジョアジーとユンカー〔東部ドイツの地主貴族〕のがわに移行した旧ドイツ社会民主党にたいする闘争において、疑いもなく偉大な役割をはたしたし、またこれからもはたすことであろう」と高く評価しながらも、「一九一四年から一九一六年にかけて国内(ママ)でロシア語で印刷された社会民主党の文献に通じているロシアの読者には」「原則的にはなにも新しいものを提供して」おらず、「二つの誤りをおかしている[33]」と批判した。中野はレーニンがいう「二つの誤り」についても何も触れておらず、レーニンの批判に共感する発言をおこなうにとどまっている――「ユニウスの小冊子について」を以前に読んだときも、今回あらためて読み返したときも、レーニンがユニウスに酷な感じがしたが、彼が何に苛立っているかはわかったように思う。「ロシアであれだけ考えぬき、あれだけはつきり定式化し、あれだけ実行し、そしてここまで漕ぎつけてきた時も時に、横あいから何でそんな中途半端な口を入れるのだ。しかもロシアの経験は、ユニウスが口を出さずにいられなくなつたそのドイツの状態に、しかもユニウスが問題をそこへ持つて行こうとするその方向でほとんどそのまま原則的に適用することができるのだ。それがわからぬで、何をこの革命的秀才が、せつかくの仕事を台なしにしてしまいかねぬ調子で言いだすのだ……といつた気持ちがレーニンにあつただろうかと思う[34]」

だが石堂清倫が述べたように、中野が「訳者団の誰よりもふかく読んだといってもよいほど」「各巻のレーニンをじつに綿密に読」んだ(35)ことを考慮すると、レーニンがいう「二つの誤り」に対する批判の内実を自分なりに咀嚼しないまま、レーニンに理解を示したとは考えられない。そこで中野のレーニンの立場への共感を理解するため、ユニウスの小冊子に対するレーニンの批判の要点を概観しよう。

レーニンが述べた「二つの誤り」の一つは、ユニウスの小冊子の付録「国際社会民主党の任務に関する指針」の第五テーゼ「帝国主義の時代にあっては、もはや、民族戦争なるものはまったく存在しない(36)」である。もう一つはユニウスが、ドイツの社会民主党の、「われわれは、まさに、わが国民のために、戦争による流血の犠牲をできるだけ少なくするためにこそ「国土の防衛」に協力し、それを支持しなければならぬ」という「愛国的」な決議が、逆説的に、「帝国主義戦争は、後顧のうれいなく、その狂暴さを発揮でき(37)」る結果をもたらしたと批判し、「愛国的防衛戦争という概念そのものが、純粋なフィクション、総体とその世界的諸関係の歴史的把握のすべてを狂わせるフィクション(38)」でしかないと主張することで、別な形で戦争の「祖国防衛」の性格を見損なった点である。

レーニンは第五テーゼに、「民族戦争は帝国主義戦争に転化しうるし、その逆もありうる」と反論し、フランス革命からナポレオンのクーデターにいたる過程を例に挙げた。

たとえばフランス大革命の諸戦争は民族戦争としてはじまったし、またそういう戦争であった。

これらの戦争は革命的であった。すなわち、反革命的な諸君主国の連合にたいして大革命を擁護したのである。ところが、ナポレオンが、ずっとまえに形づくられた、生活力のある、大きなヨーロッパの民族国家をいくつも隷属させて、フランス帝国を創建したとき、フランスの民族戦争は帝国主義戦争となり、後者はついでナポレオンの帝国主義に反対する民族解放戦争を生みだした[39]。

レーニンはさらに、「帝国主義の時代には、植民地と半植民地による民族戦争は、ありそうなばかりか、不可避的である。（略）植民地の民族解放政治の継続は、不可避的に植民地が帝国主義にたいして行う民族戦争となるであろう[40]」と述べ、「ときどきはあともどりの大跳躍をすることなく、なめらかに、きちんと前進していく世界史を考えることは、非弁証法的であり、非科学的であり、理論的に正しくない」と、ユニウスの歴史観を批判した。

ユニウスに対するレーニンのもう一つの批判は、何ものから、誰の「祖国」を擁護すべきかという点に関わる。ユニウスが、愛国防衛戦争はフィクションにすぎないと主張したのは、帝国主義戦争では外国の侵入者からブルジョアジーの利益を守るために「愛国」「祖国防衛」のスローガンが掲げられるからである。したがって「侵略と階級闘争は、ブルジョアの歴史のなかで、官製の作り話のいうように対立しあうものではなく、一つのものであり、互いが他の手段であり、他の発現なのである[41]」。レーニンが主張する民族自決権も同様に、ユニウスの考えでは、「支配階級のみを民族とみなすような、一箇のブルジョア政治家のみが、植民地国家一般において、「民族自決」などということを、云々しうるにすぎない」[42]。これに対してレーニンは、帝国主義戦争を内乱に転化することによって、自国の支配階級からプロレタリアートの「祖国」を防衛することこそ社会主義者の任務にほかならないと主張した。「この戦争が強盗的、奴隷所有者的、反動的な性格のものであるから、またこの戦争にたいして社会主義のための内乱を対置する（またこの戦争を内乱に転化しようと努力する）ことが可能であり必要であるから、プロレタリアートはこの帝国主義戦争で祖国を擁護することに反対」[43]しなければならないのである。レーニンをはじめ、「大ロシア人」の「自覚したプロレタリアート」にとって、ツァーリ（ロシア皇帝）が支配するロシアは、自分たちが愛すべき「祖国」ではない。だからツァーリが引き起こした帝国主義戦争から、「大ロシア人」が、「自覚したプロレタリアート」にとっての「祖国」であるロシアを防衛するために帝国主義戦争を内乱に転化し、プロレタリアートが政権を奪取する必要があるのだ。

以上を踏まえると、中野のレーニンへの共感は、「大ロシア人の民族的誇りについて」と同様、民族的マジョリティとしての大ロシア人の立場から、「レーニンたちがどれほどロシアそのものに執していたか」[44]という点にあったことが明らかになる。彼はそれを通じて、日本人の自分たちが、レーニンと同じ民族的マジョリティでありながら、どれほど日本そのものに執してこなかったかを顧みたのである。

中野が最後に取り上げたレーニンの民族自決論は、「少数民族の問題または「自治共和国化」の問題によせて」と題された一連の覚書である。中野はこれを読み、続いてスターリンの「グルジアおよび外カフカーズにおける共産主義の当面の任務について」（一九二一年六月）や「十月革命とロシア共産主義者の民族政策」（一九二二年十一月）などを読んで「いくらか異様なあるものを感じた。（略）私の知らなかったことがそこで問題となっていたからだった」[45]。ここで中野が知らなかった問題というのは、グルジア事件を通じて決定化した、「自治共和国化」をめぐるレーニンとスターリンの路線対立である。

グルジアはロシア革命後の一九一八年五月、メンシェヴィキの指導のもとでロシアからの独立を宣言した。しかしスターリンとグリゴリー・オルジョニキーゼ（グルジア共産党指導者でスターリンの右腕）の主導で二一年二月から三月にかけて赤軍がグルジアに侵攻、レーニンもいったんは介入を承認した。しかしチェカー（共産党の秘密警察）初代長官のフェリックス・ゼルジンスキーを通じて、スターリンやオルジョニキーゼが肉体的暴力を用いてグルジアの「自治共和国化」を進めている状況を知ると、「「自治共和国化」の企ては根本的にまちがっており、時宜をえないものであった」[46]と強い懸念を示した。

民族自決権を原則とするレーニンには、グルジアを「自治共和国化」する企ては容認できなかった。中野は、グルジア事件が意味するものを理解できないながらも、「この民族問題というのはほんとに日本人に苦手なのではないだろうか。民族問題なんというものは、われわれは一般に、それほど真剣には考えずにやってきたのではなかったろうか」[47]と自問し、「レーニンがこの問題で異常に心配し」「ほとんど心が病んでいるほどでさえあるらしい」と推測した[48]。

ところで、レーニンにとって民族自決権と民族自治はどう異なるのか。この点に関して重要なことは、レーニンが、民族自決権の最も重要な原則が分離の自由にあると考えたことである。彼はそれを離婚の自由になぞらえて次のように説明した。

ローザ・ルクセンブルグは、その論文〔『民族問題と自治』〕で、中央集権的民主主義国家は、個々の部分の自治を十分にみとめるとともに、すべてのもっとも重要な立法部門（その一つとして離婚についての立法をもふくめて）を中央議会の所管のもとに留保すべきである、と述べている。民主主義国家の中央権力が離婚の自由を保障しようという心づかいは、まったく理解できることである。反動派は離婚の自由に反対し、この問題を「慎重に取りあつかう」ように呼びかけ、またこれは「家庭の分解」を意味するとさけんでいる。だが、民主主義者はつぎのように考える、――反動派は偽善者ぶってるが、実際には警察と官僚制度の無制限の権力、男性の特権と婦人にたいする最悪の抑圧を擁護しているのだ――離婚の自由は、実際には家庭の絆（きずな）の「分解」を意味するものではなく、逆にそれを文明社会で唯一の可能な、堅固な民主主義的基礎にもとづいて強化するものである、と。

自決の自由、すなわち分離の自由を支持するものを、分離主義を奨励するものだといって責めることは、離婚の自由を支持するものを、家庭の絆の破壊を奨励するものだと責めるのと同様に、ばかげたことであり、偽善である。ブルジョア社会で離婚の自由に反対するものが、ブルジョア的結婚のよって立つ特権と金次第であることとの擁護者であるのと同じように、資本主義国家で、自決の自由、すなわち民族の分離の自由を否決することは、支配民族の特権と民主主義的統治方法をふみにじる警察的統治方法を擁護することである。(49)

レーニンの考えでは、分離の自由は民主主義的に獲得ないし分配されるべきものではなく、すべての民族が無条件に有する権利である。諸民族に等しく分離の権利を認めることなしに、民族的マジョリティたる大ロシア民族の、ほかの民族に対する支配権や優越権を否定することはできない。そして大ロシア民族が自らこの特権を否定することではじめて、諸民族のインターナショナルな結合が可能になる。

民族自決権とは、もっぱら政治的意味での独立権を、抑圧民族から自由に政治的に分離する権利を、意味するだけである。具体的には、政治的民主主義のこの要求は、分離のための煽動をおこなう完全な自由を意味し、分離しようとしている民族の人民投票によって分離問題を決定することを意味する。だから、この要求は決して分離、細分、小国家の形成の要求と同じではない。この要求は、あらゆる民族的抑圧にたいする闘争の首尾一貫した表現を意味するにすぎない。民族主義的な国家制度が分離の完全な自由に近づけば近づくほど、実際には、分離の要求はそれだけすくなくなり、弱くなるであろう。というのは、経済上の進歩の見地からしても、大衆の利益の見地からしても、大国家が有利なことは疑いなく、これらの利点はすべて資本主義の発展とともに増大するからである。(50)

レーニンが「分離の権利」をいかに重視したかは、一九一七年六月に刊行されたロシア社会民主労働党綱領の改正草案の、「国家の構成にくわわるすべての民族は自決権をもつ」の文言を、彼が「国家の構成にくわわるすべての民族は、自由に分離し、自身の国家を形成する権利をもつ」と書き換えた[51]ことにうかがえる。しかし十月革命で権力を奪取したのち、レーニンが少数民族の民族自決権を認め、ソ連からの独立を容認することはなかった。事実は完全にその逆だった。そして中野も一九六八年のソ連のチェコスロヴァキア侵攻を支持したように[52]、少数民族の民族自決権を認める姿勢を貫徹させられなかった。それでも中野が「少数民族の問題または「自治共和国化」の問題によせて」を受けてあらためて考え直そうとしたのが、大ロシア人の民族的特権の否定という課題だったことは看過できない。中野がレーニンの心情を共感をもって推察しえたのは、それが「被圧迫民族の文学」で自分が提起した課題に通じるものだったからにほかならない。中野がレーニンの覚書から長々と引用した文章からも、彼の関心の重心がどこにあったかが如実に伝わってくる。

> 抑圧民族の民族主義と被抑圧民族の民族主義、大民族の民族主義と小民族の民族主義とを区別することが必要である。
>
> 　このあとのほうの民族主義にたいして、われわれ大民族に属するものは、歴史的実践のうちで、ほとんどつねに数かぎりない強制の罪をおかしている。それどころか——自分では気づかずに、数かぎりない暴行や侮辱をおかしているものである。（略）
>
> 　だから、抑圧民族、すなわち、いわゆる「強大」民族（略）にとっての国際主義とは、諸民族の形式的平等をまもるだけでなく、生活のうちに現実に生じている不平等にたいする抑圧民

族、大民族のつぐないとなるような、不平等をしのぶことでなければならない。（略）
プロレタリアにとってはなにが重要か？　プロレタリアにとって重要であるばかりか、ぜひとも必要なことは、プロレタリア階級闘争にたいする異民族の最大限の信頼を確保することである。このためにはなにが必要か？　このためには、歴史上の過去に異民族が「強大」民族の政府からこうむった不信、疑惑、侮辱を、異民族にたいするその態度により、その譲歩によってなんとかしてつぐなうことが必要である。
（略）民族的不公正ほど、プロレタリア的階級連帯の発展と強固さを阻害するものはなく、また平等の侵害――たとえ不注意によるばあいでさえ、たとえ冗談だとしてでさえ――ほど、自分の同志であるプロレタリアによってこの平等が侵害されることほど、「侮辱された」民族の人々の心にするどくひびくものはないからである。そこで、このばあいには、少数民族にたいする譲歩とおだやかさの点で行きすぎるほうが、行きたりないよりはましである。(53)

中野がこれらの文章に注目した背景には、日本人が、「抑圧民族の民族主義と被抑圧民族の民族主義、大民族の民族主義と小民族の民族主義」とを区別し、後者に譲歩して数限りない暴行や侮辱の歴史を償う必要性を、いまなお感じないままでいる状況があった。当時、日本国内で盛り上がっていた北朝鮮への帰国事業に対して、ある日本人が新聞に投書した次の文章からも、それがうかがえる。

朝鮮総連は日赤の『帰還案内』に反対を唱え申請拒否を行ない、民団は民団で北送反対を叫び、妨害の挙に出ているという。私は一日本人として、両者ともいい加減にせよといわざるを得ない。朝鮮人諸君はいったいここをどこの国だと思っているのか。

自由日本の民主主義と寛容さになれて少し思い上っていないか。日本が北朝鮮帰還をここまで漕ぎつけるにはどのくらい誠意をつくし、忍耐と努力を重ねてきたか、それは総連の人たちも十分すぎるくらい知っているはずだ。いまここで方法上若干の不満があるにしても、それによって拒否することは帰還希望者自身のために取らないことだ。

われわれ日本人が日赤の背後で帰還者がどうか無事に、かつ元気に帰り着くよう温かい心を持って見守っていることを忘れてもらいたくない。(54)

この投書者が帰国事業に一定の理解を示し、北朝鮮に旅立つ在日朝鮮人に共感をもっていることは否定できない。しかし日本赤十字社が帰国事業の実現に動いてきたこと、それが示す近代日韓関係および在日朝鮮人社会に加えられた政治的抑圧が意味するものをまったく知らないまま、総聯や民団(在日本大韓民国民団)の動きを党派的対立ないしわがまま、としか感じていない。彼には、在日朝鮮人が、日本の植民地支配の過程で余儀なく〈内地〉—日本国内に来ざるをえなかった人々であること、それゆえ日本人の許可や意志などに関係なく、日本から分離する自由を本来的に有している民族だという発想がないのである。この意味で投書者の苛立ちには、一九四八年四月の阪神教育闘争を非難した「朝日評論」巻頭言(第1章を参照)と何ら変わらない、朝鮮人に対する日本人の民族的優越感が見事に露呈している。中野が、「在日朝鮮人帰国の問題が、日本政府とジュネーヴ勢力との妨害でこじれてきた当時、日本人のなかからこういう反応が見えてきたことは、残念というよりも日本人の心理問題として考えてみるのに値するだろう[55]」と語った際に念頭に置いたのは、この民族的優越感である。しかしこの状態にとどまるかぎり、日本人が「プロレタリア階級闘争にたいする異民族の最大限の信頼を確保すること」は永遠に不可能であり、不注意や冗談だったとしても、在日朝鮮人の民族的平等を侵害する行為を根本的に改めることはできない。

こうして「素人の読み方」に遡行して、レーニンの民族自決論に対する中野の関心の所在を明らかにすることで、「プロクラスティネーション」や「甲乙丙丁」「足下の事実」などで、中野がなぜあれほど繰り返し、内野の発言に集約的に表現された、「哲学的に誤つている」主張を批判したかの理由がよくわかる。日本人という抑圧民族、大民族の一員であるという大国意識なしには決して口にできないものだからだ。「被圧迫民族の文学」は、多くの日本人が無自覚的に深く抱いている、この「抑圧民族の民族主義」「大民族の民族主義」が有する民族的特権を自ら放棄することから生まれる。それによって日本人ははじめて、「日本の労働者は植民地同様の低賃金で働かされている」や、「関東大震災で何千人という朝鮮人も虐殺された」といった表現[56]が意味する民族エゴイズムを自覚し、日本国内の被抑圧民族・少数民族・異民族との平等な連帯を構築できる。中野がレーニンの民族自決論から見いだしたのは、この道筋にほかならなかった。

この意味で、日本共産党の五十年問題やスターリン批判など、国内外で共産主義運動への信頼が急速に失墜していった時代に連載された「素人の読み方」は、一九五〇年代前半の「被圧迫民族の文学」から六〇年代の「プロクラスティネーション」「甲乙丙丁」を経て七〇年代の朝鮮問題に関する議論までを貫く、「歴史上の過去に異民族が「強大」民族の政府からこうむった不信、疑惑、侮辱」を、「「強大」民族」である日本人がどのように償うかという課題に取り組んだものなのである。

## おわりに

「プロクラスティネーション」は従来、「甲乙丙丁」にいたる過渡的な小説の一つと見なされてきた。「プロクラスティネーション」の主題が「甲乙丙丁」に引き継がれていることは確かである。しかし「甲乙丙丁」で全面的に展開されたのは、「プロクラスティネーション」の後半に描かれた話題だけではなく、歴史の科学的「発展」に対する疑念という、「プロクラスティネーション」の物語全体を貫く主題である。この主題が、物語の前半では核兵器による人類の絶滅を現実化させかねない科学技術の発展に対する科学者の社会的・倫理的責任への問いとして、後半では共産党が掲げる「科学的社会主義」の法則が導き出す歴史の弁証法的発展への問い直しとして展開された。それが、党が発展の歴史を描く過程で捨象した、共産主義（文学）運動における日本人と朝鮮人の民族的連帯の内実への問い直しへと接続するものだったことを、「素人の読み方」で取り上げられたレーニンの民族自決論と、それに対する中野の意見を検討することで明らかにした。

これによって、内野の発言に集約的に表現された、支配民族が有する民族エゴイズムに裏打ちされた少数民族の生存権への軽視に対する批判的言辞は、中野が一九七〇年代に全面的に展開した、(在日)朝鮮人をはじめ日本国内の民族的・社会的マイノリティの問題にまで接続しうる、きわめて射程距離が長いものになった。「プロクラスティネーション」は中野に、これほど広くかつ多元的な視点で、党や共産主義運動の歴史を検討するための〈場〉を切り開く決意を固めさせた小説だった。ここに、「プロクラスティネーション」を「甲乙丙丁」にいたる過渡的な小説と捉えるだけではみえない、固有の文脈と文学的意義がある。

注

(1) 中野重治「プロクラスティネーション」「群像」一九六三年五月号・六月号、講談社。初出では後半の題名は「三人」だが、単行本に収録される際、「プロクラスティネーション」の題名で一編の作品にまとめられたので、物語の前半・後半に関係なく、「プロクラスティネーション」と表記する。なお、本文中の引用のページ数は『中野重治全集』第四巻。

(2) 埴谷雄高「政治と文学と(二)——『影絵の時代』Ⅲ」「文芸」一九七六年六月号、河出書房新社、一三七—一三九ページ

(3) 中谷宇吉郎の生涯と活動については、杉山滋郎『中谷宇吉郎——人の役に立つ研究をせよ』(〔ミネルヴァ日本評伝選〕、ミネルヴァ書房、二〇一五年七月)を参照。

(4) 前掲「プロクラスティネーション」一七五—一七七ページ、前掲「わが生涯と文学 むかしの夢い

まの夢」(前掲『中野重治全集』第二十八巻、二三〇ページ)

(5)前掲「プロクラスティネーション」一七八ページ、中谷宇吉郎「地球の円い話」「思想」一九四〇年二月号、岩波書店、一〇六―一〇七ページ

(6)中谷は一九五二年六月から五四年八月にかけて、アメリカの雪氷永久凍土研究所(SIPRE)で研究生活を送り、五七年から六〇年にSIPREの研究者が中心になっておこなったグリーンランドでの観測調査に参加した(前掲『中谷宇吉郎』二二五―二三五、二八六―二九一ページ)。

(7)満田郁夫「『五勺の酒』『写しもの』の線――『甲乙丙丁論』への手がかり」(『増訂 中野重治論』〔近代文学研究双書〕、八木書店、一九八一年四月)二七五―二七六ページ、前掲『増訂 評伝中野重治』五二〇、五三一―五三三ページ、津田道夫『回想の中野重治――『甲乙丙丁』の周辺』(社会評論社、二〇一三年九月)七七―七八ページなどを参照。

(8)徳田球一『原子爆弾と世界恐慌』(〔時局と生活叢書〕第一集)、永美書房、一九四九年十二月、三―七ページ

(9)加藤哲郎『日本の社会主義――原爆反対・原発推進の論理』(岩波現代全書)、岩波書店、二〇一三年十二月、一五四―一六七ページ

(10)同書二二六―二二九ページ

(11)中野と神山の除名の経緯は中野重治「事実に立つて」(一九六四年九月一日発行の神山との共同発表文書)に発表(前掲『中野重治全集』第十五巻を参照)。

(12)前掲「「文学者に就て」について」(前掲『中野重治全集』第十巻、五六ページ)

(13)円谷真護、前掲『中野重治』二三一ページ

(14)内野竹千代、日高六郎インタビュー「運動の目標を明確に――平和運動をどう進めるか」「世界」

一九六二年十月号、岩波書店、一一九ページ
(15) 中野重治「甲乙丙丁」「群像」一九六五年一月号―六九年九月号、講談社(『中野重治全集』第七巻・第八巻、筑摩書房、一九九六年十月―十一月、三二八ページ)
(16) 中野重治「足もとの事実 蔵原講演の発表を待つ」「日本のこえ」一九六六年七月五日付(前掲『中野重治全集』第十五巻、三五三ページ)
(17) 津田道夫『中野重治「甲乙丙丁」の世界』社会評論社、一九九四年十月、六六―六七ページ
(18) 中野重治「石原純博士の死」「青年の旗」一九四七年二月二十五日付(前掲『中野重治全集』第十二巻、一八五ページ)
(19) 前掲「日本文学にあらわれた朝鮮観(3)」四ページ
(20) 中野重治「詩に関する断片」「驢馬」第三号、「驢馬」発行所、一九二六年六月(『中野重治全集』第九巻、筑摩書房、一九九六年十二月、七ページ)
(21) 中野重治「素人の読み方 レーニンと私小説」、ソ同盟共産党中央委員会付属マルクス＝エンゲルス＝レーニン研究所編『レーニン全集』第十二巻付録「研究のしおり」第十二集、マルクス＝レーニン主義研究所訳、大月書店、一九五五年九月(『中野重治全集』第二十巻、筑摩書房、一九九七年十二月、二五五ページ)
(22) 同論文(同書二五七ページ)
(23) 同論文(同書二五五ページ)
(24) レーニン「ユニウスの小冊子について」「ソツィアル―デモクラート論集」第一号、一九一六年十月(ソ同盟共産党中央委員会付属マルクス＝エンゲルス＝レーニン研究所編『レーニン全集』第二十二巻、マルクス＝レーニン主義研究所訳、大月書店、一九五七年五月、三五九ページ)

(25) 中野重治『レーニン素人の読み方』筑摩書房、一九七三年十二月

(26) 前掲『戦後日本、中野重治という良心』二三七―二四二ページ、前掲『増訂 評伝中野重治』五四〇―五五四ページ、石堂清倫「素人とレーニン」(「梨の花通信」第三号、中野重治の会、一九九二年四月)、同「封印列車始末について」(「梨の花通信」第四号、中野重治の会、一九九二年六月)、同「一九二三年の「覚え書」」(「梨の花通信」第五号、中野重治の会、一九九二年十一月)、同「「文献」か「文学」か」(「梨の花通信」第六号、中野重治の会、一九九三年一月)、同「パリ・コミューンの教訓」(「梨の花通信」第七号、中野重治の会、一九九三年四月)、同「レーニンの道つきる」(「梨の花通信」第十二号、中野重治の会、一九九四年七月)、など。

(27) 前掲『増訂 評伝中野重治』五四四ページ

(28) レーニン「大ロシア人の民族的誇りについて」「ソツィアル―デモクラート」第三十五号、一九一四年十二月(ソ同盟共産党中央委員会付属マルクス=エンゲルス=レーニン研究所編『レーニン全集』第二十一巻、マルクス=レーニン主義研究所訳、大月書店、一九五七年三月、九三―九五ページ)

(29) 同論文(同書九七ページ)

(30) 中野重治「素人の読み方 理論的と肉感的」、ソ同盟共産党中央委員会付属マルクス=エンゲルス=レーニン研究所編『レーニン全集』第二十三巻付録「研究のしおり」第二十三集、マルクス=レーニン主義研究所訳、大月書店、一九五七年七月(前掲『中野重治全集』第二十巻、三〇三ページ)

(31) 中野重治「素人の読み方」、ソ同盟共産党中央委員会付属マルクス=エンゲルス=レーニン研究所編『レーニン全集』第十一巻付録「研究のしおり」第十一集、マルクス=レーニン主義研究所訳、大月書店、一九五五年七月(同書二四九ページ)

(32) 前掲「素人の読み方 理論的と肉感的」(同書三〇四ページ)

(33) 前掲「ユニウスの小冊子について」(前掲『レーニン全集』第二十二巻、三五四ページ)。中野の注記によれば、「国内」は「国外」の誤訳。
(34) 前掲「素人の読み方 理論的と肉感的」(同書三〇五ページ)
(35) 石堂清倫「マルクス主義思想家としての中野重治」「朝日ジャーナル」一九七九年九月十四日号、朝日新聞社、九三ページ
(36) ユニウス『社会民主党の危機』、一九一六年春に出版(ローザ・ルクセンブルク「社会民主党の危機(ユニウス・ブロシューレ)」片岡啓治訳、『ローザ・ルクセンブルク選集』第三巻、高原宏平/野村修/田窪清秀/片岡啓治訳、現代思潮社、一九六九年十二月、二八二ページ)。
(37) 同書(同書二四一ページ)
(38) 同書(同書二五二ページ)
(39) 前掲「ユニウスの小冊子について」(前掲『レーニン全集』第二十二巻、三五八ページ)
(40) 同論文(同書三五九ページ)
(41) 前掲『社会民主党の危機』(前掲『ローザ・ルクセンブルク選集』第三巻、二四五ページ)
(42) 同書(同書二四七ページ)
(43) 前掲「ユニウスの小冊子について」(前掲『レーニン全集』第二十二巻、三六三ページ)
(44) 前掲「素人の読み方 理論的と肉感的」(前掲『中野重治全集』第二十巻、三〇六ページ)
(45) 中野重治「素人の読み方 一九二二年末の「覚え書」について」、ソ同盟共産党中央委員会付属マルクス=エンゲルス=レーニン研究所編『レーニン全集』第三十二巻付録「研究のしおり」第三十二集、マルクス=レーニン主義研究所訳、大月書店、一九五九年四月(前掲『中野重治全集』第二十巻、三三二ページ)

(46) レーニン「少数民族の問題または「自治共和国化」の問題によせて」一九二二年十二月三十―三十一日(ソ同盟共産党中央委員会付属マルクス＝エンゲルス＝レーニン研究所編『レーニン全集』第三十六巻、マルクス＝レーニン主義研究所訳、大月書店、一九六〇年十月、七一六ページ)

(47) 前掲「素人の読み方 一九二二年末の「覚え書」について」(前掲『中野重治全集』第二十巻、三三三ページ)

(48) 同論文(同書三三三ページ)

(49) レーニン「民族自決権について」「プロスヴェシチェーニエ」一九一四年四月号―六月号(ソ同盟共産党中央委員会付属マルクス＝エンゲルス＝レーニン研究所編『レーニン全集』第二十巻、マルクス＝レーニン主義研究所訳、大月書店、一九五七年一月、四五一ページ)

(50) レーニン「社会主義革命と民族自決権」「フォルボーテ」第二号、一九一六年四月(ドイツ語)、『ソツィアル―デモクラート論集』第一号、一九一六年十月(ロシア語)(前掲『レーニン全集』第二十二巻、一六八―一六九ページ)

(51) レーニン「党綱領改正資料」、「プリボイ」出版所、一九一七年六月(ソ同盟共産党中央委員会付属マルクス＝エンゲルス＝レーニン研究所編『レーニン全集』第二十四巻、マルクス＝レーニン主義研究所訳、大月書店、一九五七年九月、五〇〇ページ)

(52) 中野重治「チェコスロヴァキア問題について」「新日本文学」一九六八年十一月号、新日本文学会、同「再びチェコスロヴァキア問題について」「展望」一九六八年十二月号、筑摩書房

(53) 前掲「少数民族の問題または「自治共和国化」の問題によせて」(前掲『レーニン全集』第三十六巻、七一八―七一九ページ)

(54) 前掲「素人の読み方 一九二二年末の「覚え書」について」(前掲『中野重治全集』第二十巻、三四

三ページ）

（55）同論文（同書三四二ページ）

（56）中野重治「緊急順不同　在日朝鮮人の問題にふれて」「新日本文学」一九七三年三月号、新日本文学会（前掲『中野重治全集』第二十四巻、五四四ページ）。傍点は引用者が付した。

# 第6章　「被圧迫民族」としての日本人へ

## はじめに

一九七〇年代に入り、中野重治は「緊急順不同」（一九七二年三月―七七年六月）、「在日朝鮮人と全国水平社の人びと」（一九七二年十二月―七四年六月）、「「雨の降る品川駅」のこと」（一九七五年五月）など一連の著作で、あらためて朝鮮や（在日）朝鮮人に関わる様々な問題に集中的に取り組んだ。それは一般に、日本共産党や自分を含む日本人共産主義（文学）者が、一貫して朝鮮問題を軽視ないし無視してきた歴史の検証作業と受け止められている。それらの仕事を通じても、なお中野の朝鮮認識は最後まで浅かったと批判する声[1]はあるが、七〇年代の中野のテクストには、敗戦直後から五〇年代前半までと違って、「被害者としての同列化意識も、無意識に優位に立ってしまうといった位置性もほぼ見え[2]」なくなっていると李英哲が評価したように、民族の違いを超えて多くの人々が中野の朝鮮認識に深化を認め、誠実な姿勢を称賛した。

それでは一九七〇年代の中野の朝鮮認識は、それ以前と比べてどのような点で深化したといえるのか。この疑問に対して誰もが挙げるのが、「雨の降る品川駅」への、二度にわたる自己批判である。中野はまず、「「雨の降る品川駅」のこと」で、「日本プロレタリアートのうしろ盾まえ盾」という詩句について、「民族エゴイズムのしっぽのようなものを引きずつている感じがぬぐい切れません[3]」と自己批判した。その後、「わが生涯と文学 楽しみと苦しみ、遊びと勉強」（一九七七年九月）で、「仮りに天皇暗殺の類のことが考えられるとして、なぜ詩のうえで日本人本人にそれを考えさせなかつたか。なぜそれを、国を奪われたほうの朝鮮人の肩に移そうとしたか。そこに私という国を奪つた側の日本人がいたということだつた。私は私のことでこのことを記録する[4]」と自己批判を重ねた。七六年の朝鮮語訳の発見と相まって、この自己批判は中野文学の研究者や愛読者に大きな衝撃を与えた。

この部分にだけ注目すると確かに、中野の朝鮮認識は一九七〇年代に飛躍的な深化を遂げたといえるかもしれない。しかしこれまで論じてきたように、実際には彼は、（在日）朝鮮人の日本語能力への依存や、日本の支配権力に対する（在日）朝鮮人の反抗心の強さの「利用」などにあらわれた、自分を含む日本人の根底にある「民族エゴイズム」を以前から自己批判し、それとの決別を繰り返し訴えてきた。そのため「雨の降る品川駅」への自己批判は、中野が積み重ねてきたこれらの知的営為の成果が集約的に表現されている点では画期をなすものといえるが、その画期性は七〇年代半ばに突然にあらわれたものというより、朝鮮問題に対する彼の持続的な取り組みと、それにともなう認識の変遷を土台に花開いたものと考えるほうが適切である。

　したがって晩年の中野の朝鮮認識を論じる際に重視すべきは、自己批判の新しさよりもむしろ、朝鮮問題に対する一九七〇年代以前の中野の認識との連続性である。この観点から注目すべき一つは、「在日朝鮮人と全国水平社の人びと」第一回の次の一節である。

> 「日本帝国主義の植民地であつた朝鮮、台湾の解放の旗を敢然と……」、「日本と朝鮮の労働者は団結せよ」、それは正しかつた。またきまり切つたことだつた。しかしわれわれは、共産主義者を先頭に立てて、日本「内地」で、朝鮮人労働者とどこまで肉親的に団結していたろうか。むしろ朝鮮人労働者の側が、日本側の戦闘的労働者と団結していたと言えるのではないだろうか。金天海（キムチョンヘ）の名は〔「日本共産党の五十年」に〕書かれている。しかしその意味は書かれていない。[5]

　日本共産党や日本人の共産主義者は、日本人が朝鮮人など植民地の人々に手を差し伸べて支援したように思っている。しかし日本人と（在日）朝鮮人との民族的連帯が（在日）朝鮮人の日本語能力に依存していたことに典型的に示されるように、（在日）朝鮮人の身体に刻まれた植民地支配の負の遺産がなければ、日本の共産主義運動が、「日本と朝鮮の労働者は団結せよ」のスローガンを実践することは不可能だった。「むしろ朝鮮人労働者の側が、日本側の戦闘的労働者と団結していたと言えるのではないだろうか」と中野がいっているのはこのことだ。さらに中野は、徳田球一などと同様に、日本の敗戦まで獄中で非転向を貫いた朝鮮人共産主義者・金天海[6]の存在が意味するものにも注意を促した。多くの〈在日〉朝鮮人から絶大な信頼を寄せられた彼は、敗戦＝〈解放〉後に日本共産党が再建されると中央委員に名を連ねると同時に、朝連でも常に指導的立場から活動を展開、多くの在日朝鮮人を党に勧誘した。特に朝連の強制解散前後には日本各地に精力的に赴いて演説を繰り返し、会場に集まった在日朝鮮人がその場で集団入党する事態が連日のように起こった。これらの点で金天海は、徳田球一から宮本顕治へと連なる、獄中非転向を貫いた日本人党指導者の権威に依存し続ける党の体質を根本から問い直すとともに、「朝鮮人労働者の側が、日本側の戦闘的労働者と団結していたと言えるのではない」かという疑念を検証するうえで、決定的に重要な存在なのである。

こうして一九七〇年代の中野の朝鮮問題への取り組みの核心には、日本人共産主義者の頭を支配している、日本人と〈在日〉朝鮮人との優劣関係を総体的に問い直し、現実の歴史的関係と一致させることにあった。この志向が強くみられるのが、「在日朝鮮人と全国水平社の人びと」第三回の次の一節である。

> 私は〔関東大震災時の朝鮮人虐殺を例に出して〕何が言いたいのだろうか。日本人が日本人を、誤つて朝鮮人と見立てて殺してしまつても、それどころか、うすうす日本人とわかつていても、無理にも朝鮮人と見立ててしまつて殺せば、見立てられたその「朝鮮人ということ」に罪が着

せられて、殺人の罪から、そもそもその罪悪感から、ほとんど完全にまぬかれるという精神構造にひろく日本人が育てられてきたという事実だつた。またそれが、いまもかなりに強く残つていはしないかということだつた。またそれを、代々木の「日本共産党五十年史」が、冒頭第一章の第一項で正面から告白していはしないかということだつた。(7)

ここで指摘した日本人の精神構造について、中野は「緊急順不同 在日朝鮮人の問題にふれて」(一九七三年三月)でも、志賀直哉が「震災見舞(日記)」(一九二四年二月)に記した、関東大震災時に朝鮮人を殺した日本人の若者の会話を引用して、次のように書いている。彼らによれば、殺された人々の不運は「鮮人」に間違えられたことにある。「まちがえられるに事欠いて、なにしろ「鮮人」とまちがえられたのだからなアということが大前提にある。まちがいとわかつても、何にまちがえられたかといえば朝鮮人にまちがえられたというその「朝鮮人」に原罪の原罪がある。それは、上から、ほとんど痼疾(こしつ)的に吹きこまれてきた日本帝国主義側のインフェリオリティー・コンプレクス〔劣等感〕と裏表になる。そこに亡霊が生きている」(8)

殺された不運を「「鮮人」とまちがえられた」ことですませてしまう日本人には、「いいことだ」(一九五二年二月)で中野が訴えた「芸術家の義務的大前提」(9)、すなわち他者への倫理性が決定的に欠落している。「虎の鉄幹」のナショナリズムを原型とする「日本帝国主義側のインフェリオリティー・コンプレクス」の「亡霊」は、こうして時代に応じて違った形で表出しながら不変のまま残っている。党や日本人の共産主義者も、日本人労働者は朝鮮など「植民地同様の低賃金」で働かされているといった表現を用いて、朝鮮人の低賃金の「原罪の原罪」は彼らが朝鮮人だということにあると、無意識にでも思うことで、「日本帝国主義側のインフェリオリティー・コンプレクス」を深く共有している。

では一九七〇年代にあらためて、「日本帝国主義側のインフェリオリティー・コンプレクス」の「亡霊」との決別に取り組む必要性を、中野に痛感させた要因は何だったのか。この疑問を明らかにするうえで注目すべきは浅間山荘事件（一九七二年二月）である。彼はこの事件に、五〇年代前半に共産党が犯した極左冒険主義路線が反復されているのを認めると同時に、この事件に対する日本社会の反応に、関東大震災時の朝鮮人虐殺を正当化したのと同じ論理構造が、まったく形を変えずに表出されている様子を見いだした。そして中野はこの直後から本格的に朝鮮問題に取り組み始めた。これらの意味で浅間山荘事件は、中野にあらためて共産主義（文学）運動と近代日韓関係の歴史の両方と向き合うべき必要性を痛感させた、その出発点に位置する出来事だった。では中野は浅間山荘事件からどのように、革命運動の負の歴史だけでなく、関東大震災時の朝鮮人虐殺を正当化した論理構造を引き出し、近代日韓関係の歴史への総体的な問い直しにつなげていったのか。本章ではこの問題を考察することで、中野の朝鮮認識の到達点と可能性を探っていきたい。

## 1　浅間山荘事件にあらわれた暴力——極左冒険主義／関東大震災時の朝鮮人虐殺

一九七二年二月十九日、森恒夫を指導者とする連合赤軍のメンバー五人が、河合楽器の健康保険組合が軽井沢に所有していた浅間山荘に、山荘の管理者の妻を人質にして立てこもった。浅間山荘事件の発端である。二十八日に機動隊が強行突入し、人質を救出するとともにメンバー全員を逮捕して事件は終結したが、警察などに三十人もの死傷者を出した。

事件が起こった直後から、共産党は連合赤軍を党と無関係な「毛沢東盲従分子」による暴力集団であるなどと、機関紙誌などで盛んに宣伝した。そればかりか、中野によれば、党の議員が国会で、佐藤栄作首相に、党が連合赤軍とはまったく別の合法政党であることを認めるよう演説し、佐藤から、「日本共産党は、立派な合法政党なのだから、その点そう心配せずに堂々とやれ」という意味の「お墨付き」をもらいさえした。[10] 中野も、連合赤軍や浅間山荘事件に何らの理解や共感を示していない点では、政府与党や共産党などと同様だった。しかし自らの運動の失敗を総括し、その貴重な歴史的経験を生かせる方途を取らなかった党の体制には批判を向けた。

これ〔浅間山荘事件〕は、「連合赤軍」などなどが、日本における共産主義運動、革命運動の歴史をば、真面目に実行の立場から勉強してこなかつたことに関係しているにちがいない。同時にしかし、決定的に大きな因子として、共産党自身が、およそ四十年来、いわゆる「暴力」、「武闘」などなどについて、どれだけいろいろの試みを試み、真剣に研究検討し、いろいろに方針を立て、どれだけ過まつて失敗し、そこから苦心してどこへと脱出してきたかを党内外に説明し、最新の到達について説得し、収穫を大衆化してこなかつたかの事実があるにちがいない。[11]

党に向けて発されたこの苦言は、一九五五年の六全協の直後の彼の忠告を彷彿とさせる。六全協を自慢げに吹聴する党員に、彼は「六全協は自慢の種になるか」と疑問を投げかけ、「日本共産党の全員が、非合法の二十何年間にもなかつたようなあやまちを、合法的な十年間にやつたことについてよく考えて見るべきだと思う[12]」と釘を刺した。極左冒険主義路線を掲げて、多くの日本人と在日朝鮮人の党員や党の同調者に武力闘争を展開させただけでなく、過酷な自己点検を実施して肉体的にも精神的にも彼らを疲弊させきったあげく、六全協で全面的に方針の誤りを認めて彼らの人生を台無しにし、自殺者まで出したことを考えれば、六全協が自慢の種にできるようなものでないことは明らかだった。それゆえ中野が、六全協でなされた活動の決算を検証し、「われわれの全活動の歴史づけにすす」む仕事に即座に取りかからなければならないと訴えたのは当然だった。ところが党内には、「これがさし迫つた必要事だということの認識がうすかつた、まだうすい[13]」雰囲気が蔓延していた。しかも中野の危惧とは裏腹に、党の官僚主義的な体質は改善されるどころか、宮本顕治体制のもとで硬直化の度合いを強めていくばかりだった。その傾向を如実に示す一つの事象が、六全協後から六〇年代にかけて起こった、党員の大量除名や党員・同調者の大量離脱だった。

スターリン批判、ハンガリー事件などによって国際共産主義運動の紐帯が急速に緩んでいくなか、日本では一九五七年から六一年にかけて、レフ・トロツキーの思想に影響を受けた人々が組織した革命的共産主義者同盟、全学連に属する学生党員が結集した共産主義者同盟、五六年に開かれたイタリア共産党第八大会でパルミーロ・トリアッティが発表した「社会主義へのイタリアの道」の影響を受けた人々が結集した構造改革派という、三つの新左翼の流れが登場した。これらの組織が台頭する過程で、六〇年の安保闘争と前後して最初の、共産党からの大量除名・大量離党が起こった。以後、六六年に党が中国共産党と決別して「自主独立」路線を掲げるまで、数度にわたって多くの党員が除名ないし自ら離党していった。[14]

党から離れて革命運動を継続したグループや個人の活動家は、官僚主義的で中央集権的な党とは異なる人民戦線的な組織のあり方や、現実の生活に根差した闘争の可能性を模索し、提言した。たとえば小田切秀雄は「人間性の次元から」（一九六六年十月）と「知識人戦線と転向の核心」（一九六七年一月）で、緩やかな組織形態で活動しているわだつみ会の連絡センターを事例に挙げ、今日の日本の状況に即した知識人戦線を組織する必要性を訴えるとともに、ほかならぬ共産党が知識人戦線の構築を妨げていると述べた。[15] 鶴見良行は「新しい連帯の思想」（一九六七年一月）で、国家による福祉という形で人々が体制側に捉えられている状況を打破する事例としてアメリカのニューレフト運動を取り上げ、「福祉」から疎外されている人々とともに国際的な連帯を構築する必要性を訴えた。[16] 中野も一九六六年八月に、ベ平連（ベトナムに平和を!市民連合）が主催した日米市民会議や国際ティーチ・インに参加して大いに刺激を受け、「個人が組織を越え、個人が国家権力を越えてあること、あるべきこと、それだからその組織が生活力を持ち、その国家権力が絶えず新鮮に発展することができるという関係[17]」に目を啓かされた。しかし党は、「赤旗」「文化評論」「民主文学」などの機関紙誌で、小田切などを転向者、裏切り者、階級敵などと罵倒するキャンペーンを展開するだけで、彼らの提言に耳を傾ける姿勢をまったくみせなかった[18]。

この間、高度経済成長にともなって、日本社会が全体的に、革命よりも現状維持を志向するようになっていった。こうした状況のなか、新左翼運動や全共闘運動は先を争うように過激化していき、内ゲバや東大・安田講堂事件などを起こした。それでも進歩的知識人のなかには、新左翼や全共闘世代にわずかな期待をかけていた者もいたが、彼らの望みを粉々に打ち砕いたのが浅間山荘事件だった。この事件は一般市民に、「政治」や「左翼」といったものに関わることへの恐怖を植え付けるのに、十分すぎる役割を果たした。

以上の歴史を踏まえると、中野が浅間山荘事件を、党が、共産主義運動の歴史を直視して総括するどころか、歴史の暗部をひたすら隠蔽し続けてきた結果、一九五〇年代前半の極左冒険主義路線を連合赤軍が再生産してしまったと捉えたのは、きわめて当然だったといえる。だが党は自らを省みることなく、連合赤軍を党とは無関係の暴力集団だと必死に宣伝している。そのような態度こそが「「連合赤軍」などなどを再生産する一方の原動力になつている」[19]。この意味で、浅間山荘事件を引き起こした第一義的な責任が連合赤軍メンバーにあることは当然だが、党にも責任の一端があると、中野は考えたのだ。

しかし中野が浅間山荘事件に見いだした問題はそれだけではなかった。彼がみたのは、事件後に起こった警察によるはなはだしい人権蹂躙と、それを憲法学者やマスコミなどが容認している状況だった。警察は、救出された後病院に搬送され、面会謝絶になっていた元人質の女性の病室を訪れ、一方的に、「あの連合赤軍の連中が、あなたにたいして狂暴でなかつたとか、扱いが紳士的だつたとかいうことは、必ずとも（ママ）言わないでくれ。警官が二人も殺されているのだ。あなたの口からそんなことを言われては、いまさら警察としては立つ瀬がない。決してそれを口に出さぬようお願いする……」と「憎悪を要求」したり、「いったん掘りあてた死骸をまた埋めなおして、あくる日新聞記者たちに新しく掘りだしたようにわざとして見せた」[20]。中野はこうした警察の行為に、どこからも批判の声があがらなかったことが、日本社会全体に、連合赤軍への増悪が当然とされてしまうムードを作り出し、連合赤軍メンバーの一人の父親の自殺にまでいたってしまったことを指摘し、関東大震災時の社会主義者や朝鮮人の虐殺と関連づけて次のように述べた。

> あの地震の時、数えきれぬほどの朝鮮人が殺された。あからさまに南葛の労働者たちが殺された。全く若かつた画家の柳瀬正夢は、土管の上に立つたまま兵隊に銃剣でつつかれた。むちやくちやな殺戮がやられ、常平生毛虫のようにきらわれていた地元暴力団の類が、ここぞとばかり大義名分に立つて残忍をはたらいた。いまそれを、警察がやつて人が何とも言わない。
> あのとき東京の憲兵隊が、あるいは近衛第一連隊が、大杉栄と伊藤野枝とを殺した。いつしよにほんの小さい子供まで殺して井戸に投げこんだ。この殺人者たちに国の大義名分があつた。おそろしいことである。リンチとポグローム〔組織的な虐殺、暴力的な破壊〕とが、政府、警察、ジャーナリズムの共同行動で教唆されている。（略）犯罪は罰せられなければならない。それはリンチ、ポグロームによつてではない[21]。

こうして浅間山荘事件は中野に、連合赤軍メンバーやその家族に対して、公然とリンチやポグロムがおこなわれ、それが誰からも罰せられない点で、関東大震災時の社会主義者や朝鮮人の虐殺を正当化したのと何ら変わっていない、日本社会の論理構造の「不死身」[22]さを思い知らせた。ここに浅間山荘事件が、中野が朝鮮や（在日）朝鮮人をめぐる諸問題にあらためて本格的に取り組まなければならないと決意させる出発点になったといえる根拠がある。

## 2　日本における朝鮮問題の総体的考察
### ――「在日朝鮮人と全国水平社の人びと」と「緊急順不同」を中心に

浅間山荘事件で人質になった女性への警察の暴力的な介入や死者への冒瀆的な行為、政府や警察、マスコミがスクラムを組んでメンバーの一人の父親を縊死に追いやったことなどの後、中野は「在日朝鮮人と全国水平社の人びと」の連載を始め、「緊急順不同」でも在日朝鮮人に関わる問題を取り上げるようになった。これら一連の著作で彼が問題にしたのは、朝鮮人をはじめ被差別部落民や琉球人を含む沖縄県民、アイヌなどの民族的・社会的マイノリティであれ、連合赤軍の家族であれ、被差別者が抑圧を受けたり差別される要因が彼ら自身にあると考えることで、加害者としての罪悪感から免れる「精神構造」である。平たくいえば、いじめはいじめられる側に責任があるという考え方だ。中野の考えでは、日本人全体を育ててきたこの「精神構造」を廃棄するために、共産党は植民地解放のスローガンを掲げたり、日本人と朝鮮人との民族的連帯を呼びかけたはずだった。しかし実際には党もこの「精神構造」を、党員が何の違和感も覚えないほど深く共有していた。その強力な証拠の一つが、「日本共産党の五十年」第一章の第二段落に記された次の一節である。

当時〔日本共産党が創立された一九二二年当時〕の日本は、世界最大の帝国主義強国の一つとなっていたが、労働者、農民をはじめ日本の人民は、天皇制権力の野蛮な支配、地主と独占資本のはげしい搾取と収奪を受け、ひどい生活水準と無権利状態におかれていた。労働者は植民地同様の低賃金と長時間労働で、法律による保護もほとんどなく、独占資本主義の無慈悲な搾取にさらされていた。(23)

日本人労働者の賃金が「植民地同様の低賃金」だったという記述に対し、中野は、事実としてそうだったとしても、「植民地人民としての朝鮮人労働者の「内地」での賃金はそれ以下のものだった。「それ以下」は程度問題ではない。質のちがい、別性質のものだつた」(24)と批判した。日本人と植民地の人々の賃金差は個人の能力の問題ではなく社会構造の問題だということだ。第1章で言及した、ある時期まで日本の文学者の印税に税金がかからなかったのはその分を植民地から搾取していたからだという中野の主張を敷衍すれば、日本人の労働者の賃金が「植民地同様の低賃金」なのは、一方では過酷な搾取と収奪の結果だが、他方では〈内地〉の植民地の人々がそれ以下の賃金で働いてくれているおかげなのである。

同じことが「本土の沖縄化」という党の文書の表現にもいえる。「自民佐藤内閣は、日米共同声明にもとづく本土の沖縄化と安保条約の実質的改悪をたくらみ、朝鮮・中国・ベトナムを「日本の生命線」とみなし、沖縄県をふくめた日本全土をアメリカの侵略出撃基地、核かくし基地として提供している」[25]。これを中野は次のように批判した。

それは、百年も二百年も前から「本土」の日本人が沖縄に対してきた対し方、残酷な搾取、残酷な圧迫、残酷な軽侮、残酷で不当な差別の日本共産党中央委員会幹部会による象徴的集中以外のものであるだろうか。（略）「自主独立」の堕落したナショナリズムが、国権主義の亜種として、橋本左内の日露同盟説から明治民権運動に付随した国権主義が理解され同情されるのとはちがつて、全く許されぬ形でここへと出てきたのではないかを私は疑う[26]。

ここから、一九七〇年代の中野の朝鮮問題への取り組みが、朝鮮に限定されず、広く日本国内の多種多様な民族的・社会的マイノリティの問題につながるものだったことは明らかである。この点を確認したうえで、「植民地同様の低賃金」をめぐる議論に戻ろう。

中野は大阪府学務部社会課の調査報告書『在阪朝鮮人の生活状態[27]』（一九三四年六月）を典拠にして、「植民地同様の低賃金」を下回る低賃金でさえ仕事が見つからず、〈内地〉の朝鮮人知識階級の失業者が増加していたこと、この状況への予防対策の参考にするため朝鮮人の生活状態に対する調査がおこなわれたことを指摘した。さらに大阪在住の朝鮮人の所持金と住環境に関わるデータを引き写し、約六八パーセントが所持金〇円、約一七・五パーセントの世帯が三畳以下の部屋で暮らしていたという結果も記した。そして社会主義運動や共産主義運動に関わっていた自分たちが、これらの事実をまったく知らなかったか、「いくらか知っていたにはしても突きこんでは知らず、またこれを中心問題の一つとしては扱っていなかったらしい事実について私自身の貧しい記憶を書きつける[28]」と述べた。

中野はさらに、「代々木五十年史にいう日本人労働者の「植民地的」低賃金、そしてその際の朝鮮人労働者のそれ以下の実情の忘失」の別の事例として、一九二〇年代から三〇年代にかけて〈内地〉の留置所で通用していた「朝鮮刑法」を取り上げた。植民地朝鮮に適用された〈内地〉の刑法を指しているが、「留置所のなかで、何かの場合警察官によるリンチが行なわれたが、特に残忍な形のものがこの名で通っていた[29]」。具体的には、中野が「忘れぬうちに 朝鮮の鞭」（一九五八年四月）で述べた「笞刑[30]」を指すと思われる。「日本「内地」の警察留置所で、日本人、「内地人」にそれが加えられる場合それがこの名で呼ばれたということは、朝鮮で「鮮人」にたいして加えられるときは、ことさらそれがこの名では呼ばれなかったことを意味していただろう。たとえば東京の留置所で、日本人にたいしてわざわざ「日本刑法」でやっつけてやるぞといってことさら残忍なリンチが加えられなかったことにそれは見合う[31]」と述べたうえで、中野は次のように語った。

労働条件、労賃の件にしても、朝鮮人労働者の朝鮮内での実態が、日本「内地」なみ、それ以上だつたとすれば、彼らがわざわざ「植民地的」労賃の日本「内地」へそれほどに連れこまれたはずがないと考えることは誰にしろできる。（略）しかしそれが、一般に本国人に忘れられ勝ちだということも争えぬ事実としてあるだろう。（略）東京の留置所で、「本国人」、「内地人」にたいして「朝鮮刑法」リンチが加えられてならぬだけでなく、朝鮮人にたいしてそもそもそれが加えられてならぬことについての「本国人」の感覚が鈍らされる。この呼び名そのものの含む朝鮮人侮蔑にたいする鈍感がそこで養われて蓄積される。それが、関東大震災のときの朝鮮人虐殺にたいする日本人われわれの鈍感につながつていただろう。（略）私は軍国主義的植民者勢力、搾取者・圧迫者勢力によつて養殖されてきたこの日本人精神が、混濁した愛国主義と入りまじつて今の現在まで陰に陽にわれわれ自身のなかに残つてきているように思う。[32]

中野は、日本人全体が、どれほど軍国主義的植民者勢力などに「鈍感さ」を「養殖」されたかを示す一例として、一九五一年十月に黒田寿男が安保条約と日韓議定書の類似性を指摘したときの日本人の反応を振り返り、「多くの日本人がわがこととしてそれを受けとつた」が、「どれほどのことをわが日本が朝鮮にたいしてしたかにたいする国民の怒りはそれほどには湧かなかつたと私は記憶する」[33]と語った。

中野の考えでは、朝鮮に対するこの「鈍感さ」は、日韓議定書から韓国併合を経て、第二次世界大戦の敗戦に対する日本人の意識にまで連なっている。この点について彼は、「韓国併合ニ関スル条約」と「終戦の詔書」を取り上げて、次のように述べた。

「併合条約」の第一条、第二条はこうなつていた。

「第一条　韓国皇帝陛下は韓国全部に関する一切の統治権を完全且永久に日本国皇帝陛下に譲渡す。

第二条　日本国皇帝陛下は前条に掲けたる譲与を受諾し且全然韓国を日本帝国に併合することを承諾す。」

ここからして、「全然」また直接に「在阪朝鮮人の生活状態」も出てきたに違いない。端的にいえば、日本帝国の無条件降伏、日本天皇の例の「終戦の詔勅」は、それまでの敵側諸国にたいしてことごとく平伏したものではあつたが、朝鮮・韓国にたいしては全く平伏していなかつた。むしろそれは、朝鮮をわが内に引きいれておいて他の一連の国々に無条件降伏をしたものだつた。加害者が被害者を、加害者自身に加えておいて他に対するという非道で恥知らずの性格をそれは持つていた(34)。

さらに中野は、「朕」とそのグループが、ポツダム宣言の内容を正確に詳しく知っていながら、その内容を自国民に完全に隠して「終戦の詔書」を告げたことを指摘した。「敵側諸国への無条件降伏、それをすなおに「国民」に告げたものではそれは決してなかつた。ひとつの大きな事実の内と外への使いわけ、その内側むけ、自「国民」むけ、「忠良ナル爾臣民（ナンジ）ニ告」げたほうのもの、「爾臣民」をあからさまに欺いて過ぎるための全くのペテン以外のものではそれはなかつた(35)」。しかもポツダム宣言は、ドイツの降伏の場合と違って事前に通告されていた。したがって宣言が出された時点で受諾する選択肢もありえた、つまり受諾は無条件に強制されたものではなかった。この点で日本の降伏は、ドイツと違って「条件つき無条件降伏という性質[36]」を有していた。ところが日本政府は宣言を黙殺し、広島と長崎に原爆が落とされた。しかも「全責任を負うた天皇とその政府とは、宣言「受諾」において欺瞞的な挨拶さえ朝鮮、朝鮮人にしなかつただけでなく、新しく「終戦棄民」の卑劣な手にさえ出ていたのだった[37]」。それは敗戦後、在日朝鮮人などの国籍を一方的に剝奪して「外国人」とすることで、彼らに対する補償責任を放棄したことを指している。

こうして中野は、関東大震災時の朝鮮人虐殺を正当化した論理――殺された責任は当の本人が「鮮人」だったことにあると考えることで、殺人の罪悪感から免れる論理――を、日韓議定書の時代から体系的に「養殖」されてきた「鈍感さ」の表出と捉え、敗戦後も日本人がこの「鈍感さ」をそのまま引きずっていること――それは金大中事件（一九七三年八月）に対する日本政府や日本人の「鈍感さ」にまで続いている[38]――を暴いた。しかもその「鈍感さ」は朝鮮人に限定されず、日本国内の民族的・社会的マイノリティの軽視、さらには浅間山荘事件での警察の蛮行や、メンバーの一人の父親を縊死に追いやって罪悪感を覚えない精神構造にまで、ほとんどまったく変わらない形で連綿と続いている。そして党もまた、出発点から「軍国主義的植民者勢力、搾取者・圧迫者勢力」による「養殖」された「鈍感さ」に深く汚染されていた。中野がそのことをあらためて認識したのは、「緊急順不同」や「在日朝鮮人と全国水平社の人びと」を連載中の一九七三年二月に法政大学大原社会問題研究所が出した、復刻版「赤旗」創刊号（一九二三年四月）に掲載された、アンケート「無産階級から見た朝鮮解放問題」を読んだときだった。これは一九年の三・一独立運動を念頭に、「日鮮の無産階級は、この問題を如何に理解し、如何に解決すべきであるか」と、山川均・堺利彦・金鐘範（キムジョンボム）・荒畑寒村・布施辰治など二十九人に問うたものである。中野は、柳宗悦の「朝鮮人を想ふ」（一九一九年五月）や「朝鮮の友に贈る書」（一九二〇年六月）が発表されて数年後にこのアンケートが実施されたこと[39]を指摘したうえで、回答者のうち、「朝鮮人、日本人では荒畑勝三〔荒畑寒村〕などのごく少数を除いては、一般に朝鮮民族の独立のための闘争、あれほどの民族独立への渇望にたいして、けっして風馬牛というのではないが、それほどには心を動かしていない、心が動いていないらしいのを何としても事実として感じずにいられない[40]」と述べた。

晩年の中野の朝鮮認識をめぐる研究はこれまで、「雨の降る品川駅」への自己批判を除くと、「緊急順不同」や「在日朝鮮人と全国水平社の人びと」で取り上げられた様々な朝鮮問題に中野がどのように取り組んだかが、「植民地同様の低賃金」や「赤旗」のアンケートなど、個別の問題に即して論じられるにとどまっていた。しかし以上の考察から明らかなように、一九七〇年代の中野は、日韓議定書から金大中事件まで、朝鮮に直接に関わる問題だけでなく、浅間山荘事件に対する日本社会の反応のように、一見すると朝鮮と何の関係もないように思える問題をも、朝鮮問題に関連づけて総合的に検討していて、孤立した議論は一つもない。しかも中野が検討のなかで重要視し、繰り返し言及している日韓議定書や韓国併合などは、「緊急順不同」や「在日朝鮮人と全国水平社の人びと」のはるか以前から、問題性を認識して文学作品やエッセーで扱っていた題材である。この点で晩年の中野は、日本人と朝鮮人との連帯のあり方について、何らかの積極的な結論を提示しても不思議でない場所に到達していたといって過言ではなかった。しかし「緊急順不同」も「在日朝鮮人と全国水平社の人びと」も、「赤旗」のアンケートを問題にしたところで議論が中断していて、結論に相当する主張は記されていない。このため先行研究では、日本の共産主義（文学）運動における民族問題の軽視ないし無視への自覚と深い自己批判に、中野の朝鮮認識の到達点が置かれてきた。「雨の降る品川駅」への自己批判もこの文脈で読解された。ここに中野の朝鮮問題に対する誠実さが称賛されると同時に、朝鮮認識が不十分なまま終わったと批判される要因がある。

確かに中野は、最後まで、自分を含む共産主義（文学）者、さらには日本人全体が朝鮮問題に対して認識が不十分だったことを繰り返し批判的に述べるだけで、日本の共産主義（文学）運動についても、日本人と（在日）朝鮮人との民族的連帯についても、ついに積極的な未来像を提示しなかった。しかしこのことは、中野の自己批判が何ら新しい認識の地平を切り開かなかったことを意味しない。敗戦後の中野の朝鮮認識の変遷過程を検証していくと、彼が見定めてきた、党が作り上げた連帯の「神話」を超える、新たな連帯の端緒が浮かび上がってくるからだ。それは日本人が「被圧迫民族」の位置に自発的に登っていくこと、言い換えれば「圧迫民族」への権力意志を自発的に断念することである。これこそ中野が黒田の指摘やレーニンの民族自決論、金達寿など多くの（在日）朝鮮人との交流から学んだ、日本人が朝鮮人と対等な連帯関係を構築する出発点にほかならない。

# おわりに

黒田の指摘を一つの出発点にして、中野は日本国民に隠されてきた、「とくに朝鮮・中国での日本帝国主義の支配の仕方」[41]の実態を知った。それ以降、彼は、近代日韓関係の歴史から目を逸らすことなく、朝鮮や(在日)朝鮮人に関わる諸問題について主体的に考え、想像力をはたらかせることで、朝鮮問題に対する認識を深めていった。その到達点が、一九七〇年代の一連の著作や「雨の降る品川駅」への自己批判だった。この点で朝鮮問題に対して中野は、「芸術家の義務的大前提」の核心をなす倫理性に一貫して忠実であり続けた。中野が、日本人と朝鮮人との連帯の「神話」を超える新たな連帯について未来像を提示しなかったのは、この倫理性の強さゆえであり、何の展望も見いだせなかったからではない。敗戦後の日本社会だけでなく日本の共産主義(文学)運動にも、「虎の鉄幹」のナショナリズムを原型とする「日本中心主義、植民地主義、国粋論的ナショナリズム」[42]がほとんど姿を変えずに生き残っていて、それに「養殖」された日本人が「圧迫民族」を志向する欲望と決別しえていない以上、日本人から朝鮮人に民族的連帯を呼びかけることは不適当だというのが、中野の考えではなかったかと推測される。それは彼がレーニンの覚書から、抑圧民族・大民族は被抑圧民族・少数民族に対して自分でも気づかないうちに数限りない暴行や侮辱をおかしている、したがって彼らに対する「つぐない」になるような不平等を忍ばなければならないという趣旨の文章を引用していること[43]から推測される。

中野の考えでは、(在日)朝鮮人への「つぐない」は、日本人が「被圧迫民族」の位置に自発的に登っていくこと、「圧迫民族」への権力意志を自発的に断念することでしか果たせないものである。彼が朝鮮問題に関して繰り返した自己批判には、この意味で、たんなる贖罪意識の表出にとどまらない、日本人と朝鮮人との民族的連帯に関する積極的な未来像が内包されている。その未来像を現実化できるか否かは、中野から学んだ者が、「芸術家の義務的大前提」をどれだけ誠実に実践していくかにかかっている。

注

(1) 前掲「中野重治 浅かった朝鮮認識」一四五ページ、など。

(2) 前掲「中野重治の8・15朝鮮人「解放」認識に関するノート」七〇ページ

(3) 前掲「「雨の降る品川駅」のこと」(前掲『中野重治全集』第二十二巻、七八ページ)

(4) 前掲「わが生涯と文学 楽しみと苦しみ、遊びと勉強」(前掲『中野重治全集』第二十八巻、三六〇ページ)

(5) 中野重治「在日朝鮮人と全国水平社の人びと 一」「通信方位」一九七二年十二月号、クラブ有声社(前掲『中野重治全集』第十五巻、五三四ページ)。ルビは引用者が付した。

(6) 金天海については、樋口雄一『金天海――在日朝鮮人社会運動家の生涯』(社会評論社、二〇一四年十月)を参照。

(7) 中野重治「在日朝鮮人と全国水平社の人びと 三」「通信方位」一九七三年二月号、クラブ有声社(前掲『中野重治全集』第十五巻、五三五ページ)

(8) 前掲「緊急順不同 在日朝鮮人の問題にふれて」(前掲『中野重治全集』第二十四巻、五四六ページ)

(9) 前掲「いいことだ」(前掲『中野重治全集』第十三巻、一〇八ページ)

(10) 中野重治「パリー・コンミューン雑談」「通信方位」一九七二年四月号、クラブ有声社(前掲『中野重治全集』第十五巻、五一〇―五一一ページ)

(11) 同論文(同書五一〇ページ)

(12) 前掲「六全協は自慢の種になるか」(前掲『中野重治全集』第十三巻、六一七ページ)

(13) 前掲「そのものとしての戦い」(前掲『中野重治全集』第十四巻、二二二ページ)

(14) 前掲『戦争・革命の東アジアと日本のコミュニスト』二七八―二九一ページ

(15) 小田切秀雄「人間性の次元から──〝侮蔑の時代〟と知識人」「朝日ジャーナル」一九六六年十月二日号、朝日新聞社、同「知識人戦線と転向の核心」「現代の眼」一九六七年一月号、現代評論社

(16) 鶴見良行「新しい連帯の思想──国家権力のかなたに」「朝日ジャーナル」一九六七年一月一日号、朝日新聞社

(17) 中野重治「WE SHALL OVERCOME SOMEDAY」「文芸」一九六六年十月号、河出書房新社(前掲『中野重治全集』第十五巻、三七一ページ)

(18) 上田耕一郎/佐藤静夫/吉沢達「戦後転向と知識人の問題」(「赤旗」一九六六年十月二十一日付―二十三日付)、「特集・戦後転向の潮流をめぐって」(「文化評論」一九六七年二月号、新日本出版社)、津田孝「知識人の転向と「反日共」主義──小田切秀雄の知識人戦線論をめぐる問題」(「文化評論」一九六七年七月号、新日本出版社)、など。

(19) 前掲「パリー・コンミューン雑談」(前掲『中野重治全集』第十五巻、五一〇ページ)

(20) 同論文(同書五〇八ページ)

(21) 中野重治「浅間山荘のこと」「お知らせ」一九七二年三月号、クラブ有声社(同書五〇二―五〇三ページ)

(22) 前掲「石川啄木について」(前掲『中野重治全集』第十六巻、九九ページ)
(23) 無署名「日本共産党の五十年」「前衛」一九七二年八月臨時増刊号、日本共産党中央委員会、七一ページ
(24) 前掲「在日朝鮮人と全国水平社の人びと 三」(前掲『中野重治全集』第十五巻、五三五ページ)
(25) 日本共産党中央委員会「太平洋戦争開始の二十八周年にあたって」「赤旗」一九六九年十二月九日付、一面
(26) 中野重治「「本土の沖縄化」という言い方の件」「文芸」一九七〇年二月号、河出書房新社(前掲『中野重治全集』第二十四巻、四七〇ページ)
(27) 大阪府学務部社会課編『在阪朝鮮人の生活状態』大阪府学務部社会課、一九三四年六月
(28) 中野重治「緊急順不同 三畳以下に住む二千八百世帯」「新日本文学」一九七三年四月号、新日本文学会(前掲『中野重治全集』第二十四巻、五五一ページ)
(29) 中野重治「緊急順不同 日韓議定書以来」「新日本文学」一九七三年五月号、新日本文学会(同書五五七ページ)
(30) 中野重治「忘れぬうちに 朝鮮の鞭」「アカハタ」一九五八年四月二日付(『中野重治全集』第二十三巻、筑摩書房、一九九八年二月、二〇六―二〇七ページ)
(31) 前掲「緊急順不同 日韓議定書以来」(前掲『中野重治全集』第二十四巻、五五七ページ)
(32) 同論文(同書五五七―五五八ページ)
(33) 同論文(同書五五八ページ)
(34) 同論文(同書五六〇ページ)
(35) 中野重治「緊急順不同 無条件降伏のとき」「新日本文学」一九七三年六月号、新日本文学会(同書

五六二ページ）

(36) 同論文（同書五六三ページ）

(37) 同論文（同書五六四―五六五ページ）

(38) 中野重治「緊急順不同「朝鮮解放問題」アンケート」「新日本文学」一九七三年十一月号、新日本文学会（同書五八八―五八九ページ）

(39) 中野重治「緊急順不同　三・一運動と柳宗悦」「新日本文学」一九七三年九月号、新日本文学会（同書五八二―五八三ページ）

(40) 前掲「緊急順不同「朝鮮解放問題」アンケート」（同書五八六ページ）

(41) 前掲「被圧迫民族の文学」（前掲『中野重治全集』第二十一巻、三二一ページ）

(42) 前掲「石川啄木について」（前掲『中野重治全集』第十六巻、九九ページ）

(43) 前掲「素人の読み方　一九二二年末の「覚え書」について」（前掲『中野重治全集』第二十巻、三三八―三三九ページ）

# 参考文献

## 中野重治の著作・対談

中野重治『中野重治全集』全二十八巻＋別巻一巻、筑摩書房、一九九六年四月―九八年九月
中野重治、松下裕校訂『敗戦前日記』中央公論社、一九九四年一月
日夏耿之介／中野重治「鷗外、紅葉、そのほか」「人間」一九四九年十一月・十二月合併号、鎌倉文庫、一九四九年十二月
中野重治／김달수「勝利한朝鮮、平和를위한文学＝구체적행동으로 문화교류＝」「解放新聞」一九五四年七月二十七日付（中野重治／金達寿「勝利した朝鮮、平和のための文学――具体的行動で文化交流」廣瀬陽一訳、「社会文学」第五十号、日本社会文学会、二〇一九年八月）
報告者：中野重治／朴春日、発言者：安藤彦太郎／幼方直吉／小沢有作／楠原利治／後藤直／四方博／旗田巍／藤島宇内／宮田節子「日本文学にあらわれた朝鮮観（3）――日本における朝鮮研究の蓄積をいかに継承するか」「朝鮮研究月報」一九六二年十一月号、日本朝鮮研究所

## 中野重治と朝鮮・関連文献

### 1　日本で発表された論考

愛沢革「問題の二行について」「梨の花通信」第四十四号、中野重治の会、二〇〇二年七月
――「「雨の降る品川駅」問題について」「梨の花通信」第四十五号、中野重治の会、二〇〇二年十月
綾目広治「「雨の降る品川駅」から「五勺の酒」へ――中野重治と天皇制」「社会文学」第十四号、日本社会文学会、二〇〇〇年六月
いいだもも「この項つづく――天皇制・部落・朝鮮人」「新日本文学」一九七九年十二月号、新日本文学会
石堂清倫「マルクス主義思想家としての中野重治」「朝日ジャーナル」一九七九年九月十四日号、朝日新聞社

――「中野重治のはじめとおわり」「新日本文学」一九八〇年十二月号、新日本文学会
――「電話のはなし」「彷書月刊」一九八六年九月号、弘隆社
――「「雨の降る品川駅」をめぐって」「中野重治を語る会会報」第三十三号、中野重治を語る会、一九八九年一月
――「抒情と叛逆――「雨の降る品川駅」」初出未詳、一九九〇年十一月執筆（『中野重治と社会主義』勁草書房、一九九一年十一月）
稲木信夫『詩人中野鈴子の生涯』光和堂、一九九七年十一月
李恢成「中野重治と朝鮮」「新日本文学」一九八〇年十二月号、新日本文学会
李英哲「中野重治の8・15朝鮮人『解放』認識に関するノート」「朝鮮大学校学報」第九号（日本語版）、朝鮮大学校、二〇一〇年十二月
上田正行「「歌のわかれ」――感覚による人間の恢復」「国文学 解釈と鑑賞」一九八六年七月号、至文堂
海野弘『モダン都市東京――日本の一九二〇年代』中央公論社、一九八三年十月
江藤淳「昭和の文人Ⅲ〝辛よ、金よ、李よ、……〟」「新潮」一九八五年五月号、新潮社
大西巨人「インタビュー日本イメージ批判③」「図書新聞」一九九五年四月二十九日付、二面
――「コンプレックス脱却の当為――直接具体的には詩篇『雨の降る品川駅』のこと一般表象的には文芸・文化・人生・社会のこと」「みすず」一九九七年三月号・四月号、全二回、みすず書房
大橋一雄「父の朝鮮」「梨の花通信」第二十一号、中野重治の会、一九九六年十二月
――「差別感覚と言語表現」「梨の花通信」第二十六号、中野重治の会、一九九八年一月
――大橋一雄「金史良の光芒」「梨の花通信」第三十五、三十七、四十二、四十六号、全四回、中野重治の会、二〇〇〇年五月―〇三年二月
大牧冨士夫「あるプロレタリア詩人の現在――金竜済の場合」「新日本文学」一九九二年十月号、新日本文学会
――「中野重治と朝鮮」「社会文学」第十四号、日本社会文学会、二〇〇〇年七月
大村益夫『愛する大陸よ――詩人金竜済研究』大和書房、一九九二年三月
――「金鐘漢と金龍済と日本の詩人たち」「昭和文学研究」第二十五集、昭和文学会、一九九二年九月

小笠原克「中野重治と朝鮮 上――日本問題としての朝鮮」『季刊在日文芸民濤』第三号、在日文芸民濤社、一九八八年五月
――「中野重治と朝鮮 下――「雨の降る品川駅」をめぐる状況」『季刊在日文芸民濤』第四号、在日文芸民濤社、一九八八年九月
――／栗坪良樹「シンポジウム 昭和文学とはなにか――評言と構想」『基督教文化研究所研究年報』第二十二号、宮城学院女子大学基督教文化研究所、一九八九年三月
――「西田信春と中野重治――「雨の降る品川駅」私注」『梨の花通信』第二十六号、中野重治の会、一九九八年一月
小川重明「作品解説「四人の志願兵」「司書の死」」『中野重治拾遺』武蔵野書房、一九九八年四月
小田切秀雄「批評のひずみと戦略――江藤淳「昭和の文人」をめぐって」『すばる』一九九〇年一月号、集英社
笠森勇『蟹シャボテンの花――中野重治と室生犀星』龍書房、二〇〇六年七月
亀井秀雄「中野重治「雨の降る品川駅」における伏字と翻訳の問題」『国語論集』第八号、北海道教育大学釧路校国語科教育研究室、二〇一一年三月
川西政明『昭和文学史』上、講談社、二〇〇一年七月
川村湊『満洲崩壊――「大東亜文学」と作家たち』文藝春秋、一九九七年八月
上林暁「見残した無尽蔵」『新日本文学』一九七九年十二月号、新日本文学会
北川透『中野重治』(『近代日本詩人選』第十五巻)、筑摩書房、一九八一年十月
菊池章一「子どもの近代史」『梨の花通信』第十五号、中野重治の会、一九九五年四月
木村幸雄「中野重治と伊藤整――詩と風土」『梨の花』第五号、『梨の花』同人会、一九七六年七月(木村幸雄『中野重治論――詩と評論』おうふう、一九七九年六月)
――「中野重治と天皇制――視点と構造について」『中野重治論――思想と文学の行方』おうふう、一九九五年十月
――「中野重治と朝鮮――感性・言葉・思想」『言文』第四十三号、福島大学教育学部国語学国文学会、一九九五年十二月
――「中野重治の文学と女性」『大妻国文』第二十八号、大妻女子大学国文学会、一九九七年三月

金三奎「中野重治と私」、『中野重治全集』第二十四巻「月報」第十一号、筑摩書房、一九七七年九月
金達寿「私のなかの中野さん」「文芸」一九七九年十一月号、河出書房新社
金静美『故郷の世界史——解放のインターナショナリズムへ』現代企画室、一九九六年四月
金泰生「『中野重治詩集』との出会い」「季刊三千里」第二十一号、三千里社、一九八〇年二月
金允植「林和研究——批評家論」『傷痕と克服——韓国の文学者と日本』大村益夫訳、朝日新聞社、一九七五年七月
黒川伊織『戦争・革命の東アジアと日本のコミュニスト——1920-1970年』有志舎、二〇二〇年九月
黒川創「「芸」について」「梨の花通信」第二十六号、中野重治の会、一九九八年一月
黒古一夫「中野重治・朝鮮・小熊秀雄」「梨の花通信」第二十六号、中野重治の会、一九九八年一月
高榮蘭「戦略としての「朝鮮」表象——中野重治「雨の降る品川駅」の無産者版から」「日本近代文学」第七十五集、日本近代文学会、二〇〇六年十一月
——『「戦後」というイデオロギー——歴史/記憶/文化』藤原書店、二〇一〇年六月
佐瀬良幸「李北満と李福万」「梨の花通信」第四十四号、中野重治の会、二〇〇二年七月
佐多稲子「ある狼狽の意味」「新日本文学」一九八〇年十二月号、新日本文学会
——/小林裕子/長谷川啓「中野鈴子への手紙」「中央公論 文芸特集」第九巻第三号、中央公論社、一九九二年九月
定道明「「雨の降る品川駅」の成立」『中野重治私記』構想社、一九九〇年十一月
佐藤健一「「雨の降る品川駅」について——「御大典記念」と挽歌の構想」「語文」第七十二輯、日本大学国文学会、一九八八年十二月
——「中野重治「雨の降る品川駅」」「国文学 解釈と教材の研究」一九九二年三月号、学燈社
佐野幹「朝鮮人の問題について」「雪の下」立命館大学一部文学部講読演習Ⅱ中川ゼミ、一九九八年三月
島田昭男「プロレタリア文学の問題——中野重治における朝鮮・序」「社会文学」第十号、日本社会文学会、一九九六年七月
島村輝「国を奪った側の甘え——中野重治の植民地主義批判」「アジア遊学」二〇〇三年三月号、勉誠出版
鄭勝云『中野重治と朝鮮』新幹社、二〇〇二年十一月

申銀珠「〈朝鮮〉から見た中野重治――植民地知識人の自画像を求めて」『国際日本文学研究集会会議録』第十七回、国文学研究資料館、一九九四年十月
――「韓国文学の中の日本近代文学――一九二〇年代の詩と詩人たち」お茶の水女子大学博士学位論文、一九九五年三月
――「中野重治と李北満・金斗鎔」「梨の花通信」第三十九号、中野重治の会、二〇〇一年四月
――「韓国における「雨の降る品川駅」」「梨の花通信」第四十号、中野重治の会、二〇〇一年七月
――「「雨の降る品川駅」・中野重治・「五勺の酒」――民族・民族問題をめぐって」「淵叢」第十号、淵叢の会、二〇〇一年八月
――「中野重治、詩的精神の憤怒の行方――〈君らの叛逆する心は別れの一瞬に凍る〉をめぐって」「国文学 解釈と教材の研究」二〇〇二年一月号、学燈社
辛基秀「中野重治と在日朝鮮人」金沢市での講演レジュメ（一九九〇年）、『アリラン峠をこえて――「在日」から国際化を問う』解放出版社、一九九二年三月
申有人「「雨の降る品川駅」の背景」「コスモス」第六十五号、コスモス社、一九七九年十月
関章人「体の中を風が吹く――もうひとりの鈴子」「中野重治研究会会報」第十号、中野重治研究会、一九九四年三月
徐東周「定住者のいない満州／「遑しき」朝鮮人――中野重治「モスクワ指して」の植民地表象をめぐって」「日本語と日本文学」第四十三号、筑波大学国語国文学会、二〇〇六年八月
高川まゆみ「中野重治論――朝鮮問題を中心に」「藤女子大学国文学雑誌」第三十四号、藤女子大学日本語・日本文学会、一九八四年十二月
高澤秀次「中野重治と昭和天皇」「文学界」二〇一二年一月号、文芸春秋
高橋博史「中野重治・海と機関車」「国文学 解釈と鑑賞」二〇〇五年二月号、至文堂
竹内栄美子『戦後日本、中野重治という良心』（平凡社新書）、平凡社、二〇〇九年十月
津田道夫「中野重治における差別観」「新日本文学」一九八〇年十二月号、新日本文学会

円谷真護『中野重治――ある昭和の軌跡』社会評論社、一九九〇年七月
朴慶植「記録映画「解放の日まで」と天皇制」「季刊クライシス――歴史・文化・理論誌」臨時増刊号、社会評論社、一九八六年五月
林浩治「村山知義の朝鮮行きについてなど――中野重治の疑問に則して」「新日本文学」一九九五年六月号、新日本文学会
――「中野重治 浅かった朝鮮認識――民族より階級だった」、舘野晳編著『韓国・朝鮮と向き合った36人の日本人――西郷隆盛、福沢諭吉から現代まで』所収、明石書店、二〇〇二年四月
林尚男『中野重治の肖像』創樹社、二〇〇一年五月
廣瀬陽一『日本のなかの朝鮮 金達寿伝』クレイン、二〇一九年十一月
藤枝静男「「高麗人形」ほか」、『中野重治全集』第五巻「月報」第二号、筑摩書房、一九七六年十一月
福本邦雄『花を咲かせたい――中野重治 その抵抗と挫折』フジ出版社、一九九七年四月
星野達雄『金斗鎔と星野きみ』星野達雄、一九九二年一月
松尾尊兊『中野重治訪問記』岩波書店、一九九九年二月
文責：牧野正次「座談会 没後5周年記念 中野重治の少年時代を語る」「中野重治研究会会報」第一号、中野重治研究会、一九八五年三月
松下裕「「雨の降る品川駅」始末」「梨の花通信」第四十七号、中野重治の会、二〇〇三年九月
――『増訂 評伝中野重治』（平凡社ライブラリー）、平凡社、二〇一一年五月
丸山（記）「朝鮮語訳「雨の降る品川駅」」「中野重治を語る会会報」第三十二号、中野重治を語る会、一九八八年十二月
丸山珪一「「雨の降る品川駅」をめぐって（上）」「中野重治を語る会会報」第三十六号、中野重治を語る会、一九八九年八月
――「「雨の降る品川駅」をめぐって――もう一つの「御大典記念」」「金沢大学教養部論集 人文科学篇」第二十八巻第一号、金沢大学教養部、一九九〇年九月

――「中野重治と朝鮮問題」「梨の花通信」第二十六号、中野重治の会、一九九八年一月
萬田慶太「金龍済「鮮血の思出」の意義――中野重治「雨の降る品川駅」の〈擬態〉を通じて」「国文学攷」第二百三十二号、広島大学国語国文学会、二〇一六年十二月
――「在日文学雑誌『ヂンダレ』における「擬態」――中野重治「雨の降る品川駅」のサークル受容の一側面」「昭和文学研究」第七十六集、昭和文学会、二〇一八年三月
満田郁夫「中野重治に於ける農村」「日本文学」第二十一巻第十二号、日本文学協会、一九七二年十二月
――「テキストについて」「梨の花通信」第三十九号、中野重治の会、二〇〇一年四月
――「事実としての「雨の降る品川駅」」「梨の花通信」第四十号、中野重治の会、二〇〇一年七月
――／丸山珪一「対談 生誕百年を迎える中野重治の今日」「季報唯物論研究」第七十九号、季報「唯物論研究」刊行会、二〇〇二年二月
――「無題」「梨の花通信」第四十四号、中野重治の会、二〇〇二年七月
水野直樹「「雨の降る品川駅」の朝鮮語訳をめぐって」、『中野重治全集』第三巻「月報」第八号、筑摩書房、一九七七年六月
――「「雨の降る品川駅」の事実しらべ」「季刊三千里」第二十一号、三千里社、一九八〇年二月
――「中野重治と金斗鎔――「きくわん車の問題」、植民地支配への賠償、そして天皇制」「情況――変革のための総合誌」第三期、二〇〇五年十月・十一月号、情況出版
――「中野重治「雨の降る品川駅」の自己批判」「抗路」第七号、抗路舎、二〇二〇年七月
村松武司「祭られざるもの」「コスモス」第六十五号、コスモス社、一九七九年十月
山本卓「中野重治の生涯と文学からなにを学ぶか――没十周年を記念して」「流域」第五十二号、流域文学会、一九九〇年一月
尹学準「中野重治の自己批判――朝鮮への姿勢について」「新日本文学」一九七九年十二月号、新日本文学会
横手一彦「中野重治『梨の花』考・序」、西田勝退任・退職記念文集編集委員会編『文学・社会へ 地球へ』所収、三一書房、一九九六年九月

――「父の不在と〈村の内〉――『梨の花』」「中野重治研究」第一輯、中野重治の会、一九九七年九月

――「父のこと・父であること――父親不在の小説『梨の花』」「雑談」第四十一号、雑談の会、一九九九年七月

吉田永宏「中野重治ノート――江藤淳を視座として」「新日本文学」一九九六年六月号、新日本文学会

林淑美「新しい版が明らかにすること」「梨の花通信」第三十九号、中野重治の会、二〇〇一年四月

――「日本に於ける「雨の降る品川駅」――二七年テーゼと緊急勅令／「雨の降る品川駅」と「御大典」」「梨の花通信」第四十一号、中野重治の会、二〇〇一年九月

――「詩「雨の降る品川駅」とは何か――昭和三年の意味」『昭和イデオロギー――思想としての文学』所収、平凡社、二〇〇五年八月

渡辺喜一郎「仮説 中野重治のアナーキズム（二）――断片的感想」「中野重治研究会会報」第三号、中野重治研究会、一九八七年三月

（Y）「編集室から」、『中野重治全集』第九巻「月報」第七号、筑摩書房、一九七七年五月

## 2　韓国で発表された論考（カナダラ順、★は日本語論文）

高英子（★）「中野重治と林和」「용봉인문논총」第二十巻第〇号、전남대학교인문학연구소、一九九一年十二月

김문봉「일본근대시 (가) 가 그려낸 한국 (인) 의 두 가지 모습」「日本学研究」第四十六号、단국대학교일본연구소、二〇一五年九月

金允植「林和研究」『韓国近代文芸批評史研究』所収、한얼문고、一九七三年二月

――「문학적 과제로서의〝민족 에고이즘〟――「비 내리는 品川駅」에 대하여」「문학동네」第八巻第一号、문학동네、二〇〇一年二月　※著者名「김윤식」

――「비도 눈도 내리지 않는 시나가와역――나카노 시게하루와 임화의 곁에 서서」『비도 눈도 내리지 않는 시나가와역』서울・솔출판사、二〇〇五年四月

満田郁夫（★）「中野重治の文学――その文学の特徴と朝鮮と」「日本学研究」第六号、단국대하교일본연구소、二〇〇〇年五月

――（류리수 옮김）「나카노 시게하루（中野重治）론――그 문학과 조선」「일본근대문학――연구와 비평」第一号、한국일본근대문학회、二〇〇二年四月 ※著者名「미츠타 이쿠오」

박성희「中野重治의『사서의 죽음（司書の死）』과 한국전쟁」「일본학연구」第五十六号、단국대학교일본연구소、二〇一九年一月

배상미「식민자와 피식민자의 연대（불）가능성――나카노 시게하루의「비내리는 시나가와역」과 임화의「우산 받은 요꼬하마의 부두」」「민족문학사연구」第五十三号、민족문학사학회・민족문학사연구소、二〇一三年十二月

서동주「나카노 시게하루와 타자의 정치학」「일본근대학연구」第十九号、한국일본근대학회、二〇〇八年二月

――（★）「移動の想像力と朝鮮という他者――昭和初期の中野重治の場合」「일본문화연구」第二十六号、동아시아일본학회、二〇〇八年四月 ※著者名「徐東周」

――「전후 일본문학의 자기표상과 보수주의――나카노 시게하루『비내리는 시나가와역』의 전후 수용을 중심으로」「日本語文学」第三十八号、韓国日本語文学会、二〇〇八年九月

――「「비 내리는 시나가와역」과 탈（脱）내셔널리즘――〝방법화된 이동〟을 중심으로」「일본연구」第十二集、고려대학교글로벌일본연구원、二〇〇九年八月

――「예술대중화논쟁과 내셔널리즘――나카노 시게하루의 예술대중화론 비판의 위상」「日本思想」第十七集、한국일본사상사학회、二〇〇九年十二月

――「〝새로운 전쟁〟과 일본 전후문학의 사상공간」「동방학지」第百五十七集、연세대학교 국학연구원、二〇一二年三月

――「나카노 시게하루와 조선――연대하는 사유의 모노로그」「사회와 역사」第九十三集、한국사회사학회、二〇一二年三月

서은혜「나까노 시게하루에 관한 소론――어느 일본 근대문학가의 초상」「민족문학사연구」第七巻第一号、민족문학사학회、一九九五年六月

신은주「나카노 시게하루（中野重治）와 한국 프로레타리아 문학운동――임화、이북만과의 관계를 중심으로」「日本研究」第十二巻、한국외국어대학교일본연구소、一九九八年二月

――「나카노 시게하루（中野重治）와 일본의 천황제――「비 내리는 시나가와 역」과「반잔의 술」을 중심으로」「일본근대문학――연구와 비평」第四号、한국일본근대문학회、二〇〇五年十月
오석윤「나카노 시게하루（中野重治）詩에 나타난 韓国観」「일본학」第二十二号、동국대학교일본학연구소、二〇〇三年十二月
이한창「재일동포 문인들과 일본문인들과의 연대적 문학활동――일본문단 진출과 문단 활동을 중심으로」「日本語文学」第二十四号、한국일본어문학회、二〇〇五年三月
鄭勝云（★）「中野重治「雨の降る品川駅」の再解駅（2）――〈まえ盾〉を中心に」「일본문화학보」第十二号、한국일본문화학회、二〇〇二年二月
――（★）「中野重治「雨の降る品川駅」の再解釈（1）――〈温もり〉を中心に」「日本語文学」第十二号、한국일본어문학회、二〇〇二年三月
――（★）「中野重治「雨の降る品川駅」論――〈ヒューマニズム〉に関して」「日本近代学研究」第二十一号、韓国日本近代学会、二〇〇二年八月
――（★）「中野重治の〈あわれ〉考」「용봉인문논총」第三十一集、全南大学校人文科学研究所、二〇〇二年十二月
――（★）「中野重治における〈社会主義的ヒューマニズム〉について――「雨の降る品川駅」を中心に」「日本文化学報」第十八号、한국일본문화학회、二〇〇三年八月
――「「비날이는品川駅」을 통해서 본「雨傘밧은『요꼬하마』의 埠頭」」「일본연구」第六号、고려대학교일본학연구센터、二〇〇六年八月　※著者名「정승운」
한상철「1920년대 후반 동아시아 프롤레타리아 국제주의의 세 감각――우치노 겐지〝나카노 시게하루〟임화의 1929년을 중심으로」「어문연구」第百三集、어문연구학회、二〇二〇年三月

## その他の文献

池田慎太郎『独立完成への苦闘――1952~1960』（『現代日本政治史』第二巻）、吉川弘文館、二〇一二年一月
石堂清倫「素人とレーニン」「梨の花通信」第三号、中野重治の会、一九九二年四月

――「封印列車始末について」「梨の花通信」第四号、中野重治の会、一九九二年六月
――「一九二二年の「覚え書」」「梨の花通信」第五号、中野重治の会、一九九二年十一月
――「「文献」か「文学」か」「梨の花通信」第六号、中野重治の会、一九九三年一月
――「パリ・コミューンの教訓」「梨の花通信」第七号、中野重治の会、一九九三年四月
――「レーニンの道つきる」「梨の花通信」第十二号、中野重治の会、一九九四年七月
逸見久美『新版 評伝与謝野寛晶子 明治篇』八木書店、二〇〇七年八月
上田耕一郎／佐藤静夫／吉沢達「戦後転向と知識人の問題」「赤旗」一九六六年十月二十一日付―二十三日付
内野竹千代、日高六郎インタビュー「運動の目標を明確に――平和運動をどう進めるか」「世界」一九六二年十月号、岩波書店
小田切秀雄「人間性の次元から――〝侮蔑の時代〟と知識人」「朝日ジャーナル」一九六六年十月二日号、朝日新聞社
――「知識人戦線と転向の核心」「現代の眼」一九六七年一月号、現代評論社
小山弘健『戦後日本共産党史』芳賀書店、一九六六年十一月
春日庄次郎編『社会主義への日本の道――日本共産党綱領草案への意見書』新しい時代社、一九六一年八月
加藤哲郎『日本の社会主義――原爆反対・原発推進の論理』（岩波現代全書）、岩波書店、二〇一三年十二月
河井酔茗「「明星」以前の鉄幹」「明治大正文学研究」第二号、東京堂、一九四九年十二月
姜東鎮『日本言論界と朝鮮――1910-1945』（叢書・現代の社会科学）、法政大学出版局、一九八四年五月
北小路敏「新らしい党を樹立せよ」「現代詩」一九六一年六月号、飯塚書店
木下順二「割り切れない後味」「世界」一九五一年十二月号、岩波書店
木俣修「浪漫主義の短歌・俳句」「国文学 解釈と教材の研究」一九五八年七月号、学燈社
金達寿「日本文学のなかの朝鮮人」「文学」一九五九年一月号、岩波書店
――『日本の中の朝鮮文化』全十二巻、講談社、一九七〇年十二月―九一年十一月
木村勲「鉄幹と閔后暗殺事件――明星ロマン主義のアポリア」「比較法史研究」第十六号、比較法制研究所、二〇〇

八年十一月
黒田寿男「安全保障条約への危惧」「世界」一九五一年十二月号、岩波書店
重村智計「複眼的朝鮮認識のすすめ」「中央公論」一九七八年十月号、中央公論社
新日本文学会常任中央委員会「われわれの首には花輪がかけられたか？――講和條約ならびに日米安保條約の批准に反対する」「新日本文学」一九五一年十月号、新日本文学会
杉捷夫「特別委員会を聴く」「世界」一九五一年十二月号、岩波書店
猪俣浩三／杉原荒太／神川彦松／名和統一、司会：原勝「座談会 日米安全保障条約は日本の安全を保障するか」「改造」一九五一年十二月号、改造社
杉山滋郎『中谷宇吉郎――人の役に立つ研究をせよ』（ミネルヴァ日本評伝選）、ミネルヴァ書房、二〇一五年七月
高山一彦『ジャンヌ・ダルク――歴史を生き続ける「聖女」』（岩波新書）、岩波書店、二〇〇五年九月
竹内好「中国現代文学への眼」「日本読書新聞」一九五一年八月二十九日付
――「日本における中国文学研究の現状と課題」「文学」一九五一年十二月号、岩波書店
――「翻訳文学の十年――中国文学を中心に」「文学」一九五五年八月号、岩波書店
田口道昭「中野重治の啄木論」「論究日本文学」第五十二号、立命館大学日本文学会、一九八九年五月（田口道昭『石川啄木論攷――青年・国家・自然主義』〔近代文学研究叢刊〕、和泉書院、二〇一七年一月）
谷川雁「創造者の論理」「新日本文学」一九六〇年九月号、新日本文学会
津田孝「知識人の転向と「反日共」主義――小田切秀雄の知識人戦線論をめぐる問題」「文化評論」一九六七年七月号、新日本出版社
津田道夫『中野重治「甲乙丙丁」の世界』社会評論社、一九九四年十月
――『回想の中野重治――『甲乙丙丁』の周辺』社会評論社、二〇一三年九月
鶴見俊輔「国民というかたまりに埋めこまれて」、鶴見俊輔／鈴木正／いいだもも『転向再論』所収、平凡社、二〇〇一年四月
鶴見良行「新しい連帯の思想――国家権力のかなたに」「朝日ジャーナル」一九六七年一月一日号、朝日新聞社

徳田球一／志賀義雄／外一同「人民に訴ふ」「赤旗」一九四五年十月二十日付（神山茂夫編『日本共産党戦後重要資料集』第一巻、三一書房、一九七一年十月）
――『原子爆弾と世界恐慌』（「時局と生活叢書」第一集）、永美書房、一九四九年十二月
内務省警保局編『復刻版 社会運動の状況5（昭和8年）』三一書房、一九七二年一月
――『復刻版 社会運動の状況6（昭和9年）』三一書房、一九七二年一月
――『復刻版 社会運動の状況7（昭和10年）』三一書房、一九七二年二月
中西伊之助「日本天皇制の打倒と東洋諸民族の民主的同盟――朝鮮人連盟への要請」「民主朝鮮」一九四六年七月号、朝鮮文化社
中谷宇吉郎「地球の円い話」「思想」一九四〇年二月号、岩波書店
日本共産党中央委員会「太平洋戦争開始の二十八周年にあたって」「赤旗」一九六九年十二月九日付、一面
朴慶植『解放後在日朝鮮人運動史』三一書房、一九八九年三月
朴春日「日本文学における朝鮮像（一）――研究ノート」「鶏林」第一号、鶏林社、一九五八年十一月
埴谷雄高「政治と文学と（二）――『影絵の時代』Ⅲ」「文芸」一九七六年六月号、河出書房新社
原彬久編『岸信介証言録』毎日新聞社、二〇〇三年四月
樋口雄一『金天海――在日朝鮮人社会運動家の生涯』社会評論社、二〇一四年十月
平野謙「ひとつの反措定――文芸時評」「新生活」一九四六年五月号、新生活社
廣瀬陽一『金達寿とその時代――文学・古代史・国家』クレイン、二〇一六年五月
――「在日朝鮮人から見た「転向」の言説空間――金達寿文学における〈親日〉表象を通じて」、坪井秀人編『東アジアの中の戦後日本』（「戦後日本を読みかえる」第五巻）所収、臨川書店、二〇一八年七月
広田栄太郎「与謝野鉄幹」「国文学 解釈と鑑賞」一九五二年四月号、至文堂
藤田省三「昭和八年を中心とする転向の状況」、思想の科学研究会編『共同研究 転向』上所収、平凡社、一九五九年一月
ペク・スボン「愛国陣営の純化と強化のために――社会民主々義路線と傾向を排撃しよう」「北極星」一九五二年六月

月十日号（朴慶植編『日本共産党と朝鮮問題』〔「朝鮮問題資料叢書」第十五巻〕所収、アジア問題研究所、一九九一年五月）
洪宗郁『戦時期朝鮮の転向者たち――帝国／植民地の統合と亀裂』有志舎、二〇一一年二月
水野直樹「治安維持法による在日朝鮮人弾圧――被検挙者・被起訴者の民族別比率の推定」「在日朝鮮人史研究」第四十八号、緑蔭書房、二〇一八年十月
満田郁夫「『五勺の酒』『写しもの』の線――『甲乙丙丁論』への手がかり」『増訂 中野重治論』（近代文学研究双書）、八木書店、一九八一年四月
宮本顕治「日本共産党五十年の歴史と現実」「世界」一九七二年八月号、岩波書店
村上元三「安保反対にあらざれば人間にあらざるの記」「新潮」一九六〇年八月号、新潮社
ユニウス『社会民主党の危機』一九一六年春に出版（ローザ・ルクセンブルク「社会民主党の危機（ユニウス・ブロシューレ）」片岡啓治訳、『ローザ・ルクセンブルク選集』第三巻、高原宏平／野村修／田窪清秀／片岡啓治訳、現代思潮社、一九六九年十二月）
与謝野鉄幹「血写歌」「新著月刊」一八九八年五月号、東華堂　※著者名「鉄幹」
――「決死七十七勇士（旅順口の封鎖隊）」「日露戦争実記」第四編、博文館、一九〇四年三月
――「小刺客」「明星」一九〇二年四月号、東京新詩社
――「広瀬中佐（三月三十日中佐の戦死を聞きて作る）」「日露戦争実記」第十編、博文館、一九〇四年四月
――「美事失敗（某国公使館の焼打）」「小天地」一九〇二年四月号・五月号、金尾文淵堂
与謝野寛「沙上の言葉（四）」「明星」一九二四年十月号、東京新詩社
――「爆弾三勇士の歌」「大阪毎日新聞」一九三二年三月十五日付、六面
レーニン、ウラジーミル「民族自決権について」「プロスヴェシチェーニエ」一九一四年四月号―六月号（ソ同盟共産党中央委員会付属マルクス＝エンゲルス＝レーニン研究所編『レーニン全集』第二十巻、マルクス＝レーニン主義研究所訳、大月書店、一九五七年一月）
――「大ロシア人の民族的誇りについて」「ソツィアル―デモクラート」第三十五号、一九一四年十二月（ソ同盟共産

党中央委員会付属マルクス＝エンゲルス＝レーニン研究所編『レーニン全集』第二十一巻、マルクス＝レーニン主義研究所訳、大月書店、一九五七年三月）
――「社会主義革命と民族自決権」「フォルボーテ」第二号、一九一六年四月（ドイツ語）、『ソツィアル―デモクラート論集』第一号、一九一六年十月（ロシア語）（ソ同盟共産党中央委員会付属マルクス＝エンゲルス＝レーニン研究所編『レーニン全集』第二十二巻、マルクス＝レーニン主義研究所訳、大月書店、一九五七年五月）
――「ユニウスの小冊子について」「ソツィアル―デモクラート論集」第一号、一九一六年十月（ソ同盟共産党中央委員会付属マルクス＝エンゲルス＝レーニン研究所編『レーニン全集』第二十二巻、マルクス＝レーニン主義研究所訳、大月書店、一九五七年五月）
――「党綱領改正資料」、「プリボイ」出版所、一九一七年六月（ソ同盟共産党中央委員会付属マルクス＝エンゲルス＝レーニン研究所編『レーニン全集』第二十四巻、マルクス＝レーニン主義研究所訳、大月書店、一九五七年九月）
――「少数民族の問題または「自治共和国化」の問題によせて」一九二二年十二月三十―三十一日（ソ同盟共産党中央委員会付属マルクス＝エンゲルス＝レーニン研究所編『レーニン全集』第三十六巻、マルクス＝レーニン主義研究所訳、大月書店、一九六〇年十月）
魯迅「空談」「国民新報副刊」一九二六年四月十日付（『大魯迅全集』第三巻、改造社、一九三七年三月）
無署名「与謝野寛年譜」『現代短歌全集』第五巻所収、改造社、一九二九年十月
――「非理を通さず」「朝日評論」一九四八年六月号、朝日新聞社
――「日本に防衛要求権／首相答弁 自衛権の乱用は慎む」「毎日新聞」一九五一年十月二十日付、一面
――「在日朝鮮人の運動について」一九五五年一月中央指示（朴慶植編『日本共産党と朝鮮問題』〔「朝鮮問題資料叢書」第十五巻〕、アジア問題研究所、一九九一年五月）
――「さしあたってこれだけは」一九六〇年八月十五日付（谷川雁、岩崎稔／米谷匡史編『工作者の論理と背理』〔「谷川雁セレクション――〈戦後思想〉を読み直す」第一巻〕、日本経済評論社、二〇〇九年五月）
――「日本共産党の五十年」「前衛」一九七二年八月臨時増刊号、日本共産党中央委員会

特集・戦後転向の潮流をめぐって「文化評論」日本共産党中央委員会、一九六七年二月

## ウェブサイト

「第12回国会 衆議院 平和条約及び日米安全保障条約特別委員会会議録 第4号」一九五一年十月十九日（https://kokkai.ndl.go.jp/#/detailPDF?minId=101205185X00419511019&page=21）［二〇二一年六月二十六日アクセス］
「官報」号外、第千七百十五号、大蔵省印刷局、一九三二年九月十五日（https://dl.ndl.go.jp/info:ndljp/pid/2958186/13）［二〇二一年六月二十六日アクセス］
統監府編『韓国ニ関スル条約及法令』統監府、一九〇六年（https://dl.ndl.go.jp/info:ndljp/pid/994308）［二〇二一年六月二十六日アクセス］
「RISS」（http://www.riss.kr）［二〇二一年十一月二十日アクセス］

## 施設

神奈川文学振興会・神奈川近代文学館
日本近代文学館

# 初出一覧

いずれも所収にあたって加筆・修正を施した。

序　章　書き下ろし

第1章　「一九五〇年代前半の中野重治における朝鮮認識の転換と展開――「被圧迫民族の文学」と「司書の死」をめぐって」「社会文学」第五十四号、日本社会文学会、二〇二一年八月

第2章　書き下ろし

第3章　「中野重治「模型境界標」論――「朝鮮人の転向」をめぐって」「JunCture――超域的日本文化研究」第十号、名古屋大学大学院人文学研究科附属超域文化社会センター、二〇一九年三月

第4章　「石川啄木と近代日韓関係」「近畿大学日本語・日本文学」第十三号、近畿大学文芸学部、二〇一一年三月

「転向問題の分水嶺としての「昭和三十年代」――吉本隆明と中野重治」「昭和文学研究」第八十集、昭和文学会、二〇二〇年三月

第5章　「〝발전〟에 대한 의문――나카노 시게하루「플러크라스티네이션」을 둘러싸고（〝発展〟への疑念――中野重治「プロクラスティネーション」をめぐって）」「日本学報」二〇二〇年十一月号、한국일본학회（韓国日本学会）

第6章　書き下ろし

# あとがき

本書を完成させるまでに多くの方々や関係諸機関にお世話になった。まず日本学術振興会特別研究員PDとしての私の受け入れ研究者である武蔵大学の渡辺直紀先生には、研究活動を様々な形で支えていただいた。研究の遂行にあたっては日本学術振興会特別研究員奨励費（課題番号19J00562）を活用した。

中野重治に関する未発表の資料の調査や公開にあたっては、神奈川近代文学館・日本近代文学館・神奈川文学振興会・鰀目卯女・水野直樹・呉恩英の各機関・各氏のお世話になった。水野先生には「解放新聞」掲載の対談記事の翻訳のほかにも資料面でご助力いただいた。

大阪府立大学大学院博士後期課程で指導教員だった細見和之先生をはじめ、対面とオンラインでおこなわれた研究会や学会の参加者、忙しいなか快く面談に応じてくださった研究者、金達寿研究の過程で知り合った方々からは、貴重なご意見や温かい励ましの言葉を数多くいただいた。韓国の学会での活動に際しては、沈熙燦・許智香・李承俊・林貞和の各氏にお世話になった。コロナ禍ではあったが、各地の図書館や資料館には、資料の発掘と収集にご協力いただいた。

本書の出版にあたっては名古屋大学大学院博士課程での指導教員だった坪井秀人先生に青弓社を

ご紹介いただき、編集実務その他については同社の矢野未知生氏にお世話になった。

それぞれに大変お忙しいなか、貴重な時間を割いて支援してくださったすべての方々に、心から厚くお礼を申し上げる。

二〇二一年十二月五日

［著者略歴］
廣瀬陽一（ひろせ よういち）
1974年、兵庫県生まれ
大阪府立大学大学院博士後期課程修了。博士（人間科学）
2019―21年度、日本学術振興会特別研究員。現在、大阪公立大学客員研究員
専攻は日本近代文学、在日朝鮮人文学
著書に『金達寿とその時代――文学・古代史・国家』『日本のなかの朝鮮 金達寿伝』（ともにクレイン）、編著書に『金達寿小説集』（講談社）など
ホームページ：http://srhyyhrs.web.fc2.com/
メールアドレス：srhyyhrs@gmail.com

中野重治と朝鮮問題 連帯の神話を超えて

発行――2021年12月28日 第1刷
2022年5月6日 第2刷

定価――2800円＋税

著者――廣瀬陽一

発行者――矢野恵二

発行所――株式会社青弓社
〒162-0801 東京都新宿区山吹町337
電話 03-3268-0381（代）
http://www.seikyusha.co.jp

印刷所――三松堂

製本所――三松堂



ISBN978-4-7872-9264-3 C0095